Das Buch

Kapitänleutnant Thomsen kehrt mit U 115 von einem Spitzbergeneinsatz nach Bergen zurück. Ihm bleibt kaum Zeit, an der Hochzeit seines I. Wachoffiziers als Trauzeuge teilzunehmen, denn U 115 wird der neuaufgestellten 5. U-Flottille in Brest zugewiesen.
Die geplante Landung deutscher Verbände an der britischen Küste stellt auch die U-Boot-Waffe vor gewaltige Aufgaben. Sie muß unter allen Umständen verhindern, daß Hilfslieferungen aus den USA, Kanada und den britischen Dominien England erreichen und die Briten in die Lage versetzen, den deutschen Angriff erfolgreich abzuwehren. Die Häfen an der französischen Biskaya-Küste sind eine ideale Ausgangsbasis für die deutschen U-Boote im Kampf gegen England. Deutsche Agenten in Kanada und England melden übereinstimmend die Zusammenstellung eines Großgeleits vor dem kanadischen Halifax. U 115 geht mit dem Kampfauftrag in See, zusammen mit einem U-Boot-Rudel dieses Geleit anzugreifen. Für das Geleit und das Rudel wird es ein Rendezvous mit dem Tod.

Der Autor

Erik Maasch, gebürtiger Berliner, absolvierte die Marineschule Flensburg-Mürwik, nahm als Seeoffizier und U-Boot-Fahrer am Zweiten Weltkrieg teil und war als *Kapitän auf großer Fahrt* auf deutschen Kauffahrteischiffen zugelassen. Es folgten 30 Jahre als Lehrer und Schulleiter, bevor er sich ganz der Schriftstellerei widmete und zu einem der erfolgreichsten Autoren maritimer Spannungsliteratur wurde.

Von Erik Maasch sind in unserem Hause bereits erschienen:

Auf Sehrohrtiefe vor Rockall Island · Duell mit dem nassen Tod · Im Fadenkreuz von U 112: English Harbour · Letzte Chance: U 112 · Tauchklar im Atlantik · U-Boote vor Tobruk · Die U-Boot-Falle · U 112 auf Feindfahrt mit geheimer Order · U 115: Jagd unter der Polarsonne · U 115: Operation Eisbär.

Erik Maasch

U 115: Die Nacht der Entscheidung

Roman

Ullstein

Besuchen Sie uns im Internet:
www.ullstein-taschenbuch.de

Umwelthinweis:
Dieses Buch wurde auf chlor- und säurefreiem Papier gedruckt.

Originalausgabe im Ullstein Taschenbuch
1. Auflage März 2006

Umschlaggestaltung: Buch und Werbung, Berlin
Titelabbildung: Viktor Gernhard
Satz: Pinkuin Satz und Datentechnik, Berlin
Druck und Bindearbeiten: Ebner & Spiegel, Ulm
Printed in Germany
ISBN-13: 978-3-548-25912-3
ISBN-10: 3-548-25912-X

Unter meinen Füßen vibrierte die Turmgräting im harten Takt der hämmernden Diesel. Mit fast achtzehn Knoten strebte U 115 südwärts, ritt die lange, im Rhythmus des Meeres von Südwesten gegen die norwegische Küste anrollende Dünung ab. Jedes Mal, wenn der Bug vom Wellenberg in das darauffolgende Tal hinabglitt und tief in den nächsten Wellenberg hineinschnitt, warf er eine lange Gischtfahne auf, die über Back und Brücke alles durchnässend hinwegfegte.

Noch war es dunkel unter der dichten Wolkendecke, aber die Hundewache ging bereits ihrem Ende entgegen. Nicht mehr lange, dann jagte die einsetzende Morgendämmerung des neuen Tages die Männer wieder auf die Gefechtsstationen. Dennoch liebte ich diesen Übergang zwischen weichender Nacht und nahendem Morgen, wenn noch nichts die Ruhe auf dem schwankenden Turm trübte und man ungestört seinen Gedanken nachhängen konnte, was sonst selten genug der Fall war. Deshalb trieb mich die jahrelange Gewöhnung an den Vier-Stunden-Wechsel zwischen Wache und Freiwache immer wieder zu dieser frühen Stunde vorzeitig aus der warmen Koje auf die Brücke.

Unwillig schaute ich daher auf das Leuchtzifferblatt meiner Armbanduhr, als hinter mir diese morgendliche Ruhe gestört wurde. Das Turmluk klappte auf. Einen Augenblick drang schwacher Lichtschimmer aus dem Turminneren zu uns hinauf auf die dunkle Brücke, doch dann krabbelte mein

I WO, Oberleutnant zur See Bernau, aus dem Luk und füllte die Öffnung voll aus. Hinter ihm drängten die Männer der Steuerbordwache auf die Brücke, um den Ausguck und die Geschützbedienungen abzulösen.

Bernau salutierte. »Guten Morgen, Herr Kaleu! Wachwechsel! Steuerbordwache klar zur Wachübernahme!«

Ich erwiderte seinen Gruß. »Na, dann wechseln Sie mal, Herr Bernau. Der II WO wird sich darüber freuen, der hat das Ende der Hundewache sehnsüchtig herbeigewünscht und schon seit geraumer Zeit wie ein uralter Uhu todmüde mit den Augendeckeln geklappert.«

Blitzschnell wechselten die Wachen. Trotzdem war es immer wieder ein gefährlicher Augenblick, bis jeder seine Wachstation übernommen hatte, weil die allgemeine Wachsamkeit in der Wuling des Wachwechsels unterging. Der II WO, Leutnant zur See Störmer, wartete, bis auch der letzte Mann der Freiwache an den Leiterholmen hinunter in die Zentrale gesaust war, dann stieg auch er in das Luk.

»Na und?« grunzte er zum Abschied mißbilligend. »Ist das ein Wunder? Auf diesem verdammten Eisensarg kommt doch keiner jemals dazu, sich richtig auszuschlafen. Kaum hat man auch nur ein Bein in die Koje bekommen, hat irgendwer schon wieder was dagegen.«

Ich lachte laut auf und deutete nach Osten, wo sich die tief herabhängende dunkle Wolkenschicht über den Inseln, welche die Einfahrt nach Bergen säumten, zu verfärben begann. »Ganz richtig, Herr Störmer! Wachet auf, ihr Leut', es nahet gen den Tag! Ist zwar nicht von mir, aber es stimmt! – Zeit für den Morgenalarm, I WO!«

Die Alarmklingel rasselte unter Deck los und jagte die Besatzung auf ihre Gefechtsstationen.

»Sagt' ich's nicht? Irgendwer mißgönnt einem immer den Schlaf! Keine Liebe mehr unter den ...«, das Wort blieb dem II WO buchstäblich im Halse stecken, denn ein dumpfer Aufprall erschütterte das Vorschiff und warf uns beinahe von den

Beinen. Der Bug bohrte sich in irgendein Hindernis und hob es mit der Bugwelle für Sekundenbruchteile schäumend aus dem Wasser, ehe er es nach Backbord zur Seite schob. Laut bullernd schrammte es an unserer Backbordseite entlang.

»Beide Maschinen stopp! Ruder hart Backbord!« schrie ich, um die Fahrt aus dem Boot zu nehmen und die Schäden an der Außenhaut durch das Rudermanöver zumindest zu mildern. Ein vergebliches Bemühen. Mit hoher Fahrt schurrten wir an dem Hindernis entlang, bevor das Boot an Geschwindigkeit verlor und das Achterschiff von dem Unterwasserhindernis wegschor. Nicht nur mir sträubten sich vermutlich jetzt die Haare unter der Mütze. Ich starrte hinunter auf die dunkle See, versuchte herauszufinden, was uns da in die Quere gekommen war. Etwa eine losgerissene Ankertaumine?

Unsinn! Dafür war das verdammte Ding viel zu groß, fuhr es mir durch den Kopf, außerdem hätten wir sonst längst Flügel. Aber was dann? Ein irgendwann im Sturm gekenterter Fischkutter, der durch die Gezeitenströme entlang der Küste getrieben wurde?

Als der unbekannte Gegenstand den Turm passierte, wirbelte ihn die Strömung an die Oberfläche. Gott sei Dank, keine Mine und auch kein Fischkutter, wie ich jetzt in der einsetzenden Morgendämmerung ausmachte. Sekundenlang schimmerte eine blau-weiß-rote Kokarde, das sogenannte britische Pfauenauge, durch das dunkle Wasser, bis die Strudel das Hindernis wieder unseren Blicken entzogen.

»Ich werd verrückt! Ein Flugzeugwrack!« entfuhr es mir überrascht. »Die Reste eines abgeschossenen Tommies!«

»Und diese Schietreste müssen sich ausgerechnet uns in den Kurs legen!« fluchte der I WO. »Irgendwer hat hier vor Sotra immer wieder was gegen uns.«

Er spielte damit auf den Fliegerangriff vor der Insel Sotra an. Dessen hatten wir uns beim letzten Mal vor der Einfahrt nach Bergen erfolgreich erwehrt, allerdings waren uns dabei beide Sehrohroptiken zerschossen worden. So hatte ich in diesem Augenblick ganz andere Sorgen. Ich befürchtete, dieses verfluchte Wrack könnte uns so kurz vor der Haustür auch wieder einen so üblen Schaden verpaßt haben, der in Bergen nicht so schnell repariert werden konnte, weil die Ersatzteile fehlten.

»BÜ, geben Sie an die Zentrale: Boot und alle Funktionen auf Schäden gründlich überprüfen!« Der zerschossene Flugzeugrumpf blieb in unserem Kielwasser zurück. »Ruder Steuerbord zehn! Beide Maschinen Kleine Fahrt voraus!«

Langsam schwenkte der Bug herum, und U 115 nahm kaum spürbar wieder Fahrt auf: »Ruder, komm auf! Recht so! Neuer Kurs eins-sieben-null!«

»Kurs eins-sieben-null liegt an, beide Maschinen machen Kleine Fahrt voraus!« kam die Rückmeldung.

Ich trat von der Turmbrüstung zurück. »Ihre Wache, Herr Bernau. Bitte übernehmen Sie. Nicht mehr lange, dann können wir auf die Einfahrt nach Bergen einscheren.«

»Danke, Herr Kaleu!« Bernau nahm das Glas an die Augen und suchte die Wasseroberfläche vor unserem Bug ab. Plötzlich ging er hoch: »Verdammt, habt ihr Tomaten auf den Augen, ihr lahmen Krücken? Beide Maschinen stopp! Beide Maschinen dreimal AK zurück!«

Ich fuhr herum und richtete mein Glas ebenfalls nach voraus. Das Boot brauchte einen Augenblick, bis es durch die entgegenlaufenden Maschinen Fahrt verlor und endlich achteraus glitt. Jetzt sah auch ich, was ihn veranlaßt hatte, den Ausguck anzufahren.

Im ersten Frühlicht drohte U 115 genau in ein Trümmerfeld hineinzusteuern, in ein Trümmerfeld aus träge in der Dünung dümpelnden Flugzeugteilen. Reste von Tragflächen, Leitwerken und zerschossenen Flugzeugrümpfen, die von der Strömung vom Wellenberg ins Wellental getragen wurden, um sogleich auf der anderen Seite des Tales erneut emporzusteigen.

Kein Zweifel, es waren die stummen Zeugen eines Luftkampfes, der über der See vor Bergen getobt und nicht nur den Briten einen hohen Blutzoll abverlangt hatte. Zwischen den Trümmern entdeckten wir nämlich auch Reste, die das deutsche Balkenkreuz trugen.

»Ach du Scheiße, da hat's auch einen von uns erwischt! Mann, haben wir ein Schwein gehabt, daß wir noch nicht in Bergen am Kai gelegen haben, als dieser Affentanz losgegangen ist«, sagte der I WO. »Wer weiß, wie es da jetzt im Hafen aussieht, Herr Kaleu. Vermutlich ist dort kein Stein auf dem anderen geblieben.«

»Kann sein, muß aber auch nicht sein. Sieht nach der Masse der Trümmer eher so aus, als seien die Tommies schon auf See von deutschen ME 109 abgefangen und zum Kampf gestellt worden.« Ich suchte mit dem Glas das Trümmerfeld nach eventuellen Überlebenden des Luftkampfes ab, die sich möglicherweise mit dem Fallschirm hatten retten können.

Enttäuscht ließ ich das Glas wieder sinken. »Nichts, nur ein See ausgeflossenen Treibstoffs. Ein Wunder, daß der nicht Feuer gefangen hat.«

Bernau nickte und ließ das Glas ebenfalls sinken. »Noch haben ihn Wind und Strömung nicht auseinandergerissen. Kann also noch gar nicht so lange her sein.«

»Beide Maschinen stopp! Wir werden das Trümmerfeld lieber umgehen, damit uns nicht noch so ein Scheißwrack vor den Bug kommt. Ruder Steuerbord zwanzig, beide Maschinen Halbe Kraft voraus.«

»Ruder liegt Steuerbord zwanzig!« kam die Rückmeldung aus der Zentrale. »Beide Maschinen laufen Halbe Kraft voraus.«

Es war ein ausgedehntes Trümmerfeld, um das wir einen weiten Bogen schlagen mußten, ehe wir wieder Kurs auf Bergen nehmen konnten. Aufmerksam suchten wir deshalb die Wasserfläche nach weiteren Trümmern ab.

»Komisch, beide Maschinen ziehen richtig durch, und da

müßte eigentlich genügend Druck auf dem Ruder sein. Trotzdem ist der Bug nur zögerlich herumgekommen und krängt irgendwie nach Backbord«, meinte der I WO kopfschüttelnd und sah nach achtern. Er deutete auf unser Kielwasser. »Und nun schlenkert auch noch das Achterschiff wie ein Lämmerschwanz hin und her! Was ist da unten los? Sitzt da ein Anfänger an den Steuerknöpfen, der mit dem Kielwasser seinen Namen zu schreiben versucht?«

»BÜ, fragen Sie nach, was der Rudergänger dort unten treibt!« befahl ich ärgerlich. »Pennt der Kerl?«

Ehe der BÜ nachfragen konnte, klappte das Turmluk auf. Oberleutnant Ing. Becker, der LI, krabbelte heraus auf die Turmplattform. Er baute sich vor mir auf und salutierte. »Morgen, Herr Kaleu! Der Möller pennt nicht. Wir haben zwar kein Leck an der Außenhaut festgestellt, aber das vordere Tiefenruder an Backbord klemmt, weist mit fünf Grad nach unten und läßt sich weder elektrisch noch manuell bewegen. Nehme an, daß sich darum das Boot nur schwer auf Kurs halten läßt.«

Ich starrte ihn einen Augenblick ungläubig an, ehe ich die Sprache wiederfand. »Du lieber Himmel, das Tiefenruder hat was abbekommen, sagen Sie? Jetzt, wo es mit jeder Minute heller wird und jeden Augenblick wieder ein paar rachedurstige Tommies auf der Bildfläche erscheinen können? Und da fällt Ihnen nichts zu ein?«

Ich erwischte Becker auf dem falschen Fuß. Er schaute mich so ratlos an, daß mir meine aggressive Frage in diesem Moment schon wieder leid tat. Er war ein guter LI, nie um eine Lösung verlegen, und darum war es eine Gemeinheit von mir, ihn so auf die Hörner zu nehmen. Um ehrlich zu sein, mir fiel nämlich dazu zunächst ebenfalls nichts ein, obwohl in meinem Kopf so eine vage Erinnerung an meine Ausbildungszeit als Wachoffiziersschüler herumgeisterte. Irgendwann hatten wir damals einen solchen Schaden bei den routinemäßigen Rollenspielen durchexerziert, doch ich suchte jetzt vergeblich nach dem Faden, an dem sich meine vage Erinnerung aufspulen ließ.

»Hmm, fünf Grad unten sind normalerweise kein Beinbruch, aber das ist genau der falsche...« Ich verstummte, denn im selben Augenblick fiel bei mir der Groschen. Die Erinnerung holte mich ein.

›Dann steuern Sie eben mit den anderen Tiefenrudern so lange dagegen, bis Sie den Schaden beheben können, klar?‹ hatte der damalige LI gesagt, als an Krieg und Fliegerangriffe noch gar nicht zu denken gewesen war. Das sah jetzt ganz anders aus. Wir mußten damit so schnell wie möglich unter Land und nach Bergen hinein, sonst erwischten uns die Tommies in einer Situation, wo das Alarmtauchen für uns schwierig wurde.

»Steuern Sie mit den drei anderen Tiefenrudern dagegen, so daß wir auf ebenen Kiel kommen, Herr Becker!« tat ich so souverän, als hätte es für mich nie auch nur die Spur eines Zweifels gegeben, wie wir die Schwierigkeit meistern konnten. »Und dann nehmen Sie mit achtzehn Knoten Kurs auf Solsvik, Herr Bernau, damit wir in den Schutz der dortigen Flakbatterien kommen, bevor uns die Tommies ihre Aufwartung machen. Wir dürfen jetzt keine Zeit verlieren.«

Der Hafenschlepper drückte uns in Bergen an den Platz am Werftkai, den uns der Hafenkapitän nach unserer Schadensmeldung über die Signalstation angewiesen hatte. Wurfleinen flogen zu den Helfern auf dem Kai hinüber, wurden mit der vorderen und achteren Spring an Land geholt. Die Festmacher-Trossen folgten und wurden dichtgeholt. Das vertraute Vibrieren der Gräting unter unseren Füßen im Takt der Maschinen verstummte. U 115 lag fest vertäut an der Pier. Das Leinenkommando brachte die Gangway aus, die Hafenwache zog auf.

»Darf ich Ihnen ein offenes Geständnis machen, Herr Kaleu?« sagte der I WO leise mit einem entschuldigenden Lächeln zu mir. »Alle Achtung, man lernt doch immer wieder was hinzu.«

»Und das wäre, Herr Bernau?«

»Mit Verlaub gesagt – keiner von uns hat echt daran geglaubt, daß das Gegensteuern mit den anderen Tiefenrudern klappen könnte. Wir haben dadurch zwar etwas an Geschwindigkeit eingebüßt, aber es hat dann tatsächlich doch funktioniert!«

»Danke für die Blumen, I WO. Aber darf ich Ihnen ein ebenso offenes Geständnis machen?« Ich grinste. »Auch ich bin um eine Erfahrung reicher, denn ich hab es selbst nicht so recht geglaubt. Aber sagen Sie das, um Gottes willen, nicht weiter, sonst ist mein ganzer Nimbus hin! Die Idee ist nämlich nicht auf meinem Mist gewachsen, sie stammt von einem LI während meiner Ausbildungszeit als Wachoffiziersschüler. Was mir damals als reine Theorie nur ein ungläubiges Lächeln abgenötigt hatte, hat sich zu meiner größten Überraschung jetzt doch tatsächlich in der Praxis als durchaus praktikabel erwiesen. Toll, was?«

Er schaute mich einen Augenblick völlig überrascht an, dann brachen wir beide in ein so lautes Gelächter aus, daß die Werftarbeiter und die über die Pier eilenden Soldaten erstaunt zu uns auf den Turm hinaufblickten. Und nicht nur die. Unter den Uniformierten auf dem Pier entdeckte ich ein bekanntes Gesicht. Es gehörte Oberleutnant zur See Bertram, dem Adjutanten unseres Flottillenchefs. Er winkte uns freundlich zu und trat an den Posten an der Gangway heran, um an Bord zu kommen.

»Unserem hochverehrten Flottillenchef muß es ja ganz schön unter den Nägeln brennen, wenn der uns jetzt sogar schon seinen Adjutanten zum Empfang an die Pier schickt!« spöttelte ich und gab dem Posten ein Zeichen, Bertram an Bord zu lassen. »Kommen Sie, Herr Bernau, lassen wir den Bertram nicht warten. Bin gespannt, was der von uns will.«

Während der Adjutant unter dem Seitepfiff der Bootsmannsmaatenpfeife über die Stelling schritt und sich beim Bootsmaat der Wache an Bord meldete, turnten wir beide über die Turmklampen zu ihm an Deck hinunter.

»Herzlich willkommen an Bord von U 115, Herr Bertram!« begrüßte ich ihn und schüttelte ihm die Hand. »Was verschafft uns denn schon in so früher Morgenstunde die Ehre und das Vergnügen Ihres Besuches hier an Bord?«

»Der Botendienst, Herr Kapitänleutnant Thomsen!« Er salutierte lächelnd. »Melde gehorsamst, unser Flottillenchef, Herr Korvettenkapitän Jost von Wittmand, gibt sich die Ehre, die Herren Thomsen und Bernau zu einem kleinen gemeinsamen *frokostboard* in das Stabsgebäude zu bitten, sobald Sie hier abkömmlich sind. Ist Ihnen das bis neun Uhr möglich, Herr Kaleu?«

Die erlesenen *frokostboards,* die Frühstückstafeln des genußfreudigen Flottillenchefs, die er für seine Gäste ausrichtete, waren weit über den Marinestützpunkt Bergen hinaus berühmt, und jeder, der auch nur irgendwann ein einziges Mal daran teilgenommen hatte, träumte fortan nur noch von jenem besonderen kulinarischen Vergnügen. Dort tischte von Wittmand nämlich alles an Köstlichkeiten und Getränken auf, was Norwegen für seine Privatschatulle und seine Beziehungen zum Raritätenkabinett des deutschen Verpflegungsmagazins zu bieten hatten. Er stellte damit oft selbst die Banketts auf höchster militärischer Ebene in den Schatten. Solch eine Einladung war eine besondere Ehre, und wer die ausschlug, mußte schon ein hirnverbrannter Idiot und Ignorant sein. Und das waren wir beide nicht.

Ich legte salutierend die Hand an den Schirm meiner einstmals weißen Kommandantenmütze. »Herzlichen Dank, Herr Bertram, wir werden es einzurichten wissen, und wenn wir Himmel und Hölle dafür in Bewegung setzen müßten. Unsere besten Empfehlungen an Herrn Korvettenkapitän von Wittmand, wir wissen die Ehre zu schätzen und nehmen die Einladung dankend an.«

Bertram grinste. »Werde ich ausrichten, Herr Kaleu! – Im übrigen soll ich Ihnen mitteilen, daß für das Frühstück wegen der Kürze der Zeit keine besondere Dienstkleidung vorgeschrieben ist.« Er knallte die Hacken zusammen. »Bitte gehorsamst, wieder von Bord gehen zu dürfen.«

Ich mußte unwillkürlich lächeln. Wittmand dachte doch wahrhaftig an alles. Keiner von uns hatte nämlich seine Ausgehuniform an Bord. Wir konnten also tatsächlich in unseren Lederklamotten oder im speckigen Bordjackett zum Frühstück aufkreuzen, ohne die militärischen Formen zu verletzen.

»Bitte gewährt, Herr Bertram.« Wir schüttelten einander die Hände. »Bis nachher dann!«

Unter dem Schrillen der Bootsmannsmaatenpfeife stiefelte er über die Stelling an Land, grüßte von dort noch einmal die in der leichten Brise auswehende Flagge und eilte zur Uferpromenade, die in die Stadt führte.

»Na, da bin ich ja gespannt, was hinter dieser Einladung steckt, Herr Bernau. Bei dem Gedanken daran läuft mir allerdings schon jetzt das Wasser im Munde zusammen.«

Es bereitete Bernau und mir nicht die geringsten Schwierigkeiten, den uns von Bertram gesetzten Zeitrahmen einzuhalten, denn der LI war überaus dienstbeflissen. Ihn wurmte offensichtlich noch immer, daß er auf die Idee des Gegensteuerns nicht selbst gekommen war. Deshalb wollte er wohl jetzt die Scharte auswetzen, die ich seinem Selbstwertgefühl verpaßt hatte. Ich überließ darum ihm die Verhandlungen mit den Werftoberen, während ich alles andere regelte, was der Beginn einer Hafenliegezeit jedem Kommandanten routinemäßig abverlangte.

Als Bernau und ich später von Bord gingen, warf U 115 bereits wieder die Leinen los und verholte unter dem Kommando des II WO weiter in den Werftbereich hinein, und das war gut so. Vergeblich zerbrach ich mir allerdings den

Kopf, wie der LI es geschafft haben mochte, den Werftoffizier so unter Druck zu setzen, daß er der U 115 eine bevorzugte Behandlung angedeihen ließ.

»Zeichen und Wunder, Herr Bernau!« rutschte es mir auf dem Weg zum Stabsgebäude heraus. »Kaum angekommen, landen wir auch schon in der Werft, ohne vorher die Munition abgegeben zu haben! Das hat's ja, seit ich bei der Marine bin, noch nie gegeben!«

»Hmm, darauf kaue ich auch schon die ganze Zeit herum, Herr Kaleu. Erst die Einladung zum Frühstück und dann diese ungewöhnliche Eile, unser Boot wieder tauchklar zu machen, da stinkt doch was ganz gewaltig um sieben Ecken!«

Ich blieb überrascht stehen. »Sie meinen ...? – Mensch, dieser Gedanke ist mir ja noch gar nicht gekommen! Am Ende wartet auf uns wieder so ein Spezialauftrag, wie wir ihn gerade hinter uns gebracht haben?«*

In meinem Kopf überschlugen sich die Gedanken, ich begann zwei und zwei zusammenzuzählen: Erst die Einladung ohne Kleidungsvorschrift, so daß wir in unseren abgetragenen Bordklamotten oder gar im Lederpäckchen und in Seestiefeln antanzen konnten, und dann die Eile, mit der U 115 wieder frontklar gemacht werden sollte. Zusammengenommen war das alles mehr als ungewöhnlich!

»Ich freß 'nen Besen, wenn da nicht 'ne böse Überraschung auf uns wartet, Herr Kaleu!« kam Bernau zu dem gleichen pessimistischen Schluß wie ich. »Ich seh schon meine Hochzeit mit Meritt in noch weitere Ferne rücken.«

Ach ja richtig, erinnerte ich mich, der wollte ja heiraten, und ich sollte dabei einen der Trauzeugen abgeben. Das Problem war nur, daß er seit mehr als einem Monat vergeblich auf die für Offiziere obligatorische Heiratserlaubnis wartete, um seiner großen Liebe, der bildhübschen Norwegerin Meritt Skoller, endlich offiziell auch das Jawort geben zu können.

* Siehe Erik Maasch: U 115: Operation Eisbär

Ein unhaltbarer Zustand, denn die beiden hatten längst alle für eine Hochzeit notwendigen Papiere beigebracht. Und trotzdem war da irgendwo der Wurm drin, brachte doch irgend so ein engstirniger bürokratischer Sesselfurzer anscheinend immer neue Bedenken gegen eine Ehe der beiden vor, so daß sich die angestrebte Eheschließung bisher immer wieder verzögert hatte.

Unser II WO, die Spottdrossel, fand dafür eine ganz simple Erklärung, als im Offizierslogis wieder einmal das Gespräch darauf kam: »Das ist reiner Neid, daß man Ihre Heiratserlaubnis verzögert, Herr Bernau! Da neidet es Ihnen jemand, daß Sie und Ihre Braut nachweisbar arisch bis in die Steinzeit sind und beide schon rein äußerlich haargenau dem Idealbild der germanischen Rasse entsprechen, wie ihn unsere nationalsozialistische Führung in Wort und Bild so euphorisch propagiert.«

»Aus Neid?« Bernau hatte ihn verständnislos angesehen. »Wie meinen Sie denn das? Mir fehlt da nämlich im Moment der Faden, Herr Störmer.«

Grinsend hatte der II WO leise hinter vorgehaltener Hand geantwortet: »Na, schauen Sie sich doch mal diese Führungsriege an, zum Beispiel den Ley oder den Goebbels. Finden Sie, daß die beiden germanisch aussehen? Ich will ja nicht sagen, daß die ebensogut in den *Stürmer* paßten, aber germanische Musterexemplare sind doch gerade die beiden ganz und gar nicht!«

Wir hatten laut über diesen Vergleich gelacht, obwohl der Schuß nach hinten losgehen konnte, wenn Störmers Worte in die falschen Ohren gelangten. Der *Stürmer* war nämlich ein Blatt, in dem an den Juden kein gutes Haar gelassen wurde.

Ich dagegen fand dafür eine ganz andere Erklärung. Sicher lag es daran, daß seine Verlobte Norwegerin war, deren Umfeld man erst einmal gründlich unter die Lupe nehmen mußte, ehe man die Heiratserlaubnis erteilte.

»Nun sehen Sie das mal nicht zu schwarz, Herr Bernau. Vielleicht liegt die Heiratserlaubnis ja mittlerweile vor und ist der Grund, warum der olle Wittmand auch Sie eingeladen hat?« Ich grinste. »Der weiß, daß Sie mich als Trauzeugen ausersehen haben, und will vielleicht dabei ebenfalls Trauzeuge spielen?«

»Das glauben Sie doch nicht im Ernst, Herr Kaleu? Eher schießt doch ein Krückstock.«

Es schoß kein Krückstock, im Gegenteil. Wir waren nicht die einzigen, die der Flottillenchef zu seinem *frokostboard* geladen hatte, eindeutig aber die einzigen unter den korrekt gekleideten Offizieren seines Stabes, die in abgetragenen Bordjacketts, mit einem halben Schlag in den speckigen Lederhosen und in Seestiefeln der Einladung gefolgt waren. Mochten die anderen uns auch noch so indigniert mustern, der Flottillenchef nahm jedenfalls an unserem Aufzug keinen Anstoß.

»Herzlich willkommen in Bergen, Herr Thomsen und Herr Bernau!« Er schüttelte uns die Hände und deutete einladend auf die beiden freien Plätze an seinem Tisch. »Schön, daß Sie es geschafft haben, obwohl Ihr Boot doch man gerade eben erst am Kai festgemacht hat. Ich bin gespannt auf Ihren Bericht über die *Operation Eisbär*, Herr Thomsen, außerdem habe ich ein paar Neuigkeiten für Sie beide. Aber das hat Zeit bis nachher. Zuerst wollen wir uns mal stärken. Dienst ist Dienst, doch man soll dabei auch seine leiblichen Bedürfnisse nicht vergessen! Auf denn, meine Herren! Ich wünsche Ihnen allen einen guten Appetit!«

Nach diesem üppigen Frühstück wechselten wir hinüber in das Dienstzimmer des Flottillenchefs, gespannt, welche Neuigkeiten er für uns parat hatte. Mit einer einladenden Handbewegung bot er uns die beiden Lehnstühle vor seinem Schreibtisch an und ließ sich mit einem Seufzer in den bequemen Drehsessel dahinter sinken.

»So, meine Herren, dann wollen wir mal! Ich habe zwei Neuigkeiten für Sie, eine gute und eine schlechte. Welche wollen Sie zuerst hören?«

Bernau und ich verständigten uns mit einem kurzen Blick. »Die gute zuerst, Herr Kapitän«, sagte ich, »dann verkraften wir die schlechte vielleicht leichter.«

»Hoffen wir's, Herr Thomsen.« Er sah den I WO an. »Die gute Nachricht betrifft Sie, Herr Bernau. Gratuliere! Ihre Heiratserlaubnis ist durch, Sie dürfen also, und das sollten Sie umgehend tun. Der nächste Einsatz Ihres Bootes läßt Ihnen nämlich dazu nicht viel Zeit.«

Er machte eine Pause, um Bernaus Reaktion auf seine Ankündigung abzuwarten. Doch der war so perplex, daß es ihm glatt die Sprache verschlug, denn das war eine Wendung, mit der wir beide nicht gerechnet hatten. Deshalb meldete ich mich zu Wort, bevor von Wittmand fortfahren konnte.

»Ich bitte um Entschuldigung, Herr Kapitän! Sie sehen mich vollkommen überrascht. Wie ist das zu verstehen? Ganz abgesehen davon, daß sich die gesamte Besatzung berechtigte Urlaubshoffnungen macht, bekommt denn Herr Bernau den ihm üblicherweise zustehenden Heiratsurlaub nicht?«

»Das ist die schlechte Nachricht, Herr Thomsen.« Von Wittmand verzog bedauernd das Gesicht: »Frankreich hat kapituliert. Die Waffenstillstandsbedingungen sehen unter anderem die Besetzung Frankreichs nördlich und westlich der Linie Genf – Dole – Tours – Mont de Marsun – spanische Grenze vor. Damit bekommen wir die wichtigsten Häfen der gesamten Atlantik- und Kanalküste in unsere Hand. Muß ich noch mehr sagen?«

Das brauchte er wahrhaftig nicht, wir konnten uns ja beide den Rest denken. Deshalb schüttelte ich den Kopf. Von Wittmand nahm ein FT-Formular von seinem Schreibtisch auf.

»Ein FT des BdU, meine Herren. Unsere Flottille verlegt

ab sofort von Bergen nach Brest. Sie dorthin auf den Weg zu bringen ist meine letzte Handlung als Chef der 15. U-Flottille; denn in Brest löst mich Korvettenkapitän Bernhardi ab. Ich übernehme eine neue Aufgabe beim FdU-West.« Er tippte auf eine Stelle in dem FT. »Das Oberkommando der Wehrmacht plant bereits die Invasion Englands. Das oberste Ziel aller einsatzfähigen U-Boote muß es darum sein, so heißt es hier, den Feind von seinen lebenswichtigen Nachschubverbindungen abzuschneiden und somit die Britischen Inseln sturmreif zu machen. Wir haben jedoch im Augenblick zu wenig einsatzbereite Boote, um diesem Anspruch gerecht zu werden. Unter diesen Umständen ist also an einen längeren Urlaub gar nicht zu denken, und das gilt für Ihre gesamte Besatzung, Herr Thomsen. Tut mir leid für Sie und Ihre Braut, Herr Bernau.«

»Das ist ja 'n Hammer!« rutschte es mir heraus. »Das heißt also, sobald die Schäden an meinem Boot beseitigt worden sind, geht es wieder raus auf See? Brauchten wir deshalb die Munition nicht abzugeben?«

Er nickte. »In der Tat, so ist es zumindest zum Teil. Wir wollten uns zunächst mal ein Bild über das Ausmaß des Schadens machen, denn die Einsatzbefehle für Ihr Boot liegen bereits vor. Müssen Sie zur Schadensbeseitigung ins Dock, und damit rechne ich eigentlich, geben Sie selbstverständlich vorher alle Munition an das Marinearsenal ab.« Er lächelte dem I WO zu. »Damit gewinnen Sie wenigstens ein paar Tage Heiratsurlaub, Herr Bernau.«

»Ist ein offenes Wort gestattet, Herr Kapitän?«

»Immer, mein lieber Thomsen.« Er langte in ein Fach seines Schreibtisches und brachte daraus eine volle Flasche Aalborg-Aquavit und drei Gläser zum Vorschein.

»Dann hoffe ich für meinen I WO und meine Männer, daß wenigstens eine Woche dabei herausspringt.«

»Das kann und wird Ihnen keiner verübeln, am allerwenigsten ich.« Er löste die Verschlußkappe und schenkte die

Gläser voll. »Ich glaube, jetzt ist ein kräftiger Schluck angebracht, damit Sie über Ihre Enttäuschung schneller hinwegkommen. Und dann schildern Sie mir mal, wie die *Operation Eisbär* verlaufen ist.«

Als wir aufstanden, um uns zu verabschieden, warf der Kapitän einen prüfenden Blick auf den in der Aquavitflasche verbliebenen Rest, ehe er sie in das Schreibtischfach zurückstellte und die Gläser zur Seite schob.

Er lächelte. »Nicht schlecht für einen Vormittag, meine Herren!« Ihm war nichts anzumerken, während Bernau und ich von der ungewohnten Alkoholmenge einen ganz hübschen Zacken in der Krone hatten. »Das sollte Ihnen doch wohl über den Schock hinweghelfen und Sie beflügeln, Ihre Heiratspläne schleunigst in die Tat umzusetzen, Herr Bernau. Wo ich helfen kann, werde ich das tun, damit Sie diesmal nicht wieder unvermählt in See gehen müssen, klar?«

»Danke, Herr Kapitän! Ich werde ...«, Bernau unterdrückte einen Hickser, »... alles sofort in Angriff nehmen. Darf ich Herrn Kapitän schon jetzt zu unserer Hochzeitsfeier einladen?«

»Sie dürfen, und ich komme gern. Aber nun informieren Sie man zuerst Ihre Braut. Weiß sie überhaupt, daß Sie wieder in Bergen sind?« Von Wittmand schob die Papiere auf seinem Tisch zusammen und grinste diabolisch. »Am Ende will die Sie gar nicht mehr? Sechs Wochen sind schließlich 'ne lange Zeit, und hier laufen 'ne Menge flotter Knaben herum.«

Eine harmlose Frotzelei, typisch für den immer zu solchen Späßen aufgelegten Kapitän. Benebelt, wie er war, nahm Bernau die Worte jedoch für bare Münze und zuckte regelrecht zusammen.

»Das wird sie doch ...«, stotterte er verdattert. Der Gedanke war ihm nämlich noch gar nicht gekommen. »Sie hat ...«

»Merken Sie denn nicht, daß der Kapitän Sie bloß auf den

Arm nimmt, I WO?« unterbrach ich ihn und zog ihn zur Tür. »Natürlich wird sie Ihnen voller Wiedersehensfreude um den Hals fallen. Los, lassen Sie Ihre Meritt nicht noch länger warten!«

Wir salutierten, und raus waren wir. Draußen auf dem Gang legte ich ihm den Arm um die Schulter.

»Auf denn, Herr Bernau, Sie sind ab sofort dienstfrei! Holen Sie sich zunächst in der Schreibstube Ihre Heiratserlaubnis ab, und dann ab damit zu Bertram. Der weiß, wie so eine Trauung vor sich geht. Ich selbst hab nämlich keinen blassen Dunst. Und dann sollten Sie endlich zu Ihrer Meritt eilen. Frauen haben immer ganz bestimmte Vorstellungen, wie ihre Hochzeitsfeier ablaufen soll. Das weiß ich aus eigener Erfahrung.«

Das brauchte ich ihm nicht zweimal zu sagen. Er dankte und trabte im Geschwindschritt davon.

Im Treppenhaus lief ich dem Flottilleningenieuroffizier in die Arme: »Gut, daß ich Sie treffe, Herr Thomsen. Hat man Sie schon informiert? – Nein? – Mit Tauchern ist da nichts zu machen, Ihr Boot muß docken. Vorher muß die Munition abgegeben werden, klar?«

»Völlig klar! Ich hab mir das schon gedacht. Haben Sie 'ne Vorstellung, wie lange die Reparatur dauern wird? Drei, vier Tage oder 'ne Woche?«

»Keine Ahnung. Das läßt sich erst sagen, wenn Ihr Boot im Dock liegt. Aus Erfahrung möchte ich aber meinen, daß es länger als nur drei Tage dauern wird.«

»Na, das wird dem Chef aber gar nicht schmecken. Wir sollen so schnell wie möglich wieder raus auf See!« tat ich entsetzt, obwohl es mich für Bernau freute.

»Das wird er schlucken müssen. Schäden an den Tiefenrudern sind nun mal eine ganz diffizile Angelegenheit. Da ist höchste Sorgfalt angesagt, und es darf nicht unter Zeitdruck gepfuscht werden, sonst springen Ihnen die Buchsen schon beim Trimmen leck.«

»Da sei Gott vor! Vielen Dank für die Information!« Ich grüßte und machte mich auf den Weg zu meinem Boot.

In den folgenden Tagen verlief alles nicht ganz so, wie wir es uns nach den Worten des Flottillenchefs vorgestellt hatten. U 115 ging zwar an den Arsenalkai und gab die Munition ab, die Mannschaft bereitete das Boot auf das Docken vor und wurde an Land einquartiert, und nur noch Hafenposten blieben an Bord. So schön, so gut, doch die Prioritäten wurden überraschend anders gesetzt.

Da zum gegenwärtigen Zeitpunkt überhaupt kein Dock frei war, sah die Werftleitung sich außerstande, die Reparaturarbeiten in einem der Docks abzubrechen, um es für uns zu räumen. Folglich wurden wir erst einmal auf Warteposition geschoben.

Wir waren darüber natürlich nicht böse, weswegen mein Protest gegen diese zeitliche Verzögerung auch nur sehr verhalten ausfiel. Wenn es auch kein Heimaturlaub war, so ergaben sich daraus alsbald vier geschenkte Tage, in denen die Freiwache tun und lassen konnte, was sie wollte. Nach der langen Zeit auf See genossen wir besonders das sogenannte Langstreckenduschen und danach das herrliche Gefühl, endlich wieder frische, saubere Wäsche auf dem Leib zu haben, die nicht die *Masern* hatte und nicht sieben Meilen gegen den Wind penetrant nach diesen Schimmelpilzen stank.

Nur mit dem Essen haderten wir, erschien es uns doch zunächst entsetzlich fade. Das verlor sich aber, als der allgegenwärtige Dieselmief unserer Eisenröhre nicht mehr die Schleimhäute beizte.

Einen Tag bevor wir eindockten, fand der schier unerträgliche Termindruck, der seit unserem Einlaufen auf dem I WO gelastet hatte, ein glückliches Ende, und die ersehnte Heirat mit Meritt Skollers wurde endlich Wirklichkeit.

Bernau war bei den Männern beliebt. Deshalb war es selbstverständlich, daß die gesamte Besatzung ein Ehrenspalier bildete, als die beiden sich nach der Trauung zu einer kleinen Hochzeitsfeier hinüber in das Kasino begaben. Ein Ereignis, das auch die Aufmerksamkeit der Einheimischen erregte, zumal die bildhübsche glückliche Braut ein norwegisches Trachtenkleid trug. Während unsere Männer den beiden zujubelten, wandten sich die Norweger demonstrativ ab. Von ihren verkniffenen Mienen ließ sich unschwer ablesen, was sie von dieser norwegische Frau am Arm des deutschen Marineoffiziers hielten.

Es war nur eine kleine Hochzeitsgesellschaft, die die beiden in der Kürze der Zeit zusammengebracht hatten. Prompt gab sich unser Flottillenchef die Schuld daran, daß die Hochzeitsfeier so überstürzt stattfand.

»Ich Idiot, warum habe ich mein Maul nicht gehalten! Die hätten sich viel mehr Zeit lassen können, wie ich jetzt weiß!« sagte er leise zu mir. »So ein nettes Mädchen! Hat sich ihre Hochzeit bestimmt nicht so bescheiden vorgestellt!«

»Sicher, Herr Kapitän«, gab ich ebenso leise zurück. »Wenn die Werft uns gleich reinen Wein eingeschenkt hätte, wäre den beiden tatsächlich mehr Zeit geblieben. Aber daß der Kreis der Gäste dadurch größer geworden wäre, glaube ich nicht.«

»Nein?« Er sah mich verständnislos an. »Warum nicht?«

»Bernaus Angehörige, Verwandte und Freunde hätten aus Kiel anreisen müssen und dazu nie die Genehmigung erhalten. Norwegen ist noch immer militärisch besetztes Gebiet, in das deutsche Zivilisten nach wie vor nicht einreisen dürfen. Aber damit sage ich Ihnen doch nichts Neues.«

»Stimmt, Herr Thomsen.« Er schaute bewundernd zu Meritt hinüber, die in ihrem norwegischen Trachtenkleid hinreißend aussah. »Warum hat sie dann aber nicht wenigstens ihre Eltern und alle Verwandten eingeladen?«

Ich zögerte einen Augenblick. So begriffsstutzig konnte man doch eigentlich nicht sein. Oder doch?

»Die sind schon eingeladen worden, Herr Kapitän. Sie hat

nur den Fehler begangen, ihrem Cousin, der Arzt am hiesigen Krankenhaus ist, anzuvertrauen, daß sie einen deutschen Marineoffizier zu heiraten gedenke, sobald der vom Einsatz zurück sei.« Ich deutete auf den einzigen Norweger, der einsam und irgendwie verloren am Tisch saß. »Das ist er, und natürlich hat er der gesamten Familie diese Information gesteckt. Den Erfolg sehen Sie ja. Freunde haben wir uns mit der Besetzung Dänemarks und dem Überfall auf Norwegen nun wirklich nicht gemacht.«

»Hmm, Sie haben recht, obwohl wir eigentlich den Briten nur zuvorgekommen sind, wie wir inzwischen wissen. Doch das glaubt uns hier kein Mensch.« Er schickte seinen Worten einen deftigen Schluck Aquavit nach und hob mahnend den Finger. »Aber nennen Sie das um Gottes willen nicht einen Überfall! Halten Sie sich lieber an die offizielle Sprachregelung.« Er genehmigte sich einen weiteren Schluck. »Und nun? Verheiratet mit einem deutschen Offizier, einem Besatzer! Das wird doch für die arme Frau das reinste Spießrutenlaufen bei ihren Landsleuten.«

»Das befürchtet mein I WO ebenfalls, deshalb hat er ja auch so auf Heiratsurlaub gehofft. Er wollte sie mit nach Kiel nehmen und sie bei seinen Eltern in Heikendorf unterbringen, bis … na ja, das mit dem Urlaub ist ja wohl nun Schnee von gestern.«

Die Annahme entpuppte sich als vorschnell. Vier Tage später dockten wir aus dem Schwimmdock aus. Der I WO und der Smadding standen mit dem Leinenkommando auf der Back und beobachteten, wie das Boot aufschwamm und sich vom Arbeitsdeck des Docks löste. Als für die Schrauben keine Gefahr mehr bestand, gab der Smadding der Brücke ein Zeichen.

»Alle Leinen los!« befahl der wachhabende II WO. »Beide Maschinen Kleine Fahrt zurück!«

Die Werftgrandies warfen die Leinen los. Die Männer an

Deck begannen, das Tauwerk Hand über Hand einzuholen und aufzuschießen, während das Boot achteraus Fahrt aufnahm und langsam aus dem Schwimmdock glitt. An irgendeine besondere Gefahr dachte niemand, denn es war ein ganz alltägliches Manöver, bei dem es lediglich darauf ankam, genau Kurs zu halten, um nicht an den vorübergleitenden Wänden des Docks entlangzuschrammen.

Meine Aufmerksamkeit und die des II WO galt daher immer wieder dem Achterschiff, bis uns ein Schrei von der Back alarmierte. Unsere Köpfe flogen herum. Irritiert starrte der II WO auf den Mann an der Steuerbord-Spring, dem das Tau immer schneller in entgegengesetzter Richtung durch die Hände glitt und durch die Klüse an Deck außenbords rauschte.

»Verflucht, da hat einer dieser Werftheinis die Spring nicht sauber losgeworfen, II WO! Die hängt mit einem Kinken noch am Poller und zieht sich fester und fester!« schrie ich. »Beide Maschinen Stopp! Wahrschau! Gleich kommt sie steif!«

Zu spät, das Boot verlor nicht schnell genug Fahrt. Es zerrte mit seinem ganzen Gewicht an der Spring. Die letzten Lose rauschten durch die Klüse, mit einem Ruck kam das Tau steif und zog den Bug nach Steuerbord. Bis an die Grenze der Belastbarkeit gereckt, begann das überdehnte Reep gefährlich summend zu vibrieren. Ein Kardeel gab plötzlich dem übermächtigen Zug nach und brach. Blitzschnell ribbelte es sich die ganze Spring entlang auf.

»Wahrschau! Sie bricht!« schrie der Smadding. »In Dekkung!«

Der Warnruf machte den Männern auf der Back Beine, doch er kam zu spät. Der Belastung durch das noch immer achteraus drängende Boot nicht mehr gewachsen, brach das Tau mit einem lauten Knall. Wie eine überdimensionale Schlange schnellte das von der gewaltigen Last befreite Ende über das Vorschiff und hinter den fliehenden Männern her.

Der Smadding hatte noch Glück, ihn deckte der I WO. Den aber traf die heranwirbelnde Trosse mit ihrer vollen Kraft in den Rücken. Von der Wucht vorwärts getrieben, kam er ins Straucheln und wurde gegen das 8,8 cm-Geschütz geschleudert. Mit einem gellenden Schrei, der vielfach von den Wänden des Docks zurückgeworfen wurde, brach er zusammen und blieb wie leblos am Fuß der Kanone liegen.

Einen Augenblick befiel nicht nur mich lähmendes Entsetzen, alle Bewegungen an Bord erstarrten. Doch das währte nur wenige Sekunden. Der Anblick der drohenden Kollision des gerade eben reparierten Bugs mit der Wand des Schwimmdocks riß mich aus der Erstarrung. Meine Ruder- und Maschinenkommandos brachten das Boot wieder auf Kurs. Auch der Smadding reagierte auf die ihm eigene Weise.

»Glotzt nicht so blöd, ihr lahmen Krücken! Seht ihr nicht, daß es den I WO erwischt hat?« Er eilte zum Geschütz und beugte sich über den I WO. »Der Smut' mit Verbandszeug und einer Transporthängematte an Deck! Der I WO ist schwer verletzt!«

Der Smut' war nicht nur ein guter Koch, er war auch als ausgebildeter Sani zugleich der Ersatz für den Bordarzt, den es auf U 115 sowenig wie auf allen anderen U-Booten der deutschen Kriegsmarine gab. Ihm zur Seite stand in solchen Notfällen meist der Fähnrich, und der schwang bereits die Beine über die Reling des Wintergartens und kletterte eilig die Turmklampen hinunter an Deck, wo der Smut' aus dem Vorratsluk kroch.

»Übernehmen Sie, Herr Störmer!« gab ich die Wache an den II WO zurück und stieg ebenfalls über die Reling, »Ich muß runter und sehen, wie es um den I WO steht.«

Der Anblick des hingestreckten I WO war ein gewaltiger Schock für mich. Er schien bewußtlos, denn seine Augen waren geschlossen. Aus seiner aufgeplatzten linken Augenbraue quoll helles Blut und rann über sein wachsbleiches Gesicht. Der linke Arm lag völlig unnatürlich verdreht an Deck.

»Sieht nicht gut aus, Herr Kaleu! Der I WO ist mit der linken Seite gegen die Achtacht geflogen, die war härter«, flüsterte mir der Smut' zu und tupfte ihm das Blut aus dem Gesicht, um einen Verband anzulegen. »Das hier ist nur eine kleine Schmarre, die man klammern kann und die dann von alleine heilt. Das mit dem Arm ist schlimmer, sieht nach einem Oberarmbruch aus. Auch das Schlüsselbein scheint was abbekommen zu haben, wenn er nicht gar innere Verletzungen davongetragen hat. Ich möchte an ihm nicht herumdoktern. Er muß umgehend ins Lazarett und in kompetentere, in ärztliche Hände.«

Ich nickte. »Das sehe ich auch so.«

Ich stand auf und trat an den Turmfuß. »Herr Störmer, gehen Sie an die Ölpier und rufen Sie über die Signalstation 'nen Krankenwagen oder 'ne Hafenbarkasse, die den I WO rüber ins Marinelazarett bringt! Machen Sie es dringender als dringend!«

Der II WO hob die Hand zum Zeichen, daß er verstanden hatte, und gab die entsprechenden Befehle. Während U 115 im Werftbecken backste und Kurs auf die Ölpier nahm, kehrte ich die wenigen Schritte zu Bernau zurück. Das Bild hatte sich inzwischen geändert. Der Smut' hatte ihm ein Verbandspäckchen mit der Binde auf die geplatzte Braue gepreßt, und der Fähnrich war dabei, eine Spritze aufzuziehen. Zwei Männer vom Leinenkommando breiteten an Deck neben dem I WO die Transporthängematte aus.

»Sollten wir nicht lieber warten, bis wir 'ne Trage für den I WO kriegen, Smut'?«

Der schüttelte den Kopf, zog dem I WO die Hose herunter, desinfizierte den Oberschenkel und jagte ihm dann die Spritze, die ihm der Fähnrich reichte, in den Muskel. »Nee, lieber nicht, Herr Kaleu. Nichts geht über die Transporthängematte, um ihn schonend von Bord zu bringen. Einmal darin richtig verschnürt, kann sich nichts verschieben und ihm Schmerzen verursachen. Und den Rest besorgt dann die Spritze.«

»Teufel, was soll die Spritze, Smut'? Wollen Sie ihn umbringen?«

»Im Gegenteil!« Er lachte und klopfte dem I WO auf die Wange. »Na, wie sieht's aus, Herr Oberleutnant? Ist es nun auszuhalten? Können wir jetzt?«

Der I WO öffnete das freie Auge und sagte mit schmerzverzerrtem Gesicht: »Nur zu, Smut'! Schlimmer kann's eigentlich nicht mehr werden!«

Er versuchte ein Lächeln, als sein Blick auf mich fiel. »Tut mir leid, Herr Kaleu. Dieser Scheißarm ist 'ne üble Sauerei, was? Aber ich komm' schon wieder auf die Beine. Unkraut vergeht nicht!«

»Gute Ware hält sich, muß es heißen, Herr Oberleutnant!« widersprach ihm der Smutje. »Dann wollen wir mal! Packt an, Männer!«

Ehe der I WO überhaupt wußte, wie ihm geschah, hoben die vier ihn von Deck auf und vorsichtig in die Hängematte hinein. War es die Spritze oder bewährte sich hier wieder einmal, daß wir die Bergung von Verwundeten in einer Transporthängematte bei jeder sich bietenden Gelegenheit wieder und wieder durchexerziert hatten? Bernau gab jedenfalls keinen Laut von sich, auch nicht, als ihn der Smut' und der Fähnrich mit geübten Händen transportsicher verschnürten.

»Was ... was geschieht jetzt mit ... mit mir, Herr Kaleu?« Die Spritze wirkte, denn es bereitete Bernau sichtlich Mühe, deutlich zu sprechen. »Ich hab ...«

»Wir haben einen Sanka gerufen, Herr Bernau, der Sie ins Lazarett bringen wird«, unterbrach ich ihn und grinste. »Wie es aussieht, kommen Sie nun wohl doch zu Ihrem Heiratsurlaub. Oben herum zwar ein bißchen eingeschränkt, aber der Freude wird das wohl kaum einen Abbruch tun. Jedenfalls glaube ich nicht, daß die Ärzte Sie in diesem Zustand mit uns in See lassen werden.«

Er schien meine Worte nicht mehr zu hören, denn er zeigte nicht die geringste Regung bei diesen für ihn und seine Frau erfreulichen Aussichten. Mir dagegen jagte seine Teilnahmslosigkeit einen Schauer über den Rücken. »Mein Gott, Fähnrich, was für ein Teufelszeug haben Sie denn da mit der Spritze aufgezogen? Der ist ja völlig von der Rolle!«

Der Smut' packte auflachend den Verbandskrempel zurück in seine Rote-Kreuz-Tasche und antwortete anstelle des Fähnrichs: »Von wegen Teufelszeug, Herr Kaleu, ein ganz harmloses Leck-mich-am-Arsch-Mittel, total beruhigend. Deshalb ist der I WO jetzt weggetreten. Wenn der im Lazarett eintrifft, dürfte die Wirkung der Spritze bereits allmählich anfangen, nachzulassen.«

Das mochte stimmen, doch ich war mit meinen Gedanken schon viel weiter. Wenn Bernau ausfiel, und das tat er, wie es aussah, zweifellos, dann brauchte ich dringend einen neuen I WO. Eine Vorstellung, die mir gar nicht zusagte.

Ich wußte zudem noch nicht, welche Aufgaben auf U 115 zukamen. Wir hatten lediglich Befehl, sofort nach dem Ausdocken Dieselöl und Süßwasser bis zur Halskrause zu bunkern, danach Proviant für sechs Wochen auf See zu übernehmen, zu munitionieren und das Boot anschließend seeklar zu melden. Aber allein schon der Gedanke, mit einem Ersatzmann für den I WO auf Feindfahrt gehen zu müssen, der weder mit U 115 und dessen Eigenarten vertraut war noch sich mit der Besatzung auskannte, trieb mir die Haare unter meiner Mütze glatt in die Höhe.

Ein Neuling an Bord, ob Offizier, Deckoffizier oder Maat, war zunächst generell immer ein Problem, das sich jedoch noch verstärkte, wenn dem Betreffenden keine Zeit zur Eingewöhnung blieb, und die hatten wir wahrlich nicht. Bis der überhaupt wußte, wo es langging, war nicht auszuschließen, daß er vor lauter Unsicherheit überreagierte oder die Mannschaft seine Schwächen ausnutzte und mit ihm vom ersten Tag an Schindluder trieb. Der gesunde Mittelweg war meist selten, es sei denn, der Neue war quasi schon ein *alter Hase,* oder aber es eilte ihm wenigstens schon ein gewisser Ruf voraus. Dann gab es zumindest mit der Mannschaft keine Probleme.

Mein Gehirn kapselte sich von dem augenblicklichen Geschehen an Bord völlig ab, malte sich nur noch alles Mögliche aus, was auf See durch so einen Ersatzmann auf uns zukommen konnte. Es war die reinste Horrorvision, bis plötzlich laute Befehle durch meine Gedankenakrobatik drangen und mich aus ihr herausrissen. Das Leinenkommando trampelte an mir vorbei und rannte auf seine Stationen, denn U 115 schor in einem eleganten Bogen auf die Ölpier zu, wo bereits der Sanka auf uns wartete. Der II WO fuhr eines seiner exzellenten Anlegemanöver, für die er in der Flottille inzwischen berühmt geworden war.

Ein Anblick, der mich von meinen negativen Überlegungen ganz schnell befreite. Warum brauchten wir denn überhaupt einen neuen I WO? Der Störmer war nicht nur ein erstklassiger Seemann und kluger Vorgesetzter, der mit der Mannschaft ohne die geringsten Schwierigkeiten klarkam. Er hatte als II WO zudem längst bewiesen, daß er das Zeug zu einem guten I WO, wenn nicht gar zum Kommandanten besaß.

Störmer war allerdings *nur* Leutnant zur See. Wenn ich ihn als I WO einsetzte, kam als II WO nur ein Offizier gleichen Dienstranges in Frage. Auch wenn sich Störmer erfahrungsgemäß nicht die Butter vom Brot nehmen ließ, mußte ich dennoch dem Neuen schon bei dessen Dienstantritt unmißverständlich klarmachen, wer hier als I WO und mein Vertreter das Sagen hatte, damit es später keine Reibereien zwischen den beiden gab.

Erleichtert atmete ich auf. Das war eine Lösung, die mir schmeckte. Allerdings blieb da immer noch ein gewisser Unsicherheitsfaktor. Was dann, wenn mir Korvettenkapitän von

Wittmand einen Strich durch meine Rechnung machte und mir irgend so ein Weichei auf den Hals schickte, das sonstwo weggelobt worden war?

Nee, schob ich den Gedanken weit von mir ab und schüttelte unwillkürlich den Kopf, das entspricht wohl ganz und gar nicht seiner Art, schließlich ist er ja selber mal U-Boot-Kommandant gewesen.

Kaum hatte U 115 festgemacht, wurde die Gangway herübergeschoben. Stoker eilten an Land, um die Schläuche anzuschlagen und mit dem Bunkern zu beginnen. Auf das Kommando des Smaddings hoben vier Männer des Leinenkommandos die Transporthängematte vorsichtig hoch und trugen den I WO darin hinüber zu dem wartenden Sanka.

»Fahren Sie mit zum Marinelazarett, Lehmann, und veranlassen Sie alles, damit Oberleutnant Bernau sofort verarztet wird!« befahl ich dem Fähnrich. »Lassen Sie sich nicht mit irgendwelchen nebulösen Angaben abwimmeln! Wir machen seeklar, deshalb drängen Sie auf eine genaue Diagnose! Ich muß klipp und klar wissen, welche Verletzungen er hat und ob wir mit seiner Rückkehr an Bord rechnen können. Klar?«

»Jawohl, Herr Kaleu!« Er knallte die Hacken zusammen und machte auf dem Absatz kehrt, um unter Deck zu verschwinden.

»Halt, Fähnrich! Was soll das?« stoppte ich ihn, »Wo wollen Sie denn hin?«

»Ich will runter, meine blaue Uniformjacke ...«

»Das lassen Sie gefälligst!« unterbrach ich ihn grob. »Sie behalten schön Ihr Lederpäckchen an! Und nun los, lassen Sie den Sanka nicht warten!«

Er sah mich einen Moment verständnislos an. Auch vom Gesicht des Smaddings, der neben ihm stand, las ich Unverständnis ab. Eine Frage lag offensichtlich beiden auf der Zunge, weil sie nicht begriffen, warum das Lederpäckchen anbehalten werden sollte. Doch dann siegte der militärische Gehorsam. Beim Kommiß fragt man eben nicht, sondern kommt dem Befehl sofort nach, und das tat der Fähnrich.

Ich sah ihm hinterher und wandte mich dann grinsend dem herumrätselnden Smadding zu: »Na, warum soll der wohl das Lederzeug anbehalten, Nummer Eins? Da rotieren Ihre grauen Gehirnzellen, was?«

Der zuckte die Schultern. »Wenn ich ehrlich sein soll, Herr Kaleu, dann fehlt mir dazu tatsächlich der Draht.«

»Mal 'ne ganz einfache Frage: Wen vermuten Sie denn in dem Lederpäckchen, wenn Sie es nicht wissen? Einen Fähnrich?«

Er stutzte, dann fiel bei ihm der Groschen. »Natürlich nicht, auf dem Päckchen sind ja keine Dienstgradabzeichen. Lediglich die Schirmmütze gibt Auskunft über den möglichen Dienstgrad. Man wird ihn deshalb, wenn nicht gar für einen Offizier, so doch zumindest für einen Deckoffizier halten, einen Oberbootsmann möglicherweise. So jemandem gegenüber wird man sich im Lazarett ganz anders verhalten, als dies bei einem kleinen Fähnrich der Fall wäre. Daher weht also der Wind!«

»So ist es! Und da der Lehmann Haare auf den Zähnen hat, wird der nicht jedem Karbolmäuschen oder Assistenzarzt auf die Nase binden, daß er nur Fähnrich ist. Daher werden sie ihm also genau die Auskünfte geben, die ich haben will.«

Er grinste. »Ganz schön raffiniert, Herr Kaleu. Auf diese Idee wäre ich nicht gekommen.«

Während wir noch dabei waren, Öl und Wasser zu bunkern, kehrte der Fähnrich an Bord zurück. Er kam an den Leiterholmen herunter in die Zentrale gesaust, in der ich mit dem II WO und dem LI den weiteren Tagesablauf besprach.

Lehmann machte vor uns hackenklappend Männchen. »Fähnrich zur See Lehmann meldet sich von Land zurück, Herr Kaleu!«

»Und was haben Sie in Erfahrung gebracht?« Ich war gespannt, ob mein Trick funktioniert hatte.

Er hatte.

»Herr Oberleutnant Bernau ist sofort untersucht und geröntgt worden. Der linke Oberarm und das Schlüsselbein sind gebrochen, schwere Prellungen am Brustkorb, der Rücken eine einzige blutunterlaufene Stelle. Die Wirbelsäule hat aber offensichtlich keinen Schaden genommen. Laut Auskunft des Stationsarztes ist er für mindestens vier bis fünf Wochen nicht dienstfähig, schon gar nicht in einem U-Boot.«

Ich nickte. »Genau das habe ich befürchtet, meine Herren. Machen wir Nägel mit Köpfen. Herr Störmer, ich bitte Sie, bis auf weiteres die Funktionen des I WO zu übernehmen, und Sie, Fähnrich, werden als II WO einspringen, damit der Laden hier läuft. Sobald wir gebunkert haben, verholen wir rüber zum Verpflegungsmagazin und nehmen Proviant.«

»Landgang, Herr Kaleu?« fragte Störmer.

Ich überlegte laut: »Das dürfte für eine Weile das letzte Mal sein. Dienstschluß nach Proviantübernahme, dann Landgang bis Mitternacht. Das dürfte reichen, hier ist ja sowieso nichts los.«

»Dann gehen wir also morgen in See, Herr Kaleu?« vergewisserte sich der Fähnrich.

»Das hängt vom Flottillenchef ab. Ich gehe jedoch davon aus.«

»Sie brauchen also einen Oberleutnant als Ersatz für Ihren I WO, Herr Thomsen«, stellte Korvettenkapitän von Wittmand nach dem Ende meines Berichtes fest und runzelte die Stirn. »Aber erst mal einen haben und dann ein Ende damit weg sein, mein Lieber. Ich habe nur einen Leutnant zur See, der eigentlich bei Ihrem Freund Wildenow auf U 114 einsteigen sollte. Der hat aber das Boot verpaßt, weil Wildenow früher, als ursprünglich vorgesehen, auslaufen mußte. Den kann ich aber Ihrem Störmer, den ich sehr schätze, unmöglich vor die Nase setzen, das wäre ein Affront, und so etwas liegt mir nicht.«

Ich frohlockte innerlich, legte jedoch meine Karten noch nicht auf den Tisch. »Und warum, Herr Kapitän?«

»Aus zwei Gründen, Herr Thomsen. Dieser Leutnant Moebius ist für U 114 vorgesehen, Wildenow rechnet also fest mit ihm. Er kann darum bei Ihnen tatsächlich nur für diese Feindfahrt vertretungsweise einsteigen. Wenn Sie zurückkommen, dann wartet in Brest garantiert Oberleutnant Bernau auf Sie und steigt wieder als I WO auf U 115 ein. Und wissen Sie, warum?« Er schmunzelte. »Der muß noch etwas mehr an Erfahrungen gewinnen. Den habe ich nämlich schon für einen der nächsten Kommandantenlehrgänge im Auge, darum, mein Lieber.«

»Dann habe ich eine Lösung, Herr Kapitän. Wenn Sie einverstanden sind, dann übernimmt Herr Störmer bis Brest die Funktionen des I WO, und dieser Leutnant Moebius steigt dafür bei mir für die gleiche Zeit als II WO ein.« Ich sah ihn erwartungsvoll an.

Er lächelte und strich sich über das Kinn, als habe er einen Bart. »Sehen Sie, mein lieber Thomsen, genau das wollte auch ich Ihnen vorschlagen. Der Moebius meldet sich umgehend bei Ihnen an Bord, das wird der Bertram veranlassen. Dem bleiben noch genau vierundzwanzig Stunden, um sich einzugewöhnen. Dann gehen Sie morgen mit der Nachtflut in See. Die Einsatzbefehle bringt Ihnen morgen im Laufe des Tages der Bertram. Einverstanden?«

»Allemal, Herr Kapitän!«

»Dann habe ich noch etwas. Aber das betrifft nicht Sie, sondern den Bernau. Wir erwarten in den nächsten Tagen ein Lazarettschiff, das die Verwundeten aus dem Norwegenfeldzug, die es hier im Lazarett noch immer gibt, zur Weiterbehandlung nach Kiel bringen wird. Wie ich mich erinnere, wollte Bernau – falls es mit dem Heiratsurlaub geklappt hätte – seine junge Frau zu seinen Eltern nach Kiel bringen.

Richtig? – Gut. Ich habe die nötigen Verbindungen, so daß ich dafür sorgen kann, daß die beiden mit an Bord genommen werden. Der kann sich dann in einem Kieler Lazarett auskurieren lassen, und seine hübsche Frau muß hier nicht bei ihren Landsleuten Spießruten laufen.«

Der LI und der Fähnrich hatten ihre Berichte über die Öl-, Wasser- und Proviantübernahme gerade beendet, als Leutnant zur See Moebius in die Besprechung hereinplatzte, die ich mit meinen Offizieren und Deckoffizieren bei Dienstschluß im Offizierslogis abhielt. Vom Bootsmaat der Wache über die Bordsprechanlage angemeldet, blieb er am Schott stehen und wartete, bis ich von meinen Notizen aufsah. Er klappte die Hacken zusammen und legte mit einer angedeuteten Verbeugung lässig salutierend die Hand an seine Schirmmütze.

»Leutnant zur See Moebius, als II WO z.B.V. auf U 115 kommandiert, meldet sich gehorsamst an Bord, Herr Kaleu!« näselte er. »Bitte eintreten zu dürfen!«

Ich brauchte einen Augenblick, um mir mein Erstaunen nicht anmerken zu lassen. Meine Offiziere und Deckoffiziere schienen nicht minder überrascht. Mochte der Teufel wissen, was im Kopf dieses Mannes vorging. Ich legte gewiß keinen Wert auf übertriebene militärische Formen, aber dieser Leutnant Moebius meldete sich hier wie die Karikatur eines Gardeoffiziers aus einer Wiener Operette, und das ging mir gegen den Strich.

Doch das war es nicht allein, was mich überraschte. Moebius ähnelte in Aussehen, Auftreten und seiner näselnden Sprechweise auf eine geradezu frappierende Weise jenem Gebirgsjägerleutnant Eisenberg, den wir mit seinen Männern am Ende der *Operation Eisbär* in Tromsö zurückgelassen hatten. Wäre da nicht die Marineuniform, so könnte man ihn glatt für Eisenberg selbst oder aber zumindest für dessen Zwillingsbruder halten.

»Hmm!« räusperte ich meine Kehle frei. »Das trifft sich ja gut! Herzlich willkommen auf U 115! Treten Sie näher, Herr Moebius! – Meine Herren, Herr Moebius wird bis Brest die Funktionen des II WO übernehmen. Ihm bleiben also nur knappe 24 Stunden, um sich hier an Bord einzugewöhnen, darum gehe ich davon aus, daß Sie ihm dabei hilfreich zur Seite stehen werden. Wir sind zwar am Ende unserer Dienstbesprechung angekommen, aber ich möchte Ihnen doch noch die einzelnen Herren und deren Funktionen hier an Bord vorstellen, damit Sie wissen, wer was ist, Herr Moebius.«

Das war schnell getan. »So, noch Fragen? – Nein? Dann schließe ich die heutige Dienstbesprechung. Die Herren Störmer und Moebius bitte ich allerdings, mir noch für ein paar Minuten zur Verfügung zu stehen. – Ansonsten einen schönen Abend allerseits!«

Ich schob meine Notizen zusammen und wartete, bis sich das Logis geleert hatte. Der I WO lächelte still in sich hinein. Er wußte, was jetzt kam, denn ich hatte ihn schon vorab über meine Absichten informiert.

Ich blickte auf meine Uhr. »Ich will Sie nicht davon abhalten, sich mit den Gegebenheiten auf U 115 vertraut zu machen, Herr Moebius. Darum werde ich mich kurz fassen. Ihr EK II, das Verwundeten- und das U-Boot-Kampfabzeichen verraten uns, daß Sie bereits Fronterfahrung haben. Was wir gern wissen möchten, sind die Funktionen, die Sie bisher innegehabt haben.«

»Verständlich, Herr Kaleu«, näselte er mit einem mokanten Lächeln, streckte die Beine weit von sich und flegelte sich in die Polsterung der Backskiste, als säße er in einer Bar. »Ich bin als II WO auf U 396 gefahren, bis ich bei einem Tieffliegerangriff durch Bordwaffenbeschuß aus dem Verkehr gezogen worden bin. Mir sind also die Aufgaben eines II WO bestens vertraut.«

Holla, horchte ich auf, denn in meinen Ohren klang sein

letzter Satz reichlich arrogant. Vielleicht war ich aber auch nur überempfindlich, und es war bloß ein Imponiergehabe, resultierend aus einer gewissen Unsicherheit uns gegenüber. Doch dann goß er Öl in das Feuer. Der abschätzende Blick, mit dem er die Uniformjacke mit dem Rangabzeichen des I WO musterte, machte das Maß voll. Der paßte mir so wenig wie sein bisheriges Verhalten. Wenn ich darauf nicht reagierte, würde es zwischen den beiden bald mächtig knirschen.

»Sooo?« Ich zog das Wort höhnisch in die Länge. »Sind sie das? Das ist ja sehr erfreulich, schließt jedoch nicht aus, daß die Kompetenzen auf U 115 möglicherweise doch etwas anders als auf U 396 verteilt sein könnten.«

Ich machte eine Pause, um meine Worte wirken zu lassen. Dann holte ich die moralische Keule aus dem Sack. »Um es vorweg zu sagen, ich kann Kompetenzgerangel unter Offizieren gleichen Dienstgrades auf den Tod nicht ausstehen, Herr Moebius! Damit es also in dieser Hinsicht keine Unklarheiten, Mißverständnisse und Unstimmigkeiten gibt, wird Herr Störmer die bei uns hier an Bord übliche Aufgabenverteilung mit Ihnen vornehmen. Und die allein ist dann für Sie verbindlich, mag sie auch noch so sehr von der auf U 396 abweichen, was ich übrigens nicht glaube.«

Ich kannte seine bisherigen Vorgesetzten nicht, die hatten ihm aber offensichtlich noch nie so grob eins auf die Nuß gegeben. Es war jedenfalls ein Schock für ihn, ein sehr wirksamer. Er starrte mich völlig verdattert an, seine Augen flackerten.

»Habe ich mich klar genug ausgedrückt, Herr Moebius?« setzte ich noch eins drauf und fixierte ihn drohend.

Er begriff sehr schnell, daß es hierauf nur eine Antwort geben konnte. »Ja ... Jawohl, Herr Kaleu! Völlig klar, daß allein diese für mich verbindlich ist!«

»Na, dann man ran, meine Herren! Ich bin in meiner Kammer, falls es noch irgendwelche Fragen gibt.«

Das war kein guter Auftakt, dachte ich beim Hinausgehen. Wir werden sehen, entweder schluckt der die Kröte und kuscht vor dem I WO, oder er wird sein blaues Wunder erleben. Erfreulich war diese Aussicht jedoch nicht.

Am nächsten Morgen verholten wir an den Arsenalkai, um Torpedos und Munition zu übernehmen. Die Aufsicht oblag dabei dem II WO, weshalb er beim Frühstück fehlte. Er übrigens nicht allein. Der I WO und ich waren erst von der Brücke gekommen, als das Boot fest an der Pier lag und die Übernahmearbeiten begonnen hatten. So backte der Smut' nur noch uns beiden allein auf.

»Na, wie ist es gestern abend noch gelaufen, Herr Störmer?« fragte ich zwischen zwei Happen. »Gab's Probleme?«

Der lächelte. »Nicht die geringsten, Herr Kaleu, der hat seine Lektion gelernt, daß hier ein ganz anderer Wind weht. Es war ja schließlich auch 'ne Holzhammermethode, gegen die kein Kraut gewachsen ist. Ich hab' allerdings auch einiges hinzugelernt.«

Er schaufelte sich eine Portion Spiegeleier mit Schinken auf seinen Teller und leckte sich die Lippen.

»Nun lassen Sie sich nicht die Würmer aus der Nase ziehen, I WO! Ich bin kein Gedankenleser! Was haben Sie dazugelernt?«

»Der Moebius ist kein übler Kerl, bloß ein wahrer Künstler auf dem Gebiet des Delegierens. Der hat auf seinen bisherigen Kommandos gelernt, daß man seine Aufgaben nur geschickt auf andere verteilen muß, um einen ruhigen Lenz schieben zu können, und ist damit durchgekommen. Daher seine Behauptung, er sei mit den Aufgaben des II WO bestens vertraut. Er hat nämlich gedacht, das ginge bei uns an Bord so weiter.« Störmer schob sich das ganze Eigelb als einen Happen in den Mund und zerdrückte es genüßlich mit der Zunge.

»Mann, was heißt denn das nun wieder?« fragte ich ungeduldig. »Spannen Sie mich nicht endlos auf die Folter!«

»Nun, bei jeder Aufgabe, die hier üblicherweise zum Aufgabenbereich des II WO gehört, hieß es jedesmal, das habe auf U 396 der Fähnrich oder dieser und jener gemacht. Bis ich ihm in die Parade gefahren bin, ihn angefaucht habe, daß es mir scheißegal sei, wer was wo gemacht habe. Das seien hier an Bord alles Aufgaben des II WO, für die er verantwortlich sei und kein anderer. Ihn werde der Teufel holen, wenn Sie oder ich ihn dabei erwischen sollten, daß er seine Aufgaben einem anderen aufhalst.«

Ich klatschte Beifall. »Bravo, I WO! Und? Was weiter?«

Störmer grinste. »Er hat sich beim LI bitter über meinen mangelnden Corpsgeist als Offizier beschwert, und was der ihm daraufhin in seinem breitesten Sächsisch lautstark an den Kopf geworfen hat, war im ganzen Boot zu hören. Das steckt sich der Moebius garantiert nicht hinter den Spiegel, auch wenn er wegen des Idioms der Fußkranken der Völkerwanderung davon nur einen geringen Teil verstanden haben dürfte. Eins aber ist sicher, Herr Kaleu, der spurt jetzt!«

In den frühen Morgenstunden erschien nicht, wie angekündigt, Adjutant Bertram mit den Einsatzbefehlen, sondern ein Schreibermaat mit der schriftlichen Aufforderung, mich im Stabsgebäude zu einer Einsatzbesprechung einzufinden.

Ich machte mich sofort auf den Weg, denn die Zeit drängte, wenn wir wirklich mit der Nachtflut in See gehen sollten. Der Termin erschien mir allerdings ein wenig mit der heißen Nadel gestrickt, doch ob er es war, würde sich zeigen.

Es wurde ein Vormittag der Überraschungen. Ich wunderte mich nicht schlecht, als ich das Vorzimmer des Flottillenchefs betrat und mir eine Marinehelferin meine Mütze abnahm. Kommandanten standen hier offenbar hoch im Kurs, denn die flotte Biene machte mir zudem noch schöne Augen.

Allerdings hatte sich schon während unserer Werftliegezeit auch bis zu mir herumgesprochen, daß ein Trupp recht attraktiver Marinehelferinnen in Bergen eingetrudelt war. Die hatten Leben in die tristen Schreibstuben der Stäbe gebracht und, durfte man dem Bordfunk glauben, selbst in der Führungsebene den Hormonspiegel in die Höhe gejubelt.

Weit mehr erstaunte mich, daß ich nicht der einzige Kommandant war, der zu dieser Einsatzbesprechung gerufen worden war. Außer mir warteten nämlich noch vier weitere Kommandanten im Vorzimmer. Zwei von ihnen kannte ich aus unserer gemeinsamen Schulschiffzeit: Dittberner (U 684) und Franke (U 685). Die beiden anderen, Witte von U 686 und Knobel von U 687, sah ich zum ersten Mal. Von Kiel kommend, waren die vier erst am Abend zuvor eingelaufen und hatten schon auf See den Befehl bekommen, noch in der Nacht ihren Verbrauch an Öl, Wasser und Proviant zu ersetzen. Das war ungewöhnlich und löste heftiges Rätselraten über den Grund dieser außergewöhnlichen Eile aus. Prompt erwarteten sie von mir eine Erklärung.

»Du bist doch schon länger hier, Thomsen«, wandte sich Franke an mich. »Hast du ’ne Ahnung, was das soll?« fragte er, und auch die anderen sahen mich erwartungsvoll an.

Noch ehe ich dazu kam, meine Vermutungen zu äußern, tat sich die Tür zum Chefzimmer auf. In ihrem Rahmen erschien Korvettenkapitän von Wittmand in Begleitung einer chic gekleideten jungen Dame, die er mit allergrößter Zuvorkommenheit hinausgeleitete und von der er sich mit einem formvollendeten Handkuß verabschiedete.

Ich traute meinen Augen nicht, denn die Dame war niemand anders als die bildhübsche Ärztin, die ich mit U 115 mit einer Gruppe von Meteorologen nach Spitzbergen gebracht und wenig später von dort wieder nach Tromsö zurückgeholt hatte.

Ihr ging es wie mir, als sie mich sah. Es war eine Überraschung auf beiden Seiten.

»Fräulein Doktor Kappelsberger, soll man es denn für möglich halten?« sagte ich und eilte auf sie zu. »Da wird sich aber jemand sehr, sehr freuen!«

»Das hoffe ich doch sehr, Herr Kapitänleutnant Thomsen!« Sie reichte mir lächelnd die Hand. »Diesmal keine Einwände gegen mich? Von wegen Frauen bringen Unglück und so?«

Sie sagte es augenzwinkernd, denn nur sie und ich wußten, wie ihre Fragen gemeint waren, und die aufmerksamen Zuhörer sollten sich ruhig darüber die Köpfe zerbrechen. Unsere erste Begegnung hatte nämlich unter keinem guten Stern gestanden. Laut Liste hatte ich einen Arzt erwartet, statt dessen war *sie* mit den Meteorologen bei uns eingestiegen. Eine attraktive, junge Frau unter 48 Männern in der bedrückenden Enge eines U-Bootes, wo jeder jedem auf der Pelle hockte und es kein Eigenleben gab?

Das kann einfach nicht gutgehen, hatte ich damals gedacht, schon gar nicht auf einer Feindfahrt. Eingedenk des uralten Seemannsglaubens, daß Frauen an Bord Unglück bringen, wollte ich sie postwendend wieder an Land setzen. Doch die Flottille spielte im Hinblick auf die Wichtigkeit der *Operation Eisbär* nicht mit, und so mußten wir sie mitnehmen.

Trotz aller Bedenken ging es gut, allerdings trat ein, was ich befürchtet hatte. Die Westentaschen-Casanovas unter meinen Männern ließen nichts unversucht, um ihr auf den Pelz zu rücken. Sie jedoch wußte sich auf eine ganz gewitzte Weise selbst der raffiniertesten Annäherungsversuche zu erwehren und hatte stets die Lacher zuletzt auf ihrer Seite.

Bei einem klappte das allerdings nicht, bei meinem jetzigen I WO Bernd Störmer, und das wollte sie wohl auch nicht. Auf jeden Fall kam es in Tromsö zu einem herzzerreißenden Abschied der beiden voneinander, als der Befehl U 115 nach Bergen zurückrief und sie mit den Meteorologen und Gebirgsjägern dort zurückbleiben mußte.

»Einwände?« Ich lachte auf. »I wo! Gespannt bin ich allerdings darauf, wie Leutnant Störmer aus der Wäsche gucken wird, wenn er Sie sieht. Wie haben Sie es nur geschafft, uns so schnell nach Bergen zu folgen?«

»Auf Bernds Gesicht bin ich auch gespannt.« Ihr fröhliches

Lachen machte sie noch hübscher. »Und wie ich es geschafft habe? Das ist mein Geheimnis, Herr Kaleu! Nur eines sei verraten, ich werde auf dem Lazarettschiff als Ärztin einsteigen, das Bergen in wenigen Tagen anlaufen wird.«

Hoffnung schwang in ihren Worten mit, Hoffnung auf ein paar Tage der Gemeinsamkeit mit »ihrem« Bernd. Ich schwankte, mochte ihr diese Hoffnung letztlich dann doch nicht nehmen, denn das würde noch früh genug geschehen. Der Flottillenchef erlöste mich aus dieser Zwickmühle. Er hüstelte mahnend. Bertram, sein Adjutant, der mit einem dicken Aktenordner unter dem Arm in das Vorzimmer gekommen war, beeilte sich, dem Hüsteln seines Herrn und Meisters Folge zu leisten und noch vor uns Kommandanten in das Chefzimmer zu gelangen.

Ich deutete auf die anderen Kommandanten, die sich ihm betont langsam anschlossen. »Die Pflicht ruft, Doktorin! Wir sehen uns später. Wo kann ich Sie erreichen? Ohne militärische Begleitung wird man Sie nämlich nicht in den Kriegshafen lassen, und in einer so eleganten Aufmachung schon gar nicht.«

»Das kann ich mir vorstellen. Aber als graue Maus wird man mich bestimmt passieren lassen, denke ich. Darum werde ich in meine Rot-Kreuz-Uniform schlüpfen. Und wo Sie mich erreichen können? Ich bin zur Zeit im Schwesternwohnheim auf dem Lazarettgelände untergekommen.«

»Das trifft sich gut. Ich muß ohnehin noch einen Besuch im Lazarett machen. Bis dann also! Ich hoffe, die Besprechung wird nicht ewig dauern.«

Der Flottillenchef hielt sich nicht mit langen Vorreden auf. Kaum hatten wir Platz genommen, kam er zur Sache: »Ich nehme an, es hat sich herumgesprochen, daß die Flottille nach Brest verlegt wird und ich eine neue Aufgabe beim FdU West übernehme. Offiziell machen Sie also seeklar, um nach Brest zu laufen. Das ist die Version Ihren Besatzungen gegenüber, bis Sie auf See sind und sechzig Grad Nord, drei Grad Ost erreicht haben. Ihre Einsatzbefehle, die Ihnen Herr Bertram jetzt aushändigen wird, lauten nämlich anders. Den Grund können Sie sich denken, es soll eben nichts über Ihr tatsächliches Ziel nach außen dringen. Bitte, Herr Bertram!«

Er schwieg und ließ seine Worte wirken. Oberleutnant Bertram verteilte indessen die versiegelten Einsatzbefehle, die erst auf See geöffnet werden durften.

Natürlich war jedem von uns klar, daß unsere Kriegshäfen unter ständiger Beobachtung durch Norweger standen, die uns zum Teufel wünschten und daher mit dem britischen Geheimdienst zusammenarbeiteten, der sich natürlich auch für uns interessierte.

»Ich gehe davon aus, daß Sie mit der Nachtflut auslaufen, denn die Zeit drängt. Landgang verbietet sich daher von selbst und ebenso eine offizielle Verabschiedung mit großem Brimborium, meine Herren. Sie werden sich still und heimlich auf die Socken machen.« Er schaute zum Fenster, wo die blasse norwegische Sonne hinter einem Wolkenschleier verschwand. »Sieht aus, als hätten die Wetterfrösche endlich mal recht. Eine Schlechtwetterfront wird uns mit ihren Starkregenfällen ab Mittag überqueren. Das ist zwar nicht das Gelbe vom Ei, kommt uns aber im Dunkel der Nacht als zusätzlicher Schutz vor Beobachtern durchaus zupaß.«

Von Wittmand bedachte uns alle mit einem nachdenklichen Blick und überlegte offenbar, wie er fortfahren sollte.

»Und was ich jetzt sage, meine Herren, ist GKdos, klar? Nach unseren Informationen sammelt sich vor dem kanadischen Halifax ein Großgeleit mit kriegswichtigem Material für Großbritannien. Bisher sind in der Regel immer nur einzelne unserer Boote auf die Konvois zum Schuß gekommen. Bei diesem Geleit geht es nun um die Erprobung einer neuen Rudeltaktik mit Booten der drei U-Flottillen, die nach Brest verlegen. Das heißt, das Geleit wird auf seinem Weg durch den Nordatlantik von mehreren Rudeln grauer Wölfe attakkiert und nach Möglichkeit stark dezimiert. Der *Löwe* verspricht sich jedenfalls sehr viel davon.«

Strategisch war ein derart massiver Einsatz von Booten absolut einleuchtend. Aber warum, fragte ich mich insgeheim, war der Löwe, wie der BdU von uns U-Boot-Fahrern genannt wurde, erst jetzt auf diese Idee gekommen?

Als habe er meine Gedanken gelesen, meldete sich Bertram zu Wort. »Bisher hatten wir einfach noch nicht genügend einsatzbereite Boote am Feind. Woche für Woche kommen jedoch jetzt neue Boote aus den Werften, denn die arbeiten mit Hochdruck. Ihr Einsatz entscheidet also darüber, ob sich die Rudeltaktik erfolgreicher als die bisherige Vorgehensweise erweist.«

»Da der Feind tagsüber Flugzeuge zum Schutz des Konvois einsetzen kann, falls der sich innerhalb ihrer Reichweite befindet, kommt den Nachtangriffen die entscheidende Bedeutung zu«, erklärte uns von Wittmand. »Die Dunkelheit gibt dem Rudel die Gelegenheit, sich nach dem Angriff aufgetaucht mit AK vor den Geleitzug zu setzen, dabei nachzuladen und ihn erneut anzugreifen.«

Auf einen Wink von Wittmands hin breitete Bertram eine Großraumkarte auf dem Tisch aus. Darauf verlief vor der Ostküste des amerikanischen Kontinents eine dicke rote Linie durch den Atlantik, die der Flottillenchef mit dem Finger nachzog. »Die dreihundert Seemeilen breite sogenannte neutrale Meereszone, meine Herren. Wildenow, Possehl und Lindner werden mit ihren Booten die ersten sein, die östlich davon mit dem nahenden Geleit in Kontakt kommen. Sie laufen bereits auf ihre Positionen in einem Aufklärungsstreifen, um als Fühlungshalter das Rudel unserer Flottille an den Geleitzug zu führen. Näheres darüber enthalten Ihre Einsatzbefehle.«

»Und die Boote der beiden anderen Flottillen, Herr Kapitän?« wollte Dittberner wissen.

»Die bilden hinter Ihren Booten zwei weitere Auffangstreifen.« Der Kapitän lächelte. »Die Schiffe des Konvois, die den Angriffen ihres Rudels entgangen sind, kommen praktisch von Regen in die Traufe. Und so geht das munter weiter, bis in den Nordkanal zwischen Irland und Schottland, vorausgesetzt, es kommen bis dorthin überhaupt noch welche durch.« Er sah uns erwartungsvoll an. »Noch Fragen?«

Ich hob die Hand. »Jawohl, Herr Kapitän. Sie gehen davon aus, daß wir mit der Nachtflut auslaufen, sagten Sie. An welchen Zeitpunkt dachten Sie da?«

Er sah mich völlig überrascht an, denn ich erwischte ihn mit meiner Frage auf dem falschen Fuß. Genaugenommen gab es nämlich gar keine Nachtflut. Die Flut setzte in Bergen etwa um 17.00 Uhr ein und erreichte rund sechs Stunden später ihren höchsten Stand, ehe sie kenterte und die Ebbe einsetzte. Es war also eine Nachmittagsflut.

Bertram erfaßte die prekäre Situation am schnellsten, in der sein Chef steckte. Er stand auf, trat an den Schreibtisch und zog unter der Glasplatte eine Tabelle hervor. Mit zwei Schritten war er zurück und schob sie ihm über den Tisch zu. Sein Finger wies dabei auf eine bestimmte Stelle.

»Hmm!« räusperte sich von Wittmand mit verlegener Miene. »Ich ersehe aus der Gezeitentabelle, daß ich mich ein bißchen mißverständlich ausgedrückt habe. Ich meine natürlich bei Hochflut um dreiundzwanzig Uhr zwanzig, Herr Thomsen. Dann haben Sie die einsetzende Ebbe im Rücken, und es ist hoffentlich dunkel genug. Den Rest besorgt dann der angekündigte Regen. Alles klar, meine Herren?«

»Jawohl, Herr Kapitän!« erscholl es im Chor.

»Dann möchte ich mich von Ihnen verabschieden.« Zusammen mit ihm standen wir auf. Er schüttelte jedem von uns die Hand. »Ich wünsche Ihnen gute Fahrt und fette Beute! Kommen Sie heil wieder rein! Mast- und Schotbruch, meine Herren, und allzeit immer eine Handbreit Wasser unter dem Ki...«

Eine gewaltige Detonation schnitt ihm das Wort ab. Die

Druckwelle schüttelte das massive Haus durch und brachte die Scheiben zum Klirren. Hinter uns fiel ein Bild von der Wand und zerbarst auf den gebohnerten Dielen mit einem lauten Knall. Einen Augenblick erstarrten alle vor Schreck.

»Verdammt!« fluchte der Adjutant und eilte an das Fenster, das zum Hafen hinausging. »Ach du Scheiße, das Arsenal! Irgendwas ist da in die Luft geflogen!«

Seine Worte rissen mich aus der Erstarrung. Mit ein paar schnellen Schritten war ich neben ihm. Der Anblick, der sich meinen Augen bot, versetzte mir einen gewaltigen Schock. Über jenem Teil des Hafens, an dem sich das Arsenal befand, stand ein dicker, schwarzer Detonationspilz, breitete sich unter der dunklen Wolkenschicht des heraufziehenden Regens im leichten Südwestwind dahintreibend aus und begann an den Ränder zu zerfasern.

»Gütiger Himmel!« rutschte es mir heraus. »Mein Boot liegt am Arsenalkai um Torpedos und Munition zu übernehmen!«

Die anderen sahen mich erschrocken an, als sie die Bedeutung meiner Worte erfaßten. Das machte mir Beine. Mit fliegenden Händen raffte ich meine Papiere auf dem Tisch zusammen und stopfte sie in die mitgebrachte Kuriertasche.

»Ich ... Ich muß zu meinem Boot, Herr Kapitän! Bitte gehorsamst, die ...«

»Aber klar, Herr Thomsen!« erklärte er sofort. »Sausen Sie ...«

Den Rest seiner Worte hörte ich schon nicht mehr. Ich riß im Vorzimmer meine Mütze vom Haken und eilte, nein, flog die Treppe hinunter. Mein ganzes Denken galt meinem Boot und seiner Besatzung. Ich sah im Geiste die leere Stelle am Kai vor mir, an der mein Boot gelegen hatte und sich nun nur noch ein riesiger Ölfleck ausbreitete.

Von diesem Schreckensbild getrieben, rannte ich die Straße zum Hafen hinunter, nahm nichts um mich herum wahr und drängte mich endlich, die schaulustige Menge vor den

Hafenbecken rücksichtslos mit den Ellenbogen aus dem Weg stoßend, zum Hafenkai durch.

Der Anblick, der sich mir bot, bestätigte meine schlimmsten Befürchtungen. Der Kai vor dem Arsenal war leer, keine Spur mehr von U 115, nicht einmal aus der Tiefe aufsteigendes Öl. Keine sich nach allen Seiten ausbreitende Schicht, in der blubbernde Luftblasen widerlich schmatzend zerplatzten, nichts. Mein Gott, das Boot war weg und mit ihm die 47 Männer, die mit mir auf zwei Feindfahrten durch dick und dünn gegangen und mir ans Herz gewachsen waren!

Diese Erkenntnis war so erschreckend, daß ich weiche Knie bekam und Mühe hatte, mich auf den Beinen zu halten. Mit hängendem Kopf trat ich von der Kaimauer zurück, wollte den Rückweg zur Flottille antreten, als der schrille Ton einer Batteriepfeife mich stoppte. Mein Blick wurde von dem Pfiff auf die fünf U-Boote gelenkt, die unweit von mir im Päckchen am Kai lagen. Seite an Seite einheitlich grau und daher durch nichts voneinander zu unterscheiden.

»Front nach Steuerbord!« scholl eine befehlsgewohnte Stimme laut über den Hafen. »Kommandant kommt an Bord!«

Alle Bewegungen auf den Booten erstarrten, und das lenkte mich einen Moment von meinen trüben Gedanken ab. Ich sah genauer hin. Auf dem äußeren Boot standen die Männer in Habachtstellung an Deck. An der Planke, die das Boot mit dem Nachbarboot verband, wartete ein Offizier auf den Kommandanten und mit ihm der Bootsmaat der Wache mit der Bootsmannsmaatenpfeife an den Lippen, um ihn mit dem obligatorischen Pfeifen an Bord zu begrüßen.

Ein so alltägliches Bild, daß ich mich abwenden wollte. Doch plötzlich durchzuckte mich siedendheiß die Erkenntnis: Mensch, das ist ja der Störmer dort an Bord! Das gilt dir! Das ist dein Boot, das dir diese Ehrenbezeigung erweisen will!

Ich vermochte später nicht zu sagen, wie ich an Bord gekommen war. Nur noch, daß ich dem vollkommen überraschten I WO überschwenglich die Hand geschüttelt und immer wieder erleichtert gemurmelt hatte: »Gott sei Dank, Sie leben! Das Boot ist nicht abgesoffen!«

Allmählich begriff Störmer, was da in mir vorging. »Ach so, Sie dachten, es hätte uns am Arsenalkai erwischt, Herr Kaleu?«

»War das nicht naheliegend? Diese Wahnsinnsdetonation am Arsenal, und Sie lagen dort und übernahmen Munition?«

»Nein, nein, Herr Kaleu! Kurz nachdem Sie von Bord gegangen waren, mußten wir den Kai räumen und hierher zu den vier anderen Booten verholen. Eine britische Fliegerbombe, die im Gleiskörper zum Arsenal steckte, sollte entschärft werden. Das ist offensichtlich schiefgegangen, und die Feuerwerker sind mit dem Scheißding in die Luft geflogen.«

Ich trat zurück und setzte ein schiefes Grinsen auf. »Verdammt, das hat mich doch ganz schön mitgenommen! Jetzt könnte ich 'nen Schnaps vertragen. Trinken Sie einen mit?«

Natürlich lehnte er dieses Angebot nicht ab. Ich lud ihn dabei ein, mich zum Lazarett zu begleiten, um dem Bernau einen Abschiedsbesuch abzustatten, verriet ihm allerdings nicht, was ihn dort sonst noch erwartete.

Nachdem wir das Boot wieder zurück an den Arsenalkai verholt hatten, der ebenfalls unbeschädigt geblieben war, nahm ich den LI zur Seite. »Es bleibt dabei, wir gehen heute abend bei Hochflut in See. Deshalb will ich dem Bernau noch tschüs sagen und den Störmer mitnehmen, denn seit neuestem ist dort im Schwesternheim eine gewisse Medizinerin für ein paar Tage eingezogen, die ...«

»Doch nicht etwa unsere hübsche Doktorin?« unterbrach er mich und strahlte vor Vergnügen wie ein Honigkuchenpferd. »Und der Störmer hat davon keinen Schimmer? Da rastet der doch vor Freude glatt aus!«

Ich schmunzelte. »Eben, Herr Becker. Aber da ist noch

was anderes. Ich habe eine Bitte. Der Moebius hat zwar die Wache, es wäre aber gut, wenn Sie dem ein bißchen auf die Finger sehen würden, damit der keinen Scheiß baut oder gar dem Fähnrich die Verantwortung für das Munitionieren aufhalst, während Störmer und ich von Bord sind.«

»Klar doch, Herr Kaleu, mach ich doch gerne! Ich hab mit meinen Stokern sowieso noch einiges für das Trimmen vorzubereiten, da ist das leicht zu bewerkstelligen.«

Störmer ahnte nichts. Selbst als ich ihn im Foyer des Lazaretts bat, einen Augenblick zu warten, da ich mich in der Anmeldung nach dem Zimmer Bernaus erkundigen müsse, schöpfte er keinen Verdacht. Er nickte und wandte sich interessiert dem Anschlagbrett mit den Bekanntmachungen für das Personal zu. So bekam er nicht mit, wie ich zu der Schwester hinter dem Tresen sagte: »Ich bin mit Frau Doktor Kappelsberger in einer sehr wichtigen Angelegenheit verabredet.« Das brachte ich in einem Ton hervor, der keinen Widerspruch oder irgendwelche Fragen nach dem Grund zuließ.

»Einen Moment bitte, Herr Kapitänleutnant!« Sie blätterte eilfertig in einer Art Terminkalender. »Ah ja, hier ist es. Sie sind Herr Kapitänleutnant Thomsen, ja? Frau Doktor hat hinterlassen, daß sie eine Besprechung mit dem Oberarzt hat, aber sofort verständigt werden möchte, wenn Sie nach ihr fragen sollten.« Sie hob den Telefonhörer ab und wählte eine Nummer. »Frau Doktor Kappelsberger? Herr Kaleu Thomsen ist hier und ...«

Weiter kam sie nicht, denn am anderen Ende war offensichtlich bereits aufgelegt worden. Eine Tür klappte, und die Frau Doktor kam freudestrahlend auf mich zugeeilt. Selbst in der schmucklosen Rot-Kreuz-Kluft sah sie so zauberhaft aus, daß ich schon zu einem galanten Kompliment ansetzen wollte. Doch dazu kam es nicht mehr. Kurz vor mir blieb sie wie angenagelt stehen.

Durch ihre über den Fliesenboden heranklackernden

Schritte neugierig geworden, hatte sich der I WO umgedreht und starrte sie ungläubig an. Doch dann überschlugen sich die Ereignisse. Störmer geriet tatsächlich total aus dem Häuschen, wie es der LI prophezeit hatte.

»Erikaaa ...!« Mit diesem Urschrei raste er auf sie zu und riß sie in seine Arme.

Die Schwester hinter dem Tresen sperrte vor Überraschung Mund und Nase auf, als die beiden alles um sich herum vergaßen und sich küßten, als seien sie ganz allein auf dieser Welt.

Ich klopfte auf den Tresen. »Hallo, Schwester, passen Sie auf Ihre hübschen Augen auf, die fallen Ihnen sonst aus dem Kopf! Sagen Sie mir mal lieber, wo ich denn den Oberleutnant Bernau finde.«

Als ich das Krankenzimmer betrat, in dem mein verletzter I WO lag, stellte sich heraus, daß ich nicht der einzige Besucher war, denn neben dessen Bett saß wie Häufchen Unglück seine junge Frau Meritt.

»Hallo, ich hoffe, ich störe nicht!« sagte ich betont munter und machte vor Meritt Bernau einen artigen Kratzfuß. »Kaum verheiratet, macht der solche Geschichten, was? Da sollten Sie ihm mal tüchtig die Leviten lesen, Frau Bernau, damit das nicht zur Regel wird.«

Sie quittierte den Scherzversuch mit einem kleinen Lachen, das aber irgendwie gequält wirkte. »Das nutzt nun auch nichts mehr, Herr Kaleu. Aber Justus bleibt nun wenigstens hier, und ich muß nicht um ihn zittern, als wenn er draußen auf See wäre.«

»Das ist auch wieder richtig.« Ich trat an das Bett und schüttelte Bernau die unversehrte Rechte. »Sie zu fragen, wie Sie sich fühlen, klingt in Ihren Ohren angesichts dieses ungefügen Dings da, das man Ihnen verpaßt hat, vermutlich wie blanker Hohn, Herr Bernau. Aber was soll man bei einem Besuch im Lazarett auch anderes sagen?« Sein gebrochener Oberarm steckte in einer sogenannten STUKA-Schiene, einem Drahtgestell, mit dem man aus mir unerfindlichen Gründen Oberarmbrüche fixierte, anstatt einen Gipsverband anzulegen. Vom Gewicht her war es sicher leichter, stand jedoch leider in einem so abenteuerlichen Winkel vom Körper ab, daß es allein schon dadurch für den Patienten eine Qual sein mußte.

»Beschissen fühle ich mich, Herr Kaleu, wenn ich ehrlich sein soll. Ich hab mir unseren Heiratsurlaub auch anders vorgestellt. Aber Meritt hat Recht, sie muß nicht um mich zittern, und der Oberarzt hat mir zumindest in Aussicht gestellt, dieses scheußliche Ding käme relativ bald wieder runter. Ich sei ja noch jung, da heilten Brüche schneller. Sorgen macht mir wegen Meritt, was danach kommt, wenn ich direkt wieder an Bord zurück muß.«

Von dem, was der Flottillenchef inzwischen für ihn und seine Frau arrangiert hatte, war offenkundig noch nichts zu ihm durchgedrungen. Sollte ich es ihm sagen? Ehe ich mir jedoch darüber schlüssig werden konnte, ging hinter mir die Tür. Händchenhaltend betraten Erika Kappelsberger und Bernd Störmer den Raum, und Bernau staunte Bauklötzchen.

»Oh … wie denn … was denn, Frau Doktorin hier in Bergen?« stammelte er. »Ich dachte …«

»Da haben Sie falsch gedacht, Herr Bernau«, unterbrach sie ihn. »So schnell werdet ihr von U 115 mich nicht los, und der Kerl hier schon gar nicht.«

Sie warf Störmer einen zärtlichen Blick zu und wandte sich dann an Meritt. »Herzlichen Glückwunsch, Frau Bernau! Schön, daß es nun endlich doch mit der Heirat geklappt, von der Ihr Mann als seinem großen Traum so oft erzählt hat, während ich an Bord war. Jetzt fehlt nur noch, daß er wieder auf die Beine kommt. Haben Sie schon gepackt?«

»Schon gepackt?« fragte Meritt verständnislos. »Wieso sollte ich denn? Ohne den Heiratsurlaub für Justus sind doch all unsere Pläne hinfällig geworden.«

Frau Doktor Kappelsberger sah mich strafend an. »Was denn, Sie haben den beiden nicht gesagt, was Kapitän von Wittmand inzwischen für sie arrangiert hat? Das finde ich aber ganz schön fies!«

»Du lieber Himmel, wie sollte ich denn? Ich bin ja höchstens erst ein, zwei Minuten hier!« begehrte ich gegen den Vorwurf auf. »Das wäre schon noch gekommen!«

»Männer!« sagte sie verächtlich mit einer wegwerfenden Handbewegung, »Nun gut, dann erfahren Sie es eben von mir, liebe Frau Bernau. In Bälde läuft hier ein Lazarettschiff ein, das Patienten zur Weiterbehandlung nach Kiel bringen wird. Ihr Mann gehört ebenfalls dazu, und auch für Sie ist ein Platz an Bord vorgesehen.«

Sie machte eine Pause und lächelte Meritt an. »Ich bin als Ärztin mit dabei, mußte Sie allerdings in der Besatzungsliste als Krankenschwester z. B. V. klarieren, und nach Lage der Dinge trifft das doch wohl auch den Nagel auf den Kopf, nicht wahr?«

»Tut mir leid, aber die Zeit drängt, und die Pflicht ruft. Die Torpedo- und Munitionsübernahme dürfte inzwischen beendet sein, so daß ich U 115 der Flottille seeklar melden muß«, verabschiedete ich mich von den überglücklichen Bernaus. »Ich wünsche Ihnen alles Gute und drücke Ihnen die Daumen, daß Sie in Kiel einen schönen Genesungsurlaub verleben können!«

Als ich mich als nächstes von Frau Dr. Kappelberger verabschieden wollte, sah diese mich jedoch so entgeistert an, daß mir die Worte erst mal im Halse steckenblieben.

»Sie ... Sie machen seeklar, Herr Kaleu? ... Heißt das, Sie gehen noch heute in See?« rang sie sich mit stockender Stimme ab. »Dann muß Bernd ... Herr Störmer jetzt ... gleich jetzt mit Ihnen an Bord zurück?«

Nichts war mehr von der resoluten Doktorin geblieben, die sich an Bord von U 115 gegen mich und alle Widrigkeiten durchgesetzt hatte. Sie war nur noch eine liebende Frau, die verzweifelt gegen die Erkenntnis ankämpfte, daß der Krieg ihr wieder nur einen ganz kleinen Zipfel des Glücks gönnte, das sie sich erhofft hatte.

Sie bedachte mich mit einem flehenden Hundeblick, und vor mir stand plötzlich wieder das verzweifelte Gesicht meiner Frau, als ich ihr bekannte, daß die wenigen Stunden unseres Beisammenseins auch nur ein Geschenk auf Zeit waren und mich der verdammte Krieg zurück auf mein seeklares Boot zwang.

Ich verfluchte insgeheim meinen nunmehrigen I WO, weil er mich jetzt in eine so unangenehme Situation gebracht hatte. Hätte Störmer es ihr nicht zuvor auf eine schonendere Weise beibringen können, daß ihrem Glück die Zeit davonlief? Unbewußt schüttelte ich über meinen Vorwurf den Kopf, weil ich mir eingestand, daß er ungerecht war. Wann hätte der es denn auch tun sollen?

Die Doktorin deutete mein Kopfschütteln jedoch ganz anders. Hoffnung leuchtete aus ihren Augen. »Nicht? Mir fällt ein Stein vom Herzen, Herr Kaleu!«

Ich war sicher, sie wäre mir in diesem Augenblick am liebsten um den Hals gefallen, und so brachte ich es einfach nicht über mich, auf die sofortige Rückkehr Störmers an Bord zu bestehen. Ich hob die Hand.

»Moment, Doktorin, keine voreiligen Schlüsse!« bremste ich sie. »Zwar braucht Herr Störmer nicht gleich auf der Stelle mit zurück an Bord, doch ändert dies nichts an der Tatsache, daß wir seeklar machen. Er muß daher spätestens um einundzwanzig Uhr wieder an Bord sein. Und bitte, Sie trennen sich vorher und begleiten ihn nicht an unseren Liegeplatz. Ich möchte vermeiden, daß die Mannschaft Sie sieht und daraus den durchaus richtigen Schluß zieht, für Herrn Störmer sei 'ne Extrawurst gebraten worden. Die Männer haben nämlich keinen Landgang mehr bekommen.«

An Bord erwartete mich eine böse Überraschung. Trotz der fortgeschrittenen Zeit war die Torpedo- und Munitionsübernahme noch immer im Gange. Es goß inzwischen zwar in Strömen, aber das konnte ich nicht als Grund dafür gelten lassen.

»Verflucht!« fuhr ich den II WO an, »was haben Sie in der ganzen Zeit getrieben? Dicke Weiber gestemmt, Herr Moebius? Die Katzen waren von Bord, da tanzten die Mäuse auf dem Tisch, was?«

Der LI, der hinter ihm stand, machte mir kopfschüttelnd Zeichen, und da der Leutnant völlig verdattert schwieg, weil er den Anpfiff erst verdauen mußte, sprang er ihm bei. »Hier war die Hölle los, Herr Kaleu! Rin in die Kartoffeln, raus aus die Kartoffeln, wie man so treffend in meiner Heimat sagt.« Er grinste über mein verblüfftes Gesicht. »Diese Arsenalpfeifenköppe haben sich reihenweise vor Angst in die Hosen gemacht, als zwischen den Bahngleisen noch weitere Blindgänger entdeckt worden sind. Da stoppte hier der ganze Betrieb, und die krochen in die Schutzräume, bis die Dinger entschärft waren.«

»Heißt das, Sie mußten jedesmal warten, bis ...«

»So war es tatsächlich, Herr Kaleu!« unterbrach mich Moebius eifrig, »Das ging viermal so, und dadurch sind wir in Verzug gekommen.«

Ich hätte mich jetzt für den Anranzer entschuldigen müssen, doch ich war noch zu verbiestert und mir selbst nicht grün, weil ich dem Störmer eine Vorzugsbehandlung hatte angedeihen lassen. Und die Worte über Moebius als Meister im Delegieren waren bei mir auch noch nicht in Vergessenheit geraten. Da konnte so ein Rüffel schließlich nicht schaden, und so schluckte ich die Entschuldigung lieber herunter.

»So, so, Herr Moebius, das ist also der Grund. Dann machen Sie den Männern Feuer unter dem Arsch, und sorgen Sie jetzt dafür, daß nicht getrödelt wird, klar? Die Flottille wartet auf meine Seeklarmeldung!« erklärte ich nur und verschwand in meinem Kabuff.

Das Boot lag seeklar an der Pier. Der I WO stützte sich mit beiden Armen auf das Schanzkleid des Turmes und sah auf das Leinenkommando hinunter.

»Stopp, Sie müssen ihn jetzt noch nicht ablösen, Herr Störmer. Das mit dem Munitionieren hat er zum Schluß ja doch noch ganz gut über die Bühne gebracht«, sagte ich leise zum I WO, als er Luft holte, um seine Anweisungen zu geben. »Nun lassen Sie unseren neuen II WO uns man noch ruhig vorführen, wie es um seine Seemannschaft bestellt ist. Hoffentlich haben wir nicht 'ne Katze im Sack angedreht bekommen.«

Natürlich war das alles andere als nett von mir und eine ausgemachte Zumutung. Die äußeren Bedingungen für das Ablegemanöver hätten nämlich auch einem alten Hasen zu schaffen gemacht. Von einer hellen Nacht, für die Bergen auch im August noch gut war, konnte keine Rede sein. Eine wahre Sintflut ging auf uns hernieder, die dicken regentriefenden schwarzen Wolken hingen fast bis auf die See herab, und man konnte die Hand kaum vor Augen sehen. Selbst das Blinken der wenigen Bojen, die das Fahrwasser aus dem Hafen nach Südwesten in die Postschiffroute und weiter bis zum gelöschten Leuchtturm Marstein an der offenen See markierten, verschwamm im Regen.

Ich schaute auf das Leuchtzifferblatt meiner Armbanduhr. »Na, dann man los, Herr Moebius! Legen Sie ab!«

»Jawohl, ablegen, Herr Kaleu!«

Trotz der herrschenden Dunkelheit machte er Männchen, was mir ein Lächeln entlockte, kennzeichnete es doch seine innere Erregung, uns allen an Bord beweisen zu müssen, was er als II WO auf dem Kasten hatte.

»Leinenkommando Achtung! Alle Trossen bis auf die vordere und achtere Spring los!«

Das klang schon ganz gut, keine Spur mehr von dem arroganten Näseln, das mich so aufgebracht hatte. Die Trossen klatschten in den Bach und wurden eingeholt. »Achtere Spring los! Ruder Steuerbord zehn, Backbord-E-Maschine Kleine Fahrt voraus!«

Er dampfte in die vordere Spring ein, damit das Heck vom Kai abschor, den Rest konnte er dann der einsetzenden Ebbe überlassen. Das war ein gekonntes Ablegemanöver, sicher und ohne Hektik, so daß ich im stillen Beifall klatschte. Einen Fähnrich hätte ich jetzt gelobt. Aber einen II WO? Nee, der mußte das können!

Seine leisen Kommandos ließen das Boot achteraus gehen. Die vordere Spring wurde losgeworfen und eingeholt. Jedes unnötige Geräusch vermeidend, verstaute das Leinenkommando das Tauwerk und verschwand blitzschnell unter Deck, froh darüber, endlich dem niederprasselnden Regen zu entkommen. Vom Ebbstrom erfaßt, kam U 115 vom Kai frei und nahm Kurs auf die Hafenausfahrt.

»Alle Achtung, Herr Störmer! Das war schon mal nicht schlecht«, flüsterte ich dem I WO ins Ohr, »Sie haben Konkurrenz bekommen.«

»Die ist mir allemal lieber als so ein Möchtegern-Seeoffizier, der nur eine große Klappe, ansonsten aber keine Ahnung hat. Dem Moebius fehlte bloß der Pfeffer, den er hier bekommen hat, Herr Kaleu.« Und ganz, ganz leise setzte er hinzu: »Ich möchte mich bei Ihnen im nachhinein noch sehr herzlich für die Erika und mir geschenkten Stunden bedanken. Sie läßt Sie herzlich grüßen und wünscht uns allen eine gute Fahrt und eine glückliche Heimkehr«

»Danke, I WO!« Ich legte ihm einen Arm um die Schulter und sagte so leise, daß es kein anderer auf der Brücke hören konnte: »Sie hatten Glück, mein Lieber. Als ich meine Frau kennenlernte, hatten wir ein ganz ähnliches Problem. Allein die Erinnerung an die damalige grenzenlose Enttäuschung meiner späteren Frau hat Ihnen zu den paar Stunden verholfen. Im Grunde genommen müßten Sie sich also bei ihr bedanken. Das Wiedersehen danach wurde bei uns beiden dann allerdings doppelt schön, obwohl ich mit Knochensplittern in der Lunge im Krankenhaus in Wyk auf Föhr gelegen habe*. Na, auf das Wiedersehen werden Sie sich doch jetzt beide doppelt freuen, dann wird's besonders schön.«

»Und ob, Herr Kaleu!«

»Boje zwo peilt null-neun-null!« riß mich die leise Meldung des Obersteuermanns an den II WO aus den Erinnerungen, »neuer Kurs zwo-neun-neun, wenn die Boje null-neun-zwo peilt.«

Meine Aufmerksamkeit richtete sich wieder auf das Boot, das sich mit den E-Maschinen fast lautlos an der blinkenden Bojenreihe entlang aus dem Hafen stahl. Hinter mir klappte das Turmluk auf. Die Wachablösung kroch auf die Brückenplattform.

»Mitternacht, Zeit für die Wachablösung, Herr Kaleu!« meldete Störmer, »Steuerbordwache klar zum Wachwechsel!«

»Danke, I WO! Aber warten Sie man mit dem Wechsel, bis der II WO das Boot auf den neuen Kurs gebracht hat.«

»Achtung – Boje peilt null-neun-zwo, neuer Kurs zwo-neun-neun!«

»Neuer Kurs zwo-neun-neun!« wiederholte der BÜ und meldete wenig später, nachdem der Bug eingeschwenkt war: »Kurs zwo-neun-neun liegt an!«

»Klar zum Wachwechsel!« befahl der I WO. »Steuerbordwache auf Station!«

Der II WO trat an ihn heran. »E-Maschinen machen Umdrehungen für fünf Knoten, Kurs zwo-neun-neun, keine besonderen Vorkommnisse auf Wache, Herr Störmer.«

»Danke, Herr Moebius! Wünsche Ihnen eine ungestörte Nachtruhe!«

* Siehe Erik Maasch: Die U-Boot-Falle

Die abgelösten Männer ließen sich in das Turmluk fallen und rutschten an den Leiterholmen hinab in die trockene Zentrale. Sie hatten es eilig, möglichst schnell aus den nassen Klamotten und in die Koje zu kommen, denn in vier Stunden war die Nachtruhe schon wieder vorbei. Auch mich lockte der Bettzipfel.

»Wenn wir Bjelkaroy querab haben, Herr Störmer, können Sie auf die Diesel umsteigen und mit zwölf Knoten zwischen den Inseln und Schären hindurch Kurs auf den Kroßfjord nehmen. Dann brauchen wir eventuelle Beobachter nicht mehr zu fürchten. Ich weiß nicht, wie lange das Sauwetter noch anhält, darum möchte ich westlich Marstein genügend tiefes Wasser unter dem Kiel haben, um das Boot trimmen zu können, bevor es hell wird.«

»Alles klar, Herr Kaleu!«

Ich trat an das Turmluk. »Wahrschau! Ein Mann von Brükke in Zentrale!« Mit dem letzten Wort sauste ich auch schon hinunter.

Irgend etwas holte mich aus dem Tiefschlaf. Unwillig wälzte ich mich auf die Seite und versuchte, gegen das Licht anplierend, den Ursprung dieser Störung auszumachen.

Der Zentralemaat lächelte mich verlegen an. »Rise, rise, aufstehen, Herr Kaleu! Herr Leutnant Störmer meldet das Boot klar zum Trimmen!«

»Verdammt, Mohl, wollen Sie mich verarschen? Von wegen Trimmen, das kann gar nicht sein! Ich bin man eben erst bei Wachwechsel in die Koje gekrochen!« Ich zog die kratzige Decke bis zum Kinn hoch und schloß die Augen. »Hauen Sie ab, Mensch!«

»Irrtum, Herr Kaleu, Wachwechsel war vor dreieinhalb Stunden. Vor einer halben Stunde haben wir Marstein passiert und laufen jetzt mit siebzehn Knoten in die offene See hinaus. Der LI meint, wir hätten jetzt genug Wasser zum Trimmen unter dem Kiel.«

Mit einem Schlag war ich hellwach und rieb mir die vom Schlaf verklebten Augen, um zur Borduhr zu sehen. Tatsächlich, der Mann hatte recht. Ich hatte dreieinhalb Stunden tief und fest geschlafen. Ich schwenkte die Beine aus der Koje und schlüpfte in meine Bordschuhe, stand auf und ging zum Schott. Der Zentralemaat hielt mir helfend meine Jacke hin.

»Danke, Mohl. Mit siebzehn Knoten und genügend Wasser unter dem Kiel, so, so. – Na, dann wollen wir mal!«

In der Zentrale begrüßte mich der LI: »Morgen, Herr Kaleu. Ich bin gerade dabei, mit dem Chief die Maate zu instruieren, damit wir das Trimmen möglichst schnell und trotzdem gründlich hinter uns bringen, bevor die Morgendämmerung anbricht. Der Regen hat nachgelassen, meldet die Brücke, und damit sei auch die Sicht besser geworden. Können wir?«

»Wir können, Herr Becker! BÜ an die Brücke: Auf Tauchstationen! Boot klar zum Tauchen!«

Ich trat zum Obersteuermann an den Kartentisch, um unseren Standort und die Wassertiefe einzusehen. »Fünfhundert Meter, Herr Kaleu, und weiter abfallend. Das sollte reichen.«

»Denke ich auch, Obersteuermann. Strömung?«

»Noch leicht Nordost.«

Die Brückenwache kam die Leiterholme herabgerutscht. Das Turmluk knallte zu. Deutlich hörten wir, wie die Vorreiber vorgetrieben wurden.

»Turmluk ist dicht!« scholl die Stimme des I WO von oben. Dann kam er selbst herab.

»Fluuuten!« befahl ich. »Tiefenruder, Boot auf vierzig Meter einpendeln!«

Die Diesel verstummten, die Tauchzellen wurden aufgerissen, Druckluft entwich, machte dem Wasser Platz. Kaum hörbar surrend sprangen die E-Maschinen an. Der Bug kippte nach unten, das Boot schor in die Tiefe.

»Morgen, Herr Kaleu! Seit wir aus dem Stau der bergigen Küste heraus sind, hat der Regen nachgelassen«, sagte der I WO. »Die Sicht ist bedeutend besser geworden. Es besteht aber keine Gefahr, daß man unseren Tauchwirbel von oben erkennen kann, denn noch ist es zu dunkel dafür.«

»Morgen, Herr Störmer. Das hört sich gut an. Irgendwelchen Schiffen begegnet?«

Störmer schüttelte den Kopf. »Nicht mal 'nem lausigen Fischkutter, und auch das Horchgerät schwieg. Still ruht die See.«

»Achtung! Boot pendelt auf befohlener Tiefe ein!« verkündete der Zentralemaat lauthals. Das galt dem LI und seinen Stokern.

»Na bitte, Herr Becker, jetzt sind Sie dran!«

Der LI und seine Männer waren eine eingespielte Mannschaft, jeder wußte genau, wo was zu tun war. Das Trimmen, wie wir den Gewichtsausgleich nannten, damit das getauchte Boot auf ebenen Kiel kam, vollzog sich in einer so überraschend kurzen Zeit, daß der I WO und ich verblüfft auf die Borduhr schauten.

»Sieht aus, als wollten Sie einen neuen Rekord aufstellen, Herr Becker«, spöttelte der I WO. »Hoffentlich kriegen Sie den Rest auch noch so schnell hin.«

»Gelernt ist eben gelernt«, gab der gelassen zurück und griente. »Ich hab den Männern außerdem ein Besanschot-an! versprochen, falls sie es in Rekordzeit schaffen sollten. Das zieht bekanntlich mehr als zehn Lokomotiven. Wenn uns diese Scheißstopfbuchsen nicht wieder einen Strich durch die Rechnung machen, müßten meine Stoker diesmal tatsächlich auch den Rest des ganzen Programms in neuer Bestzeit über die Bühne bringen. Die übrigen technischen Einrichtungen haben wir ja schon im Hafen gründlich überprüft.«

Die Stopfbuchsen waren das Problem aller getauchten U-Boote. Sie dichteten zwar alle nach außen führenden technischen Einrichtungen gegen das Eindringen von Wasser ab, man konnte sie jedoch im Hafen nur bedingt überprüfen. Erst in der Tiefe, wo der Wasserdruck auf diese Buchsen mit jedem Meter zunahm, zeigte sich, ob sie dem Druck standhielten oder lecksprangen.

U 115 war wie alle U-Boote gleichen Typs nur für eine Tiefe von neunzig Metern konstruiert, von der man angenommen hatte, sie reiche aus, um den feindlichen Ortungsgeräten und Wasserbomben entgehen zu können. Diese Annahme war von den Realitäten des U-Boot-Krieges aber längst überholt worden. Die hervorragenden Leistungen des britischen Sonar-Ortungsgerätes ASDIC, dem die deutsche Seekriegsleitung fahrlässigerweise anfangs nur eine ganz geringe Bedeutung beigemessen hatte, zwangen die Kommandanten bald dazu, in Tiefen hinunterzutauchen, vor denen sie einen Heidenrespekt hatten. Dort konnte nämlich die geringste Beschädigung des Druckkörpers sich verheerend auf das Boot auswirken und für die Besatzung tödliche Folgen haben, denn in solchen Fällen wurde das Boot von dem enormen Wasserdruck wie eine leere Konservendose zusammengepreßt.

Es sprach allerdings für das Können der deutschen Konstrukteure, daß die Boote selbst in Tiefen von mehr als zweihundert Metern dem gigantischen Wasserdruck standhielten, auch wenn ihre Längs- und Querspanten beängstigend stöhnten und ächzten.

Dieser ungeheure Tiefenbereich erwies sich noch in einer anderen Hinsicht als überaus vorteilhaft. Die Wasserschichten hatten dort unten einen so hohen Salzgehalt, daß sie die feindlichen ASDIC-Strahlen reflektierten und durch diese Geisterechos dem Gegner ein U-Boot vorgaukelten, wo längst keins mehr war.

Unser vorderes Tiefenruder an Backbord war in der Werft ausgebaut, repariert und wieder eingebaut worden. Unter diesen Umständen kam unseren Stopfbuchsen eine noch größere Bedeutung zu. Wenn ausgerechnet die am Tieferuder in großer Tiefe lecksprang, konnte das ebenjene fatalen Folgen für das Boot haben, die jeder an Bord verständlicherweise fürchtete.

Prompt nahm der I WO den Faden auf, um die Furcht davor zu zerstreuen: »Frau Wirtin hatt' auch 'nen LI, der war ein ganz geniales Vieh, wenn dem die Stopfbuchs' leckte ...«

»Nichts da, Herr Störmer!« unterbrach ich ihn, denn ich sah, wie die Männer in der Zentrale grienend die Ohren spitzten. »Jedes zu seiner Zeit! Frau Wirtin pennt noch, die hat eine anstrengende Nacht hinter sich. Gönnen wir ihr die Ruhe, und sehen wir lieber zu, daß wir die heimtückischen Stopfbuchsen auf Vordermann bringen. Die schaffen uns sonst noch unliebsame Probleme.«

Eine notwendige Bremse und eine sehr wirksame. Störmer schwieg und mit ihm auch die Hallodris, die sich schon in Vorfreude die Lippen geleckt hatten. Es war nämlich wie eine ansteckende Krankheit, die sich im Boot rasend schnell ausbreitete. Nichts löste eine größere Begeisterungswelle aus als die schlüpfrigen Reime über die berühmt-berüchtigte Frau Wirtin und die einfallsreichen Praktiken der Gäste ihres Puffs an der Lahn. Rundum zitierte jeder einen Vers, und immer noch einen, bis die Woge abebbte, weil auch die Verse über Bonifatius Kiesewetter und das anrüchige Marine-ABC nichts mehr hergaben.

»No, na, wird ei'm nix gegönnt auf diesem Seelenverkäufer, verdammten!« moserte der Maschinengefreite Neumann unüberhörbar, der Filou aus Schlesien-Ober, der sich zur Belustigung aller gern im kuriosen Deutsch des polnischen Grenzgebietes ausdrückte. »Nich' einmal demm Dichtung, klassische, wo jeder Pinullek nach lechst!«

Wir spielten das ganze Tauchprogramm bis in zweihundert Meter Tiefe durch, ohne daß eine der Stopfbuchsen auch nur einen Tropfen durchsickern ließ.

»Trimmprogramm ausgeführt, Herr Kaleu!« meldete daher der LI mit Erleichterung in der Stimme. »Die gesamten technischen Einrichtungen überprüft und für voll funktionsfähig befunden, alle Stopfbuchsen auch in extremer Tiefe dicht, und das Boot auf ebenem Kiel eingependelt. Boot ist klar für den Seetörn!«

»Danke, LI! Und das tatsächlich in einer neuen Rekordzeit!« sagte ich nach einem Blick auf die Borduhr, »Gratuliere! – Auf Sehrohrtiefe! Anblasen!«

Sanft schwebte das Boot empor. »Siebzig Meter gehen durch, Boot steigt kontinuierlich weiter«, sagte der LI nach einem Blick auf die Tiefenmesser.

Ich nickte und stieg in meine Seestiefel, die der Zentralemaat aus meinem Kabuff geholt hatte. In der Zentrale war es still, und unsere eigenen E-Maschinen liefen auch nur mit ganz geringer Drehzahl, damit wir fremde Schraubengeräusche nicht überhören konnten, die sich uns näherten. Aber das wollte nichts besagen, oft genug hatten wir uns sicher gefühlt und dann doch die eine oder andere böse Überraschung erlebt.

»Horchgerät, was erzählen die Fische?« gab mir daher die Vorsicht ein.

»Keine fremden Schraubengeräusche, auch aus großer Entfernung nicht, Herr Kaleu!« meldete der Horchmaat Grauert, ein Mann mit einem phänomenalen Gehör. Plötzlich verbesserte er sich: »Doch! Belege! Da ist was in eins-acht-null, aus dem ich noch nicht ganz schlau werde, ganz leise nur, Herr Kaleu! Klingt ... möchte sagen, wie eine schlecht geölte Lenzpumpe oder so.«

Die Meldung wirkte in der Stille der Zentrale wie ein Donnerschlag. Jede Bewegung erstarrte. Wie eine schlecht geölte Lenzpumpe! Das konnte nur heißen, daß sich hinter uns irgendwer herumtrieb!

»Das muß ich mir selber anhören! Übernehmen Sie, Herr Moebius!« sagte ich, denn inzwischen hatte die Wache gewechselt. »Stopp, Tiefe! Absolute Ruhe im Boot! Auf Schleichfahrt umkuppeln!«

Ich streifte mir den Kopfhörer über, den Grauert mir reichte, während er meldete: »Es ist ein ganz seltsames Geräusch, fast ein asthmatisches Schnaufen, als sei die Lenzpumpe heißgelaufen, Herr Kaleu.«

Ich mußte mich erst einhören und brauchte einen Augenblick dazu, denn die Unterwasserwelt war in unserem hochempfindlichen Horchgerät nicht so still, wie sie immer von Tauchern gerühmt wird. Tatsächlich, da war es! Übertönte ganz leise alle anderen Geräusche und klang wirklich wie das asthmatische Schnaufen einer heißgelaufenen Lenzpumpe.

Ich schaute auf den Peilkranz des Horchgerätes, während Grauert den Knopf sacht hin und her bewegte, um die Richtung des schwer zu identifizierenden Geräusches genau einzupeilen.

»Eins-acht-null«, las ich flüsternd ab. Kein Zweifel, da war etwas in unserem Kielwasser. Ein U-Boot, das wir durch unsere Geräusche beim Trimmen angelockt hatten? Das ließ sich leicht feststellen. Ich gab dem Maat den Kopfhörer zurück. »Bleiben Sie dran, Grauert! Melden Sie selbst die geringste Veränderung! Ich werde herauszufinden versuchen, wer oder was das ist.«

Ich eilte die wenigen Schritte zur Zentrale zurück und verfluchte dabei die Geräusche meiner klobigen Seestiefel, die sich trotz meiner Bemühungen nicht ganz unterdrücken ließen. »Ruder Backbord zehn, Herr Moebius! Boot auf achtzig Meter sanft durchsacken lassen! Wir müssen herausfinden, was das achteraus ist!« flüsterte ich ihm zu, »Stillen Alarm geben!«

Leise gab er die Befehle weiter. Der Stille Alarm trieb die Männer auf ihre Gefechtsstationen. Fast lautlos huschten sie an mir vorbei, als ich gedankenverloren zum Horchschapp zurückkehrte. Sanft schor das Boot in einem Kreisbogen in die Tiefe.

Beide E-Maschinen liefen auf Schleichfahrt, entsprechend angepaßt auch alle anderen Geräte, wie beispielsweise die Lenzpumpen. Wer uns jetzt hören wollte, mußte schon Ohren wie ein Luchs haben, also über ein Gruppenhorchgerät verfügen, das noch empfindlicher als das unsrige war.

Wer oder was aber dort achteraus diese schwer zu identifizierenden Laute fabrizierte, würde in Kürze Farbe bekennen müssen. Blieb die Geräuschquelle in unserem Kielwasser und folgte unserem Kurs in die Tiefe, gab es keine Zweifel mehr, daß es sich um ein U-Boot handelte, und zwar ein britisches, weil alle deutschen U-Boote – so unser Flottillenchef – die norwegischen Stützpunkte längst mit westlichem Kurs verlassen hatten. Die geisterten also nicht wie dieses unbekannte Objekt vor einer der Ein- oder Ausfahrten Bergens herum.

Für den Tommy konnte das fatale Folgen haben, wenn ihn der weite Kreisbogen vor unseren Bug brachte, und genau das beabsichtigte ich. Gelang das, bestand die Möglichkeit, ihn auf die Hörner zu nehmen; theoretisch zumindest. Wie wir das allerdings praktisch in achtzig Metern Tiefe bewerkstelligen sollten, darüber zerbrach ich mir noch den Kopf.

Unsere Torpedos schieden in einem solchen Fall aus, sie waren nämlich nur für einen oberflächennahen Wasserdruckbereich konzipiert. Infolgedessen schwammen sie in dieser Tiefe vor Erreichen des Gegners auf, waren also nutzlos. Ich war sicher, daß es bei den britischen Torpedos nicht anders war.

Aber auch nahe der Oberfläche war eine Torpedierung schwierig, besonders dann, wenn man dem anderen Boot im Nacken saß. Das bot dann ein so schmales Ziel, daß die Torpedos glatt daran vorbeilaufen konnten. Ein Treffer war somit reine Glückssache. Mit einiger Sicherheit konnte man seinen getauchten Gegner nur erwischen, wenn man ihn breitseits vor die Rohre bekam, und das war dann ein reiner Glücksfall.

Bliebe noch die Möglichkeit, ihn von achtern zu rammen. Das war jedoch für uns nicht weniger gefährlich als für ihn. U 115 war dafür nicht konstruiert, und schon gar nicht für einen solchen Rammstoß in großer Tiefe. Es konnte also auch für uns den sicheren Tod bedeuten. War das die Sache wert?

Mit diesem Gedankenchaos in meinem Schädel hockte ich mich erneut zu Grauert ins Horchschapp und griff nach dem zweiten Kopfhörer.

»Der ist uns noch immer auf dem Hacken, Herr Kaleu«, flüsterte mir der Horchmaat zu. »Behält allerdings seine bisherige Tiefe und seinen Kurs bei, wandert jedoch ganz langsam nach eins-sieben-fünf aus, wie mir scheint.«

»Das kann hinkommen, Grauert. Wir drehen nach Steuerbord und gewinnen Tiefe. Daher verschiebt sich die Ortung«, gab ich leise zurück. »Was oder wer das ist, haben Sie noch nicht herausgefunden?«

Er zögerte einen Moment. »Na ... ich weiß nicht so recht, Herr Kaleu, aber 'ne Lenzpumpe ist das wohl doch nicht. Dazu fehlt die Gleich- oder Regelmäßigkeit des asthmatischen Schnarrens oder Schnaubens oder wie auch immer man diese seltsamen Geräusche nennen will. Kann das nicht auch irgendein Vieh sein, ein ...«

»Ein Tier?« unterbrach ich ihn. »Sie meinen, ein Seehund, ein Wal oder so?«

Statt seiner Antwort übertönte in meinem Hörer plötzlich ein lautstarkes Klatschen alle anderen Geräusche, so, als schlüge jemand mit einem riesigen Ruderblatt auf das Wasser oder als würden Wasserbomben in die See katapultiert. Erschrocken hielt ich den Atem an, wartete auf die Detonationen. Doch die blieben aus. Statt dessen hatte ich jetzt ein ganz eigenartiges Quietschen, Pfeifen oder Zwitschern in meinen Ohren.

»Was ist das denn? Läßt da jemand ein Boot zu Wasser?« Überrascht schaute ich den Horchmaat an. Die Frage war kaum heraus, schlug ich mir auch schon gegen die Stirn.

»Quatsch! Kann ja gar nicht! Nicht ohne das schrille Quietschen schlecht gefetteter Rollen und das typische Trampeln über Deck.«

Eine Erinnerung holte mich ein. Bei mir fiel auf einmal der Groschen. Vor Spitzbergen hatten wir die gleichen Geräusche im GHG gehabt und herumgerätselt, bis ...

»Mensch, Grauert, das ist ein Wal, wenn's nicht gar mehrere sind, die da quieken! Ein Wal und kein U-Boot!«

Je länger ich in die Unterwasserwelt hinauslauschte, desto sicherer wurde ich. Es paßte auf einmal alles zusammen: Keinerlei Schrauben- oder Maschinengeräusche, dafür dieses eigenartige Schnauben, dieses Gequieke, und dann das typische Klatschen mit der Fluke, der Schwanzflosse der Wale, beim Abtauchen. Ein Wal also. Ich atmete erleichtert auf, denn damit sah alles ganz anders aus.

Ich wollte schon den Mund öffnen, um über die Bordsprechanlage den Alarm aufzuheben, das Tauchen zu stoppen und Kurs und Geschwindigkeit zu ändern, als mich ein plötzlicher Verdacht daran hinderte. Verflixt, wenn das nun doch kein Wal, sondern eine neue Kriegslist der Tommies war, um deutsche U-Boote vor Norwegen in Sicherheit zu wiegen und zum Auftauchen zu veranlassen? Was dann kam, konnte ich mir an fünf Fingern abzählen.

Seit der Kapitulation Frankreichs, ihres einzigen Verbündeten, stand den Briten das Wasser bis zur Halskrause. Da war ihnen jedes Mittel recht, um sich der deutschen U-Boote zu entledigen, die der Insel die Lebensadern abschnürten. Da war alles drin.

Ich sah vor meinem geistigen Auge auf einmal wieder die *Flying Lady* über die Kimm steigen und auf uns mit vollen Segeln zurauschen, diesen prächtigen, allerdings altertümlich wirkenden Viermastgaffelschoner, den wir in unserer damaligen Einfalt für ein ganz harmloses Museumsschiff gehalten hatten, bis es sich als eine hinterhältige britische U-Boot-Falle entpuppte.

Unsere 8,8 cm-Kanone war nicht besetzt gewesen, und der Angriff traf uns völlig unvorbereitet. Der heimtückische Feuerüberfall kostete den Kommandanten und vierzehn unserer Männer das Leben, ehe unser zusammengeschossenes Boot sie mit in die Tiefe nahm. Wir 35 Überlebenden wurden von den Briten aufgefischt und als Kriegsgefangene an Bord geholt und waren zunächst völlig demoralisiert und nur glücklich darüber, dem Gemetzel entgangen zu sein. Der Krieg schien für uns beendet. Doch dann gelang es uns, den Spieß umzudrehen und diesen Meister der Tarnung in einem nächtlichen Handstreich in unsere Gewalt zu bringen.*

Aber das war Vergangenheit. Ich war nicht mehr der I WO, der mit seinen Männern das Los der Kriegsgefangenschaft abschüttelte, ich war jetzt Kommandant und mußte handeln. Auf einmal erschien mir der Gedanke, diese seltsamen Geräusche könnten auch wieder eine Kriegslist der Briten sein, so absurd, daß ich über mich selbst den Kopf schüttelte.

Ich gab Grauert den Hörer zurück. »Na, dann wollen wir der Sache mal auf den Grund gehen, mein Lieber. Sperren Sie weiterhin die Ohren auf, und geben Sie Alarm, wenn aus dem Wal plötzlich doch ein U-Boot werden sollte, damit uns das nicht etwa zu den Fischen schickt, klar?«

»Völlig klar, Herr Kaleu!«

»Ein Wal oder gar mehrere, Herr Kaleu?« fragte Moebius ungläubig und verzog skeptisch das Gesicht, »So weit im Süden? Ist das nicht ein bißchen unwahrscheinlich? Davon habe ich ja noch nie etwas gehört.«

Da war er wieder, dieser näselnde, arrogante Ton. Er kam mit einem so besserwisserischen Beiklang heraus, daß der I WO darauf sofort sauer reagierte. »Sooo, haben Sie nicht, Herr Moebius? Dann sollten Sie vielleicht mal ins Segelhandbuch hineinschauen, was da über den Hafen Larvik

* Siehe Erik Maasch: Die U-Boot-Falle

nachzulesen steht. Der liegt noch weiter südlich als Bergen, nämlich am Skagerrak, und beherbergt die größten norwegischen Walfangflotten. Was meinen Sie wohl, warum?« Der I WO wartete auf eine Antwort, aber die kam nicht. »Weil der Walfang dort Tradition hat, und die reicht bis weit in die vorigen Jahrhunderte zurück, als man den Fang und die Verwertung noch von der Küste aus betrieb. Das gilt auch für Sandefjord und Tönsberg, beide ebenfalls am Skagerrak gelegen.«

Der II WO lief zwar rot an, legte aber die Ohren an und schluckte die Belehrung herunter, als er mein Gesicht und die Miene des LI sah. Er konnte daran unschwer ablesen, daß wir ihm diesen Dämpfer gönnten.

»Das ist mir allerdings neu, Herr Störmer. Ich werde deshalb Ihren Rat befolgen.«

Eine kluge Reaktion, die mir eine Stellungnahme ersparte. »Was immer es ist, wir werden es gleich sehen, meine Herren! Stopp Tiefe! Auf Sehrohrtiefe anblasen! Brückenwache und Geschützbedienungen in den Turm! Schleichfahrt aufgehoben! Beide E-Maschinen Kleine Fahrt voraus! Ruder komm auf! Recht so! Frage, was liegt an?«

»Kurs zwo-vier-acht liegt an! Beide E-Maschinen laufen Kleine Fahrt voraus!« kam es wie aus der Pistole geschossen, »Boot steigt auf Sehrohrtiefe, sechzig Meter gehen durch!«

Ich quittierte die Meldung mit einem zufriedenen Nicken. Die Männer der Brückenwache und die Geschützbedienungen sammelten sich um den II WO an der Turmleiter. Auch ich schlüpfte in mein Ölzeug, das mir der Zentralemaat reichte, und trat an das Luftzielsehrohr. Vorsicht war nun einmal das halbe Leben, auch wenn das GHG noch immer keine Schraubengeräusche auffing. Das wollte nämlich gar nichts besagen. Es konnten sich trotz der frühen Stunde bereits Tommies in der Luft herumtreiben, die das Seegebiet vor der Küste überwachten und auf leichte Beute lauerten.

Enervierend langsam verstrich die Zeit, bis endlich die erlösende Meldung kam: »Achtung! Sehrohrtiefe ist erreicht! Boot pendelt auf Sehrohrtiefe ein!«

Der Spargel kam aus seinem Schacht. Ich klappte die Griffe ab und klemmte mich an das Okular, um mit einem Rundblick den Himmel nach Flugzeugen abzusuchen. Gespannt verfolgten die Männer, wie ich langsam den Spargel rundum drehte, bereit, jedem meiner Kommandos blitzschnell nachzukommen.

Über uns weitete sich der Wolkenhimmel grau in grau. Es regnete noch immer, allerdings weit weniger als beim Auslaufen. Obwohl sich die Sichtverhältnisse gebessert hatten, konnte ich keine Flugzeuge entdecken, die im Tiefflug die graue See abstreiften.

Erleichtert ließ ich das Periskop in seinen Schacht gleiten. »Der Himmel hat was gegen die Tommies. Kein Flugwetter. Besser können wir es uns gar nicht wünschen. Klar zum Auftauchen!«

Ich fuhr das Angriffssehrohr aus und schwenkte es langsam in die Runde. Die Sicht mochte trotz des Regens etwa fünf Seemeilen betragen, weit genug, um einen in diesem Umkreis mit gestoppten Maschinen treibenden Gegner noch rechtzeitig ausmachen zu können. Nichts war jedoch weit und breit zu entdecken, und auch das GHG nahm keine verdächtigen Schraubengeräusche wahr, denn sonst hätte sich der Horchmaat längst gemeldet. Ich war zunächst beruhigt und wollte schon das Sehrohr einfahren, als mich ein eiskalter Schreck durchfuhr. Ich erinnerte mich plötzlich an die Geräusche, die das GHG aufgefangen hatte. Geräusche, von denen ich glaubte, daß sie von Walen stammten. Von Walen, von denen ich jetzt nicht die geringste Spur entdekken konnte?

Der alte Verdacht quoll wieder in mir empor. Ein neuer Trick der Briten? Ich preßte den Kopf erneut gegen das Okular und suchte die Wasseroberfläche nach dem typischen Blast ab, dem Atemstrahl, mit dem Wale ihren ärgsten Feinden,

den Harpunierern, seit Jahrhunderten ihre Anwesenheit verrieten, wenn sie zum Luftholen an die Oberfläche kamen.

Doch mein Blick glitt vergeblich über die nur leicht bewegte See, sah weder die ausgestoßene Atemluft noch irgendeinen Walrücken oder gar das Aufspritzen einer auf die Wasseroberfläche klatschenden Schwanzflosse. Waren die Wale weitergezogen, während wir aus der Tiefe aufstiegen?

Da gab's nur eins: Ich mußte mich vergewissern, ob mein aufkeimendes Mißtrauen mehr war als wieder nur das typische Gefühl einer drohenden Gefahr, von dem jeder U-Boot-Kommandant befallen wurde, sobald sich irgend etwas nicht genau einordnen ließ.

»Horchgerät, was erzählen die Fische?«

»Keine Schraubengeräusche, Herr Kaleu!« kam die Rückmeldung. »Nur dieses seltsame Quieken und Schnauben, dazu immer wieder dieses Klatschen, etwas weiter entfernt zwar, aber jetzt deutlich in zwo-acht-null zu orten.«

In zwo-acht-null Schiffspeilung deutlich zu orten, obwohl ich von dem Ursprung nichts entdecken konnte? Ich war alarmiert. »Horchgerät ... Achtung! GHG auf Zentrale schalten!«

Es knackte in den Lautsprechern. Mein I WO trat neben mich und fragte leise besorgt: »Stimmt was nicht, Herr Kaleu?«

»Da, hören Sie das? Diese seltsamen Töne und das Klatschen? Wir nehmen an, daß die Geräusche von Walen stammen, nur zu sehen ist von denen komischerweise überhaupt nichts.« Ich trat vom Sehrohr zurück. »Schauen Sie mal selbst, Herr Störmer! Vielleicht entdecken Sie was von den Biestern.«

Er übernahm den Spargel und schwenkte ihn forschend langsam in die Runde. Nach einer Weile trat er vom Okular zurück, verständnislos den Kopf schüttelnd: »Spinnt unser GHG? Fängt diese komischen Geräusche und vor allen Dingen dieses Klatschen auf, und da ist nichts? Das verstehe einer!«

Das verstand keiner, er nicht und auch ich nicht. Eines stand jedoch für mich fest, das GHG spann keineswegs. Da war etwas, fragte sich bloß was? Ich blickte auf die Uhr und kam zu einem Entschluß, denn uns lief die Zeit davon.

»Egal, was es ist! Es hat keinen Zweck, noch länger herumzurätseln, Herr Störmer. Wenn es tatsächlich Wale sind, dann sind sie möglicherweise so weit entfernt, daß wir nur deshalb nichts von ihnen sehen. Das Wasser überträgt ja solche Geräusche meilenweit. Möglicherweise narren uns die Briten aber auch mit einer neuen Kriegslist. Mit irgend so einem technischen Machwerk, das uns unvorsichtig machen soll.« Ich blickte in erschrockene Gesichter. »Den Gefallen werden wir ihnen aber nicht tun. Beide E-Maschinen dreimal AK voraus!«

Mit einem spürbaren Ruck nahm das Boot höhere Fahrt auf. Unsere E-Maschinen tourten so hoch, daß ihr Geräusch den Horchgeräten der eventuell lauernden Tommies mit Sicherheit nicht entging. Das war von mir auch beabsichtigt. Ehe sie darauf reagieren, auf uns eindrehen und zur Verfolgung ansetzen konnten, gewannen wir wertvolle Zeit.

Gespannt verfolgte ich die Kontrollinstrumente, bis sie Umdrehungen für siebeneinhalb Knoten anzeigten. »Auftauchen, LI! Sobald der Turm freikommt, auf die Diesel umsteigen und auf dreimal AK voraus gehen!«

Einen Augenblick sah mich der LI ungläubig an, ehe er die entsprechenden Kommandos gab, denn das war ein reichlich riskantes Manöver, das uns Kopf und Kragen kosten konnte. Der Auftrieb, verstärkt durch die hart gelegten Tiefenruder, und der Schub der Schrauben konnten das Boot so schnell nach oben treiben, daß es die Oberfläche wie ein Korken durchbrach und regelrecht aus dem Wasser katapultiert wurde.

Doch ich mußte es wagen, und Oblt. Ing. Becker war ein erfahrener LI, der genau wußte, was zu tun war, damit das

Boot durch dieses brutale Auftauchen nicht Schaden nahm. Geschickt steuerte er mit den Tiefenrudern dagegen.

»Achtung! Turmoberkante kommt gleich frei!«

Im selben Augenblick überschlugen sich die Ereignisse. In die Männer im Turm kam Bewegung. Hinter dem II WO drängten sie die Turmleiter empor. Als U 115 die Wasseroberfläche durchbrach, drohte der gewaltige Ruck sie fast von den Sprossen zu schleudern. Uns brachte er ins Taumeln. Trotzdem atmete ich auf, denn er war viel geringer ausgefallen, als ich es befürchtet hatte. Kommandos des LI brachten seine Männer auf Trab. Sie fingen das im Auftauchschwell schlingernde Boot ab und brachten es auf ebenen Kiel.

Die Diesel sprangen an und kamen auf Touren. Einen Augenblick saugten sie die Luft so stark aus dem Boot, daß uns die Ohren schmerzten und uns die Augen aus den Höhlen zu drängen drohten. Abgase wehten durch das Boot.

»Achtung! Boot ist aufgetaucht!«

Das Turmluk flog auf. Ein Schwall Seewasser schwappte herein, wusch über die nach außen drängenden Männer hinweg und ergoß sich in die Zentrale, wo ich gerade einen Fuß auf die unterste Sprosse der Leiter setzte, um aufzuentern. Das Ölzeug konnte nicht verhindern, daß mir ein Teil des Gusses in den Kragen lief und mich bis in die Seestiefel durchnäßte, während sich der Rest gurgelnd unter den Flurplatten verlief.

Grinsend trat der LI zu mir und salutierte. »Boot ist aufgetaucht, Herr Kaleu! Beide Diesel gehen auf dreimal AK voraus, Kurs zwo-vier-acht liegt an, Boot wird durchgelüftet und auf Schäden kontrolliert.«

Ich tippte ebenfalls an den Schirm meiner Mütze. »Danke, Herr Becker! Sieht man mal von diesem Scheißguß ab, war das ein gekonntes Manöver! Ein Lob für Ihre Männer und für jeden eine Pulle Bier, sobald feststeht, daß wir niemanden an den Hacken hängen haben. Boot bleibt klar zum Alarmtauchen!«

U 115 jagte mit Höchstfahrt nach Westen, weg von dem Punkt unseres riskanten Auftauchmanövers. Immer wieder ging dabei mein Blick achteraus, jeden Augenblick gewärtig, Torpedolaufbahnen nach uns greifen oder einen Verfolger auftauchen zu sehen. Doch achteraus rührte sich nichts, und je länger beides ausblieb, desto sicherer wurde ich, daß uns niemand im Genick saß.

Ich ließ mein Glas sinken. »Keine Torpedos, nichts. Seit einer Stunde zerfasert da in der Ferne lediglich unser sprudelndes Kielwasser, und das ist ungemein beruhigend. Trotzdem, Herr Moebius, beide Maschinen stopp! Für fünf Minuten Horchrunde! Gehen Sie anschließend mit der Fahrt auf zwozehn Knoten Marschgeschwindigkeit! Erneute Horchrunden jeweils alle halbe Stunde, klar?«

Moebius legte die Hand lässig an den Mützenschirm. »Völlig klar, Herr Kaleu!« Er stoppte die Maschinen.

Ich wartete, bis das Vibrieren der Gräting unter unseren Füßen erstarb. »BÜ an GHG: Was erzählen die Fische?«

Der Gefreite Manske, einer der Horcher, der Horchmaat Grauert inzwischen abgelöst hatte, ließ sich Zeit mit der Meldung. Das hatte ihm Grauert eingehämmert, denn von seiner Gewissenhaftigkeit hing unser aller Leben ab.

Moebius wurde jedoch nach einem Blick auf seine Uhr ungeduldig. »BÜ, was ist los da unten? Pennt der Kerl am GHG? Fragen Sie nach!«

Verdammt, war der II WO denn von allen guten Geistern verlassen, in einer solchen Situation wie der unseren den Horcher zu einer leichtfertigen Meldung zu drängen? In mir kochte es hoch. Schließlich war das ein Tabu, das man uns schon während unserer Ausbildungszeit als Wachoffiziersschüler auf die Seele gebunden hatte. Und der Moebius hatte großkotzig vorgegeben, er sei mit allen Aufgaben eines II WO bestens vertraut!

»Stopp, II WO!« zischte ich ihm daher aufgebracht zu, »Noch sind die fünf Minuten nicht rum! Der Manske schläft nicht, der handelt nach dem ausdrücklichen Befehl, die Unterwasserwelt ja gründlich abzuhorchen, ehe er das Ergebnis meldet.«

»Das kann doch nicht so lange ...« Er verstummte, als er meine bitterböse Miene sah, fuhr aber dann stotternd fort: »Ich dachte ... Auf U 396 brauchte man nicht ...«

»Kommen Sie mir nicht mit Ihrem U 396!« schnitt ich ihm das Wort ab und hatte dabei alle Mühe, meine Lautstärke zu mäßigen. Wir waren schließlich nicht allein auf der Brükke. »Es ist mir scheißegal, was man auf U 396 brauchte oder nicht! Hier auf U 115 wird grundsätzlich gewartet, bis der Horcher seiner Sache sicher ist, Herr Moebius! Damit das ein für allemal klar ist!«

Das war ein Ton, wie ich ihn selten gegen meine Offiziere oder Deckoffiziere anschlug, es sei denn, sie leisteten sich solche Schnitzer. Hinzu kam in diesem Moment jedoch auch noch etwas anderes. Moebius war außerhalb des normalen, des routinemäßigen Wechsels der Offiziere zur Flottille gestoßen. Das konnte viele Gründe haben, eine vorzeitige Beförderung wegen besonderer Verdienste beispielsweise.

Danach sah es bei Moebius allerdings nicht aus, denn das hätte der Flottillenchef unter Garantie erwähnt. In mir keimte jetzt der Verdacht auf, bei ihm sei eher das Gegenteil der Fall. Nach dem, wie er sich bisher bei uns aufgeführt hatte, sprach alles dafür, daß er nur deshalb außerhalb des üblichen Wechsels als Ersatzmann zu uns gelangt war, weil man ihn von seinem vorigen Kommando weggelobt hatte. Die übliche Methode, um einen unfähigen oder sonstwie mißliebigen Offizier abzuschieben. Ich selbst hatte sie ja letztlich schon ein paarmal angewandt, und jetzt reagierte Moebius auch prompt so, wie es seine unrühmlichen Vorgänger getan hatten. Er begehrte gegen meine Zurechtweisung nicht auf, sondern schluckte sie stillschweigend.

»Ich werde mir selbst mal ein Bild davon verschaffen, was der Manske inzwischen schon aus seinem GHG herausgekitzelt hat, II WO.« Ich trat an das Turmluk: »Wahrschau! Ein Mann von Brücke in Zentrale!«

Horchmaat Grauert besaß nicht nur ein phänomenales Gehör, sondern war auch ein überaus verantwortungsbewußtes Besatzungsmitglied. Darum wunderte es mich nicht, als ich ihn an der Seite Manskes im Horchschapp vorfand.

»Nanu, gibt's Probleme, Horchmaat?« fragte ich trotzdem.

Grauert schüttelte den Kopf und reichte mir seinen Kopfhörer. »Keine, Herr Kaleu! Ich wollte lediglich mal hören, was aus diesen seltsamen Geräuschen geworden ist. Die sind verschwunden, dafür …«

Er brach ab, weil der Funkobergefreite Pepke mit einem Formular in der Hand am Horchschapp aufkreuzte und vor mir Männchen baute. »Ein FT, Herr Kaleu, Offiziersschlüssel!«

Ich warf nur einen kurzen Blick auf das Blatt. Es war kein langer Text, sondern nur eine kurze Buchstabengruppe, eine Art Marine-Steno, die jedoch einen längeren Text ergab, sobald sie in die *ENIGMA* mit dem Offiziersschlüssel eingegeben wurde. »Ich kann jetzt nicht, Pepke! Bitten Sie den I WO, das FT zu entschlüsseln.« Ich stülpte mir den Hörer über den Kopf. »Das hier geht vor!«

Pepke klappte wieder mit den Hacken und wandte sich zur Zentrale.

»Der Pepke hat Sie unterbrochen, Grauert. Was wollten Sie sagen?«

»Statt der Wale, wenn es denn welche waren, haben wir ein ganz weit entferntes Grummeln im GHG, Herr Kaleu. Ich halte es für die Schraubengeräusche eines größeren Schiffsverbandes, der an Backbord noch unter der Kimm steht. Ich kann noch nicht sagen, was es ist. Dem unterschiedlichen Grummeln nach könnte es ein Verband von Kriegsschiffen oder aber auch ein Geleitzug sein.«

Ein Geleitzug, so dicht unter der norwegischen Küste, wo er jeden Augenblick von deutschen Aufklärern entdeckt werden konnte? Dann waren es keine Briten, eher deutsche Frachter, die Truppen oder Nachschub für die deutschen Verbände in Norwegen brachten.

Mit einem Kriegsschiffsverband sah das schon anders aus. Das konnten durchaus Tommies sein, die irgendeinen Überraschungsschlag gegen die verhältnismäßig schwachen deutschen Verbände in den norwegischen Häfen zu führen beabsichtigten. Der Gedanke war noch nicht zu Ende gedacht, als er einer dritten Möglichkeit Platz machte: Was, wenn es ein britischer Verband aus Kriegsschiffen und Truppentransportern war, der für einen erneuten Invasionsversuch, der dem Erzhafen Narvik galt, in See gegangen war? Der Gedanke erschien mir auf einmal gar nicht so abwegig, zumal die deutsche Zerstörerflottille vor Narvik so fürchterliche Verluste erlitten hatte, daß die dort stationierten deutschen Gebirgsjäger unter dem Kommando General Dietls eigentlich nur für die Sicherung der Erzbahn aus Schweden ausreichten.

Der Sache mußte ich auf den Grund gehen, obwohl ich Anweisung hatte, wegen der Wichtigkeit unseres Einsatzes gegen das Großgeleit aus Kanada jede andere Feindberührung zu vermeiden. Mit dem schwachen Grummeln, das über Kopfhöhrer meine ungeübten Ohren erreichte, konnte ich wenig anfangen. Wenn Grauert es jedoch für die Schraubengeräusche eines größeren Schiffsverbandes hielt, dann waren es auch welche.

»Wie in etwa peilen die Schraubengeräusche, Grauert?«

»In zwo-sieben-null bis zwo-null-acht, Herr Kaleu!« antwortete Manske an Grauerts Stelle. »Genauer läßt es sich auf diese Entfernung noch nicht sagen. Ebensowenig lassen sich jetzt schon Kurs und Geschwindigkeit bestimmen.«

»Hmm!« brummte ich. »Geben Sie das zur Brücke durch, und bleiben Sie man dran. Sobald Sie mehr herausgefunden haben, möchte ich es wissen!«

»Ein FT der Flottille, Herr Kaleu!« empfing mich der I WO in der Zentrale und legte mir das entschlüsselte Formular vor. »Kurz und bündig: Deutscher Kampfverband von Planquadrat *AN 1* nach Planquadrat *AF 3*. Jeden Kontakt vermeiden!«

Er stand mit dem Obersteuermann am Kartentisch und tippte auf die Karte mit den Planquadraten. »Jeden Kontakt vermeiden – pah! Wenn wir weiter unseren Kurs auf sechzig Grad Nord, drei Grad Ost beibehalten, bekommen wir den sowieso nicht in Sicht.«

»Um so besser, Herr Störmer, wir haben mit diesen blöden Walgeräuschen, von denen wir noch immer nicht wissen, ob es wirklich welche waren, schon genug Zeit vertrödelt! Mir genügt, den Verband im GHG zu haben.«

»Wenn man den bloß nicht auch die Tommies mit ihren Horchgeräten orten«, unkte Obersteuermann Wegner. »Denn die gibt's garantiert vor der Küste.«

»Malen Sie bloß nicht den Teufel an die Wand, Wegner!« protestierte ich. »Sagen Sie mir lieber, wie sich das Wetter entwickeln wird. Ich nehme an, Sie haben inzwischen den schwedischen Wetterbericht ausgewertet, oder?«

Wegner nickte und zog die Wetterkarte unter den anderen Karten hervor. »Habe ich, der Jensen hat mir dabei geholfen!«

»So, so, wieder einmal der Jensen«, sagte ich und bedauerte zugleich, daß mir die Kürze der Liegezeit in Bergen nicht erlaubt hatte, mich ein bißchen um die weitere Laufbahn Jensens zu kümmern, wie ich das eigentlich vorgehabt hatte.

Der Matrosenhauptgefreite Broder Jensen war Krabbenfischer gewesen und hatte bereits das Kapitänspatent besessen, als er als Offiziersanwärter zur Kriegsmarine eingezogen wurde. Sein Pech war allerdings, daß er schon als Seekadett über eine rein private Auseinandersetzung mit einem uniformierten Parteibonzen der NSDAP stolperte. Der war Jensens Mädchen im Suff eindeutig an die Wäsche gegangen, doch durch seine Aussage über den Vorfall bekam der Streit einen angeblich politischen Hintergrund. Folglich machte man Jensen den Prozeß. Er wurde zwar freigesprochen, dessenungeachtet jedoch anschließend zum Hauptgefreiten degradiert, denn man verprügelte eben nicht ungestraft einen Funktionär im »Ehrenkleid« der Partei. Eine Ungerechtigkeit, der ich irgendwie abzuhelfen gedachte, da Jensen nachgewiesenermaßen das Zeug zu einem tüchtigen Seeoffizier besaß.

Für uns an Bord war er nicht nur eine wertvolle Stütze, was die Wetterkunde anbelangte. Jensen kam von der Insel Föhr und sprach fließend Plattdeutsch, Friesisch und Dänisch. In seiner Schiffsjungenzeit war er zudem auf einem schwedischen Logger gefahren und hatte dabei genügend Schwedisch aufgeschnappt, um uns auch die Nachrichten des schwedischen Rundfunks übersetzen zu können.

»Und was haben Sie herausgefunden?« hakte ich nach.

»Das Regentief zieht nach Osten ab, es klart auf. Wir bekommen typisches Rückfrontwetter, denn ein Ausläufer des Azorenhochs breitet sich von Frankreich bis nach Skandinavien aus.« Wegners Finger unterstrich seine Worte auf der von ihm gezeichneten Wetterkarte. »Bedauerlicherweise wird die Wetterberuhigung nicht lange anhalten, Herr Kaleu. Der Hochkeil wird schon bald durch die Reste eines tropischen Wirbelsturms verdrängt. Aber da sollten wir nach meinen Berechnungen bereits nördlich oder südlich der Shetlands stehen.«

»Wenn unsere Befehle nicht anders lauten, Obersteuermann«, setzte ich trocken hinzu. »Aber das werden wir ja bald erfahren, wenn wir sechzig Grad Nord, drei Grad Ost erreicht haben.«

Wie von Wegner prophezeit, klarte es zunächst auf, und damit kam eine neue Variante ins Spiel: Über die Kimm kamen plötzlich mehrere Flugzeuge und suchten im Tiefflug die See ab. Es konnten deutsche Aufklärer des Kampfverbandes, aber auch britische Jagdbomber sein. Wir machten erst gar nicht den Versuch, sie zu identifizieren. Mit einem beutegierigen britischen Jagdbomber hätten wir es ja noch aufgenommen, aber die da kamen im Pulk über die Kimm. So verschwanden wir lieber schleunigst von der Wasseroberfläche, damit unser Tauchwirbel uns nicht verriet.

»Na, das haut ja genau hin!« triumphierte ich und tippte auf die Karte vor mir auf dem Tisch des Offizierslogis. »Wenn unsere Steuerleute richtig gekoppelt haben, und davon gehe ich aus, dann haben wir jetzt unsere Position erreicht, und ich kann den Einsatzbefehl öffnen.«

Im O-Logis herrschte atemlose Spannung, als ich den Umschlag mit einem Federmesser aufschlitzte und das Formular herauszog. Der Operationsbefehl war ähnlich knapp gehalten wie das FT und sagte mir eigentlich nichts Neues. Ich überflog noch einmal alles und wies meine Offiziere ein: »Wir werden zusammen mit den anderen Booten der Flottille südwestlich Island auf dreißig Grad West von siebenundfünfzig Grad Nord bis einundsechzig Grad Nord einen Auffangstreifen bilden und mit Westkurs dem zu erwartenden Großgeleit aus Halifax entgegensteuern. Wir nehmen dabei die nördlichste Position ein. Bis dahin sollen wir jedem Feindkontakt aus dem Weg gehen, um die Anwesenheit deutscher U-Boote in diesem Operationsgebiet nicht vorzeitig zu verraten. Es folgen die üblichen Codes für die Sichtmeldungen und die Aufstellung der übrigen Boote. Für die brauchen wir jetzt die Großraumkarte, Fähnrich. Ab die Post!«

Der Fähnrich sauste in die Zentrale und war Sekunden später zurück. Während er den Übersegler auf der Back ausbreitete, klopfte ich ihm anerkennend auf die Schulter, weil er zugleich auch das Navigationsbesteck mitgebracht hatte. »Sie machen sich, Lehmann! Dann man los, zeigen Sie mal, daß Sie inzwischen nicht nur theoretisch, sondern auch praktisch navigieren können. Marschgeschwindigkeit zwozehn Knoten.«

Meine Stichelei sollte ein Ansporn für ihn sein, die Aufgabe besonders schnell über die Bühne zu bringen, denn im Grunde genommen war das für ihn ein Kinderspiel. Der Fähnrich machte jetzt auf U 115 seine dritte Feindfahrt mit und war von den Offizieren und Steuerleuten in der bis dato vergangenen Zeit als Wachoffiziersschüler gerade in dieser Hinsicht gründlich durch die Mangel gedreht worden.

Gekonnt ging er daher ans Werk und lieferte uns innerhalb kurzer Zeit die von mir gewünschten Daten. »Von unserem gegenwärtigen Standort aus sind es rund neunhundertsiebzig Seemeilen, Herr Kaleu.« Er legte das Kursdreieck an und zeichnete den zu steuernden Kurs in die Karte ein. »Mit einem Generalkurs von zwo-acht-null und zwozehn Knoten brauchen wir dazu rund dreieinhalb Tage, wenn uns nicht irgendwer in die Quere kommt.«

»Sind Sie sicher, Fähnrich?« machte sich der II WO wichtig, indem er mit Stechzirkel und Kursdreieck die Angaben Lehmanns nachkontrollierte. »Sieh an, sieh an, es stimmt tatsächlich!«

Mochte der Teufel wissen, warum der sich immer wieder solche Blößen gab. Auch wenn er nicht wußte, was für ein cleveres Kerlchen dieser Fähnrich war, war das kein Grund, mit beiden Beinen ins Fettnäpfchen zu springen. Der LI und ich grinsten nur darüber, der I WO hingegen verzog das Gesicht und setzte zu einem hämischen Kommentar an. Ich kam ihm jedoch zuvor.

»Aber, aber, Herr Moebius, was haben Sie denn erwartet? Natürlich stimmt das! Wäre dem nicht so, dann würde das ja bedeuten, daß der Fähnrich auf den beiden vergangenen Feindfahrten hier an Bord nur herumgegammelt hätte. Dazu hatte er jedoch auf U 115 nicht die geringste Chance.«

»Zu meiner Zeit blies Fähnrichen der Wind sowieso vierkant ins Gesicht«, setzte der LI mit einem süffisanten Lächeln noch eins drauf. »War das etwa bei Ihnen denn gänzlich anders, Herr Moebius?«

Einen Moment glotzte ihn der II WO irritiert an. »Na ... natürlich nicht, Herr Becker! Es ist nur ... Ich bin ja erst so kurze Zeit ... und da dachte ich ... Irren ist schließlich menschlich!«

»Gloor!« Der LI strahlte ihn regelrecht an und setzte im schönsten Sächsisch hinzu: »Mor gann sich irren, sachte der Ieschl betriebd und gläddordä von der Globürschdä.«

Sah man einmal von den zahlreichen zwischen den Shetlands und Orkneys fischenden Heringsloggern ab, zwischen denen wir uns hindurchmogeln mußten, so kam uns niemand weiter in die Quere. Als wir die Inseln hinter uns gelassen und unsere befohlene Position in dem Auffangstreifen unentdeckt erreicht hatten, überzogen hohe Schleierwolken den klaren Himmel und kündigten mit zunehmender Windstärke eine bevorstehende Wetteränderung an.

»Sieht nicht gut aus, was da im Südwesten über die Kimm steigt, Herr Kaleu.« Steuermann Siegmund blickte auf die Skala des Windmessers, den er hoch über den Kopf hielt. Dessen Halbschalen rotierten mit rasanter Geschwindigkeit um die Achse. »Windstärke sieben bis acht, und die nimmt kontinuierlich zu. Sieht nach Schietwetter aus.«

»War doch vorauszusehen«, brummte Obersteuermann Wegner, der den Sextanten auf die schlierige Sonne richtete, um noch schnell eine Meridianbreite zu schießen. »Geht man nach dem Wetterbericht für den spanischen Raum, dann weht es dort schon junge Hunde und regnet weiße Mäuse. Das kriegen wir wohl auch noch ab.«

»Und wie es aussieht – ganz dicke!« setzte der wachhabende I WO mit Grabesstimme hinzu. »Das haben erfahrungsgemäß die noch recht kräftigen Reste tropischer Wirbelstürme meist so an sich.«

»Unken Sie nicht, Herr Störmer! Man muß ja nicht immer gleich das Schlimmste befürchten. Klopfen Sie lieber an Holz!« Ich unterstrich meine Worte, indem ich mit den Fingerknöcheln der geballten Faust dreimal gegen meine Stirn klopfte, obwohl das bekanntlich überhaupt nichts nutzte. »Toi, toi, toi! Das fehlte gerade noch, daß wir uns ausgerechnet dann mit dem Schiet herumschlagen müssen, wenn wir den Konvoi vor der Flinte haben.«

Genau das war es nämlich, was ich befürchtete. Die Sorge war nicht unbegründet, wie sich alsbald zeigte. Der Himmel überzog sich von Stunde zu Stunde immer schneller mit einer tief auf die See herabhängenden, fast schwarzen Wolkendecke, die von gespenstischen Blitzen durchzuckt wurde. Das ferne Donnergrollen klang in unseren Ohren wie das Geschützfeuer einer schweren Seeschlacht.

Das normale Tageslicht wich einem diffusen Dämmerlicht, in dem sich die Sicht zunehmend verschlechterte und das satte Smaragdgrün der von Süden anrennenden langen Dünung seine Farbe verlor, bis es zu einem deprimierenden tiefen Dunkelgrau wurde. Mit dem ständig steifer werdenden Wind wurden die Wellenberge steiler und setzten schon bald die ersten Schaumkronen auf.

Tonnenschwere Brecher begruben die Back, wenn sich der Bug tief in die Dünung bohrte. Deren Wassermassen tosten über das Vorschiff, umbrandeten den Turmfuß und schäumten an ihm bis zur Halskrause empor, einem die Brücke schützenden Wellenbrecherring, an dem sie zerstäubend zerschellten. Gischt, mit salzigem Schaum vermischt, fegte über die Brücke, verschmierte die Gläser und überzog unsere ledernen Wachklamotten mit einer glitschigen Schicht.

Ein Anblick, bei dem sich unter meiner Mütze die Haare kräuselten, denn wir hatten einen Aufklärungssteifen von rund siebzig Seemeilen zu überwachen und dabei von dreißig Grad West mit Kreuzschlägen immer weiter nach Westen vorzudringen, um den Geleitzug in einem Seegebiet abzufangen, wo es nicht mehr von Flugzeugen wimmelte.

Bei im Sturm hochgehender See mit einem in den aufgewühlten Wassermassen wild tanzenden Boot auf ein im Regendunst nur als Schatten auszumachendes Schiff zum Schuß zu kommen und es dann auch tatsächlich zu treffen kam einem Hasardspiel gleich. Bei einem solchen Spiel war mein Glück jedoch bisher noch nie auf eine so harte Probe gestellt worden.

Laut jaulte der Wind in den Antennenverspannungen. Immer gewaltigere Brecher brandeten gegen den krängenden Turm, überschütteten die Brücke mit Wassermengen, vor denen es hinter dem Schanzkleid des Turmes keine Deckung gab. Im Nu waren wir naß bis auf die Knochen. Kaum richtete sich das Boot wieder torkelnd auf, taumelte es auch schon in den nächsten Wellenberg hinein.

»Verfluchte Tat!« schimpfte der I WO. »Windstärke neun, schätze ich, Herr Kaleu! Und das ist nur der Anfang! BÜ, Ölzeug und Sicherungsgurte auf die Brücke!«

Wolkenbruchartiger Regen setzte zusätzlich ein, als die Wachablösung in Ölzeug und mit angelegtem Sicherungsgurt aus dem Turmluk auf die schwankende Brücke gekrochen kam. Dem II WO und seinen Männern gelang es gerade noch, den Gurt in die innerhalb der Brücke umlaufende Sicherungsreling einzupicken, dann riß ihnen auch schon der nächste überkommende Brecher die Beine weg. Fluchend kamen sie aus den gurgelnden Wassermassen wieder auf die Füße.

Naß wie eine Katze, wartete ich gar nicht mehr die übliche Zeremonie ab, mit der der I WO dem II WO die Wache übergab, sondern sauste an den Leiterholmen in die Zentrale hinunter.

Amüsiert sahen die Männer zu, wie ich die Seestiefel von den Füßen zerrte und deren Inhalt in eine Pütz zu entleeren versuchte. Just in diesem Moment holte U 115 so stark über, daß ich den Halt verlor. Prompt ging ein gehöriger Schwapp daneben. Ich blickte auf meine quietschnassen Socken nieder, um die sich ebenfalls eine Pfütze bildete.

»Mein lieber Scholli, das ist aber kräftig in die Hose gegangen!« spottete der LI und griente. »Hat's denn so pressiert, Herr Kaleu? Oder herrschte auf der Freilufttoilette so ein Gedränge?«

»Wieso Toilette?« konterte ich. »Ich hatte kalte Füße, Herr Becker! Was meinen Sie, wie schön warm es mir da unten mit einmal wurde? Müssen Sie unbedingt selbst mal ausprobieren, Sie werden begeistert sein. Vorher stoppen Sie aber noch zu einer kurzen Horchrunde, klar?«

Nach einem Augenblick verblüfften Schweigens brachen die Zuhörer in ein wieherndes Gelächter aus. Ich nutzte die Gelegenheit, durch das Mannloch zu jumpen, um die nassen Klamotten zu wechseln und für ein Nickerchen in die Koje zu krauchen.

»Achtung! Schraubengeräusche aus zwo-zwo-fünnef, schnell näherkommend! Mehrere Einheiten, Kurs null-neun-null! Geschwindigkeit etwa vierzehn Knoten. Klingt nach Turbinen!«

Die Stimme aus dem Lautsprecher in meinem Kabuff bereitete meinem Schlummer ein jähes Ende. Ich schlüpfte schleunigst in eine trockene Hose und holte die Seekarte mit unserem Generalkurs aus dem Schapp, um Grauerts Peilung an unseren Kurs anzutragen. Das war gar nicht so einfach, denn die Bewegungen des Bootes hatten sich inzwischen geändert. Es schlingerte nicht mehr, es stampfte auf eine unangenehme Weise. Doch das war zunächst unwichtig.

Als ich den Gegnerkurs angetragen hatte, starrte ich überrascht auf das Ergebnis. Diese schnellen Schiffe lagen auf Gegenkurs. Doch das war es nicht allein. Es waren vielmehr die vierzehn Knoten, eine ungewöhnlich hohe Geschwindigkeit. Zu schnell für einen Konvoi, bei dem immer die lahmsten Pötte die Marschgeschwindigkeit diktierten. Die aber lag bekanntlich um die neun, zehn Knoten.

Anders natürlich, wenn es sich um ein ausgesprochenes Schnellgeleit handelte. Die waren jedoch in der gegenwärtigen Schlacht gegen England im Atlantik so selten wie eine tugendhafte Jungfrau in einem berüchtigten Hafenpuff geworden. Für die Briten, denen nach der Kapitulation Frankreichs das Wasser bis zum Halse stand, kam es jetzt allein auf die Masse der Frachter mit Versorgungsgütern und nicht auf die Schnelligkeit einiger weniger Schiffe an. Dafür war selbst der lahmste Eimer gerade noch gut genug.

Was aber waren es dann für Schiffe, die Grauerts Meinung nach von Turbinen angetrieben wurden? Schnelle Kriegsschiffe, die einem Geleitzug als Feger voranliefen, um beutelüsterne U-Boote aufzustöbern und zu jagen, bevor sie dem Konvoi gefährlich werden konnten?

Ich schüttelte unbewußt den Kopf. Zu solchen Fegern gehörte immer ein entsprechendes Geleit, das aber hätte unser hochempfindliches GHG selbst dann schon aufgespürt, wenn es sich, anders als seine Feger, noch unterhalb der Kimm befand. Grauert und die Fühlungshalter vor der nordamerikanischen Küste hätten das außerdem sofort gemeldet.

Also was dann? Eine U-Boot-Jagdgruppe, alarmiert durch einen entschlüsselten Funkspruch? Unwahrscheinlich, denn bisher war von allen eingesetzten Booten Funkstille gewahrt worden. Dann schon eher eine undichte Stelle im frisch etablierten Flottillenstab in Brest. Eine unbedachte Prahlerei im Suff in irgendeiner Kaschemme oder einem Bordell, die postwendend den Briten zugespielt worden war. Oder waren Agenten von uns in Kanada aufgeflogen und hatten gesungen?

Egal, ich mußte auf die Brücke. Ich griff nach meinen Seglerstiefeln, die meine Frau am Ende meines Fronturlaubes einfach für mich eingepackt hatte. Sie seien dem Sauwetter auf See mit Sicherheit besser als die ledernen Seestiefel gewachsen, hatte sie meinen Widerspruch abgeschmettert. Das stimmte zwar, aber welcher Kommandant trug denn schon auf See Gummistiefel?

Als ich jetzt die wärmenden Füßlinge überstreifte und in

die Stiefel stieg, hing ich mit einem Anflug von Schwermut für einen Augenblick den Erinnerungen an diesen Urlaub fernab vom Kriegsgeschehen nach. Erinnerungen an die unvergeßlich schönen Stunden mit Anke und der Familie, die wie im Fluge vergangen waren und schon wieder ein halbes Menschenleben zurückzuliegen schienen.

»Ergänze!« riß mich der Lautsprecher aus meinen wehmütigen Gedanken und holte mich in die rauhe Wirklichkeit zurück. »Den unterschiedlichen Schraubengeräuschen nach sind es vier größere Einheiten. Anscheinend keine Kriegsschiffe, eher Passagierdampfer, möglicherweise Truppentransporter. Entfernung schnell abnehmend, Kurs und Geschwindigkeit gleichbleibend!«

Möglicherweise Truppentransporter? Dann vertrauten die auf ihre hohe Geschwindigkeit und fühlten sich vor U-Boot-Angriffen sicher! Der Gedanke machte mir Beine. Ich riß mein Ölzeug vom Haken und begab mich zuerst zum Horchschapp, um mir selbst einen Eindruck zu verschaffen, bevor ich auf den Turm stieg.

»Sie meinen, es könnten Truppentransporter sein? Warum?« sagte ich. »Lassen Sie mal hören!«

Grauert war von meinen Fragen nicht überrascht. Mit einem souveränen Lächeln reichte er mir den Kopfhörer. »Zumindest zwo sind mit Sicherheit Passagierdampfer und keine Frachter, Herr Kaleu. Und warum? Vierzehn Knoten und Turbinenantrieb – das ist garantiert noch nicht deren Höchstgeschwindigkeit, die haben wesentlich mehr auf der Pfanne. Ich habe noch die Schraubengeräusche unserer Luxusdampfer im Ohr. Die *Bremen,* die *Columbus* und die *St. Louis* klangen genauso. Ich müßte mich deshalb schon sehr irren, wenn dem nicht so wäre.«

»Mmmm«, brummte ich, erinnerte mich aber, daß diese drei deutschen Passagierdampfer uns ja auch während meiner Ausbildung oft unwissentlich als Übungsziele gedient hatten, wenn sie uns in der Ostsee vor den Bug gekommen waren. »Stimmt, Grauert, die hörten sich tatsächlich so ähnlich an. Ungefähre Entfernung?«

»Etwa zwanzig Meilen, Herr Kaleu.«

»Ungefähr zwanzig Meilen bei vierzehn Knoten.« Nachdenklich gab ich ihm den Hörer zurück: »Rund eineinviertel Stunden also. Dann werden wir doch mal sehen, was das für seltsame Vögel sind.«

Als ich durch das Mannloch in die Zentrale gejumpt kam, standen der I WO und Steuermann Sigmund am Kartentisch und steckten über der Wetterkarte die Köpfe zusammen. Störmer sah auf. »Wir sind gerade dabei, die neuesten Wetterdaten einer amerikanischen Wetterstation auszuwerten, die wir durch Zufall auf Kurzwelle aufgefangen haben, Herr Kaleu. Sieht nicht schlecht aus«, meldete er. »Die Gewitterfront ist durch. Der Sturm hat auf West gedreht und flaut in den nächsten Stunden weiter ab.«

»Davon merkt man aber nicht viel, I WO.« Ich griff haltsuchend nach den Leiterholmen, um von den stampfenden Bewegungen des Bootes nicht von den Füßen geholt zu werden. »Und was heißt *sieht nicht schlecht aus*?«

»Es ist eine vorsichtige Prognose für die nächsten vier Tage. Demnach setzt sich im Seegebiet westlich von Island unter schwachem Hochdruckeinfluß eine Wetterberuhigung durch, sobald die Rückfronten des Tiefs durch sind. Jedenfalls deuten die Isobaren tatsächlich darauf hin.« Er tippte auf die Luftdruckverteilung auf der Karte. »Damit nimmt der Wind weiter ab, ebenso der Seegang, und das wird den II WO wohl am meisten freuen.«

Ich blickte ihn irritiert an. »Warum denn ausgerechnet den?«

Störmer und Sigmund sahen einander an und grinsten irgendwie schadenfroh. »Der kotzt sich doch auf dem Turm seit Wachbeginn die Seele aus dem Leib und weiß vermutlich gar nicht mehr, ob er Männlein oder Weiblein ist.«

Ungläubig schüttelte ich den Kopf. Ein Offizier, der als einziger hier an Bord nicht seefest war und die Fische fütterte? Das war mehr als peinlich. »Was macht der, I WO? Der kotzt? Hat der das denn auch schon hier unten gemacht?«

»Glaub' ich nicht, Herr Kaleu«, antwortete Sigmund an seiner Stelle. »Vermutlich hat's ihn erst auf dem wild schwankenden Turm erwischt. Wahrscheinlich sind ihm die Seebeine bei einem Landkommando abhanden gekommen.«

»Möglich«, sagte ich und wechselte lieber das Thema. »Sie haben die Meldung vom GHG gehört, Herr Störmer? Grauert meint, zumindest zwo der vier Schiffe seien Passagierdampfer, möglicherweise Truppentransporter. An den beiden anderen rätselt er noch herum. Es sind allerdings ebenfalls Turbinenschiffe, und das macht mich stutzig. Komisch, daß sie von den Fühlungshaltern nicht gemeldet worden sind. Finden Sie nicht auch?«

Der I WO half mir in das widerspenstige Ölzeug und zuckte mit den Schultern. »Vielleicht kommen die gar nicht aus einem kanadischen Hafen, Herr Kaleu? Die können ebensogut aus der Karibik oder von den Bermudas kommen und sind erst hier oben, von den Fühlungshaltern unbemerkt, auf Ostkurs gegangen.«

Er schob die Wetterkarte zur Seite und demonstrierte deren mögliche Route mit dem Finger auf dem Übersegler. Ich nickte, denn das konnte gut sein. Die Briten kratzten ja jetzt Verstärkungen aus ihrem ganzen Imperium zusammen, weil ihnen aus Angst vor einer deutschen Landung auf ihrer Insel die Hosen killten.

Ich setzte den Fuß auf die unterste Leitersprosse, um aufzuentern. »Die haben es jetzt nicht nur eilig, sie haben auch noch den Wind von achtern und das Wetter auf ihrer Seite. Sie sind dadurch also besser dran als wir. Aber wenn's tatsächlich Truppentransporter sind, ist das Edelwild und damit für uns interessant. In eineinhalb Stunden wissen wir jedenfalls mehr, I WO.«

»Aber die fahren doch dann bestimmt nicht ohne Begleitschutz, Herr Kaleu!«

»Eben!« Erst jetzt ging mein Blick zur Borduhr. Ich traute meinen Augen nicht; denn ich war durch den Lautsprecher nicht aus einem Nickerchen, sondern aus dem Tiefschlaf hochgescheucht worden. »Du lieber Himmel, schon gleich wieder Wachwechsel? Ist die neue Wache schon abgefüttert worden?«

»Schon geschehen, Herr Kaleu. Bei dem Gestampfe konnte der Smut' ja ohnehin nur kalte Verpflegung auf die Back bringen, und das sparte Zeit.«

»Na, prima!« Ich enterte auf. Dabei schoß mir ein ganz neuer Gedanke durch den Kopf. Am Ende waren das gar keine Tommies, sondern Neutrale? Die gab's ja immer noch. Schweden oder Russen beispielsweise, die die kürzere Nordroute wählten, um schneller nach Hause zu kommen.

Es war kein schöner Anblick, den der wachhabende II WO den seefesten Männern auf der Brücke bot. Störmer hatte nicht übertrieben. Käsebleich und völlig apathisch hing Moebius in Lee über der Reling des Wintergartens, sah weder rechts noch links und kämpfte rülpsend mit seinem renitenten Innenleben, das auch nach fast vier Stunden immer noch keine Ruhe gab.

Peinlich berührt übersah ich diese Jammergestalt. Das schien die Männer auf der Brücke zu überraschen. Die hatten wohl ein ziemliches Donnerwetter oder zumindest ein paar bissige Bemerkungen erwartet. Aber das hätte diese beschämende Situation für den II WO nur noch schlimmer gemacht und damit auch der Disziplin an Bord geschadet.

So wandte ich mein Interesse betont der See und dem Wetter zu. Es regnete noch immer, doch es goß nicht mehr in Strömen. Damit hatten sich die Lichtverhältnisse gebessert, und die Sicht reichte deutlich weiter. Es stand allerdings noch immer eine hochgehende rauhe See, die der bisher kaum merklich abgeflaute Sturm vor sich hertrieb. Das lange Vorschiff des Bootes stampfte schwer in den Brechern, und immer wieder wurde der Turm ruckartig von einer Seite zur anderen geworfen. Moebius gab weitere röhrende Geräusche von sich, was den Männern der Brückenwache ein fröhliches Grinsen entlockte.

Ich ignorierte den II WO weiter und versuchte mir vorzustellen, was bei den Schiffen los sein mochte, die Grauert im GHG hatte. Sie hatten den Seegang ziemlich genau von achtern, also würden die Brecher sie zuerst mit dem Achterschiff anheben, und die Schrauben würden Augenblicke lang frei in der Luft schlagen. Bei hoher Drehzahl konnte es einem bei so einem Spaß schnell mal eine Schraubenwelle zerreißen. Für einen Augenblick konzentrierte ich mich auf die Bewegungen des Turms unter mir. Einem U-Boot konnte das natürlich nicht passieren, dazu lag es zu tief im Wasser, und sicher würde es auch keinem Luxusdampfer von der Größe eines Häuserblockes so ergehen, aber ...

Ich trat ans Sprachrohr. »BÜ an GHG, was erzählen die Fische? Zacken die Burschen?«

Geduldig wartete ich ab, während ich mich an der innen umlaufenden Reling festhielt. In den wenigen Augenblicken, die ich hier oben war, hatte die See mich erneut bereits bis auf die Knochen durchnäßt. Ich griente etwas freudlos. Das Los der U-Boot-Fahrer.

Es gab Dringenderes, an das ich zu denken hatte. Vierzehn Knoten? Wenn Grauert und Manske recht hatten, und das hatten sie sicher, da konnte ich mich auf meine Leute verlassen, dann hatten wir es mit zwei dicken Pötten zu tun. Die hatten mehr auf der Pfanne als vierzehn Knoten, selbst bei diesem Wetter. Bei ruhiger See würde ich ihnen eher fünfundzwanzig oder gar dreißig Knoten zutrauen. Große Passagierschiffe, wahrscheinlich in Tarnbemalung. Trotzdem würden sich ihre hohen eleganten Formen gut ausmachen lassen. Selbst unter diesen Bedingungen konnten sie gute zwanzig Knoten machen, wie die *Bremen* mit ihrem Durchbruch bewiesen hatte. Da konnten wir mit unseren etwas über siebzehn Knoten nicht mithalten.

Die Stimme des BÜ drang aus dem Sprachrohr. »Brücke von GHG. Der Funkmaat meint, die beiden Truppentransporter zacken nicht, aber bei den beiden anderen ist er sich nicht sicher. Wenn sie näherkommen, kann er es genauer sagen, Herr Kaleu.«

»Sehr gut.« Ich wollte noch Grauert sagen, er solle die Ohren spitzen, aber das tat er ohnehin von selber, und seine Horcher wußten auch, wo es langging. Das war schließlich bereits unsere dritte gemeinsame Feindfahrt. Wer bis jetzt noch nicht kapiert hatte, was Sache war, würde es wahrscheinlich nie lernen. Ich mußte mich nicht umdrehen, um zu wissen, daß wir allerdings einen mithatten, bei dem wohl Hopfen und Malz verloren war.

Einmal mehr verdrängte ich Moebius aus meinen Gedanken. Eine Stunde noch. Bei diesem Wetter mußte ich mir etwas einfallen lassen. Gegen die Brecher würden wir jedenfalls keine vierzehn Knoten über Grund schaffen, und im Augenblick liefen wir mit unserem Kreuzschlag mit jeder Minute weiter auf die Backbordseite des Geleits.

Ich trat an das Sprachrohr. »BÜ, was liegt an?«

»Kurs zwo-neun-zwo, fünf Knoten, Herr Kaleu!«

Zufrieden nickte ich. »Backbord zehn, neuer Kurs wird zwo-acht-null.«

Schon während die Bestätigung kam, kämpfte sich der Bug mehr in den Wind. Ich dachte nach. Es gab immer zwei Möglichkeiten. Entweder über Wasser oder unter Wasser. Das hier war Edelwild, da galt der Befehl, keinen Feindkontakt zu suchen, bis wir das Geleit hatten, wohl kaum. Ein versenkter Truppentransporter konnte die gleichen Auswirkungen wie eine gewonnene Schlacht an Land haben. Andererseits würde es nicht einfach werden. Die Schiffe waren schnell und verglichen mit U 115 riesig. Mit einem oder zwei

Torpedos würde man einen solchen Brocken wohl kaum zur Strecke bringen. Folglich mußte ich mindestens drei oder gar vier Torpedos ins Ziel bringen und hoffen, daß die Aale alle funktionierten.

Über Wasser waren wir in diesem Seegang fast nicht zu sichten, aber wir mußten zur Sicherheit an den Gegner so dicht ran wie möglich. Sollte uns daher ein Zerstörer entdecken, dann konnte das leicht ins Auge gehen. Und bis die Nacht hereinbrach, würde es noch mindestens fünf Stunden dauern.

Es also vielleicht doch unter Wasser versuchen? Ich ließ noch einmal den Blick schweifen. Einfach würde das nicht werden. Selbst wenn die Torpedos auf sieben Meter Tiefe eingestellt waren, konnten sie bei diesem Seegang leicht aus dem Wasser springen. Außerdem konnten die Tommies uns unter Wasser mit ihrem verdammten ASDIC aufspüren. Zudem galt es, die Beute breitseits vor die Rohre zu bekommen, und wenn wir getaucht angriffen, dann mußten sie uns schon mundgerecht vor die Flinte laufen, denn sonst würden wir mit unserer langsameren Geschwindigkeit kaum einen Stich machen. Das aber bedeutete, lange ruhig unter Wasser zu warten und ewig auf Sehrohrtiefe anzuschleichen, und in der Zeit konnte uns wiederum einer der Wachhunde mit seinem ASDIC erwischen, und dann steckten wir gehörig in der Patsche, denn die Burschen auf den Zerstörern würden uns so lange zusetzen, bis ihre Schützlinge außer Reichweite waren.

Für einen Augenblick rang ich mit mir, ob der Angriff die Risiken wert war, denn die Aussichten waren schlecht. Und bei einem Angriff entdeckt zu werden und dann keine Versenkung vorweisen zu können? Nee, das mochte ich mir lieber nicht vorstellen.

Wieder brüllte ich in das Sprachrohr, um das Tosen des Sturms zu übertönen. »BÜ, der Steuermann soll alle Bewegungen der Schiffe mitkoppeln.«

Ich mußte mich hinunterbeugen, um die Antwort zu verstehen. »Brücke, der Steuermann ist schon dabei.« Der BÜ zögerte einen Augenblick. »Der Pepke hat gerade einen Funkspruch aufgenommen, Herr Kaleu.«

»FT Offizier?«

»Nein, Fühlungshaltermeldung von U 114. Geleit in den Planquadraten AK 97 und AK 98«, sagte er und setzte dann hilfreich hinzu: »Vom Steuermann: die liegen bei neunundfünfzig Grad Nord.«

»Danke, der Steuermann soll das ebenfalls mitkoppeln.« Ich rieb mein Kinn und dachte nach. Wenn Wildenow und sein U 114 bereits am Konvoi dran waren, dann würde bald der Befehl kommen, ebenfalls auf dieses Geleit zu operieren. Bis unser Rudel um das Geleit zusammengezogen war, mußte mein alter Freund Kuddel also hinterherkarren und nicht auffallen, sonst war die neue Taktik des Löwen bereits von Anfang an gescheitert. Einerseits hieß das, wir mußten demnächst mit voller Kraft nach Süden ackern, um Anschluß zu gewinnen, denn wir waren das nördlichste Boot der Linie, andererseits bedeutete es auch, daß sich die taktische Lage geändert hatte. Die Tommies mußten schon blind und taub sein, wenn sie nicht merkten, daß jemand an ihren Hacken hing. Schließlich mußte U 114 funken, um uns heranzulotsen. Also war klar, daß hier irgendwo U-Boote operierten, und ich brauchte keine Rücksicht mehr zunehmen, sondern konnte unsere Chancen hier nutzen.

Ich fuhr herum. »Herr Moebius, Sie übernehmen! Und reißen Sie sich etwas zusammen!« Ich ließ ihm keine Chance, sondern öffnete das Luk und rief: »Wahrschau, ein Mann von Brücke!« und sauste an den Leiterholmen hinunter in die Zentrale.

Der Zentralemaat half mit aus dem Ölzeug. Störmer und Sigmund standen am Kartentisch und sahen mich erwartungsvoll an. Ich erwiderte den Blick. »Steuermann, wie lange brauchen wir, um an das Geleit zu kommen?«

»Wir sind rund fünfhundertvierzig Seemeilen entfernt und brauchen bei diesem Wetter und AK knappe sechsunddreißig Stunden. Also bis übermorgen früh.« Er griente. »Oder wir nehmen uns ein bißchen mehr Zeit und schließen erst gegen Abend auf. U 687 ist das südlichste Boot und kann auch nicht früher dran sein.«

Gute Leute mußte man eben haben! Zufrieden nickte ich mit dem Kopf. »Na, das gibt uns noch etwas Zeit, uns um die Burschen hier zu kümmern, nicht wahr?«

Der I WO sah mich an. »Sie wollen einen von den Dicken abtakeln, Herr Kaleu?«

»Wenn er sich man läßt, Herr Störmer.« Ich sah mich um. Natürlich hatten alle in der Zentrale mit gespitzten Ohren unserer Unterhaltung gelauscht. Ich schmunzelte. »Hoffentlich sind die nicht zu schnell für uns, das ist das Problem. Ich höre mir das mal selbst an.«

Grauert im Horchschapp reichte mir das zweite Paar Kopfhörer. Ich brauchte einen Augenblick, um mich wieder zurechtzufinden. Die beiden Dickschiffe waren deutlich zu hören, ein tiefes regelmäßiges Grummeln. Die zwei anderen klangen nicht ganz so regelmäßig. Der Horchmaat drehte den Knopf der Gradeinstellung vorsichtig hin und her. Ich sah ihn fragend an. »Wie sieht es aus, Grauert?«

»Die zwei Dicken sind Passagierschiffe, keine Frage. Truppentransporter wahrscheinlich. Aber die beiden anderen …« Er zog ein zweifelndes Gesicht. »Vielleicht Zerstörer, doch bin ich mir da nicht sicher. Sie ändern ab und zu ihren Kurs, aber nicht so, als würden sie vor den beiden Transportern hin und her fegen, Herr Kaleu.«

»Was tun sie dann?«

Grauert konzentrierte sich wieder auf das, was er hörte. Ich versuchte ebenfalls, aus den Geräuschen schlau zu werden, die durch die See hallten. Nach einer ewig erscheinenden Minute sah der Horchmaat mich an und zuckte mit den Schultern. »Zerstörer! Ich glaube schon, Herr Kaleu. Die führen sich nur so auf, weil sie bei dem Sturm Probleme haben.«

Also doch! Im Grunde hatte ich es mir schon gedacht. Die großen Truppentransporter waren zwar oft alleine ohne Sicherung unterwegs, aber dann fuhren sie auch ohne Rücksicht auf das Wetter volle Fahrt. Vierzehn Knoten wie momentan, das war etwas, was einem U-Boot noch immer eine schwache Möglichkeit ließ, sich vorzusetzen. Ich griente in mich hinein. Die beiden Dicken konnten schneller laufen, und dann hätten wir nicht die geringste Chance gehabt. Doch ihre beiden Begleiter waren durch das Wetter gehandicapt, und das bedeutete, daß die Truppentransporter sich ihren Beschützern anpassen mußten. Deswegen auch die vierzehn Knoten!

In meinem Kopf entstand ein Plan. Die äußeren Bedingungen waren für uns schlecht und für die Zerstörer ebenso. Die Chancen waren also gleich verteilt. Und wer das Wetter besser nutzen konnte, würde gewinnen.

Ich fuhr herum. »Ruder Backbord zehn, neuer Kurs wird null-null-null, Volle Kraft.«

Störmer sah mich erstaunt an. »Wir drehen ab?«

»Für den Augenblick. Wir kommen wieder.« Ich sah auf die Borduhr. »Wir laufen eine Viertelstunde ab, dann schleichen wir uns auf Gegenkurs zurück. Über Wasser.«

Die Augen meines I WO weiteten sich. »Über Wasser?«

»Wir gehen mit hoher Fahrt ran und feuern unsere Aale aus kurzer Entfernung. Und dann ab in den Keller und weg von den Zerstörern.« Ich zwang mich zu einem Grinsen. »Also, auf Gefechtsstationen!«

Der Himmel war etwas aufgeklart, und der Wind hatte etwas nachgelassen. Allerdings schwankte der Turm immer noch, als wäre das Boot besoffen, und wir standen mit schöner Unregelmäßigkeit bis zu den Hüften im Wasser, weil die Brecher uns jetzt seitlich erwischten und über den Wintergarten in die offene Brücke brandeten. Nachlassender Wind bedeutete aber auch nur, daß wir jetzt keine Orkanstärke, sondern nur noch starken Sturm hatten. An die 8,8 kam jetzt keiner mehr ran, und die Flak zu besetzten wäre ebenfalls lebensgefährlich gewesen, aber Flugzeuge hatten wir jetzt ohnehin nicht zu erwarten, und ich hatte zudem auch nicht die Absicht, mich auf ein Artillerieduell mit Zerstörern einzulassen.

Die Sonne ging im Westen langsam unter und erzeugte auf der immer noch tobenden Wasserwüste eine Unzahl von seltsamen Irritationen. Überall mischte sich weiß aufleuchtende Gischt der sich brechenden Wellen mit dem dunklen Grau der Wellenberge selbst. Um das dunkelgrau gepönte Boot in diesem Tohuwabohu zu entdecken, brauchte ein Ausguck schon sehr viel Glück, zumal die Leute sowieso sehr viel höher als wir über dem Wasser standen und mehr hineinsahen als darüber hinweg. Wir waren also nahezu unsichtbar, obwohl strenggenommen immer noch Tageslicht herrschte.

Dummerweise war von den Schiffen, die Grauert im GHG hörte, gleichfalls nichts zu sehen, obwohl sie laut dem Horchmaaten nur noch etwa fünf Meilen südwestlich von uns stehen sollten. Sie behielten stur ihren Kurs und ihre Geschwindigkeit bei. Wahrscheinlich gingen sie davon aus, daß bei diesem Wetter sowieso kein U-Boot sie würde angreifen können. Mißmutig musterte ich das Toben der Elemente. Hoffentlich behielten die Gentlemen nicht recht!

Jensen, der neben mir auf der Brücke stand, deutete nach Steuerbord. Er mußte brüllen, um den Sturm zu übertönen: »Da drüben, Herr Kaleu!«

Ich putzte schnell mit einem Tuch über die Linsen meines Glases und paßte die nächste Lücke zwischen zwei Brechern ab. Für einen kurzen Augenblick sah ich zwei Schornsteine wie betrunken schwanken und darunter eine dunkle, unklare Form. Dann sprühte wieder eine Gischtwolke hoch und benetzte mein Glas mit Salzwasser. Aber ich hatte genug gesehen. Zur Sicherheit rief ich ins Sprachrohr: »BÜ an GHG, Frage Peilung und Abstand?«

Die Antwort kam fast postwendend, was mir zeigte, daß Grauert den Feind nicht mehr aus den Ohren ließ. »Transporter in null-sieben-null, Geschwindigkeit vierzehn Knoten, Kurs zwo-sieben-null, Abstand fünf Meilen. Transporter in null-sieben-zwo, Geschwindigkeit vierzehn Knoten, gleicher Kurs, Herr Kaleu.«

»BÜ, was machen die beiden anderen?«

Aus dem Sprachrohr drangen ein paar Wortfetzen, dann meldete sich der BÜ wieder. »Zerstörer in null-sechs-fünf, fünfzehn Knoten, Abstand vier Meilen. Zerstörer ungefähr in null-sieben-null, Abstand über fünf Meilen, Herr Kaleu. Maat Grauert meint, hinter dem dicken Pott.«

»Danke!« Ich sah mich um. Es wurde Zeit, unseren Sold zu verdienen. Ich beugte mich wieder vor. »BÜ, UZO auf die Brücke.«

»UZO auf die Brücke.«

Ich wandte mich zu Moebius um. »Lassen Sie die Männer einsteigen. Jensen und Sie bleiben hier oben, Herr Moebius.«

Er nickte. »Jawohl, Herr Kaleu. Wache einsteigen!«

Seit es etwas zu tun gab, wirkte der Leutnant zwar nach wie vor blaß, aber immerhin eine Spur lebendiger. Es schien, als hätte die Aufregung über den bevorstehenden Angriff seine Seekrankheit vertrieben. Fragte sich nur, für wie lange. Säuerlich dachte ich einen Augenblick darüber nach, den II WO nach unten zu schicken und statt dessen Störmer raufkommen zu lassen. Der wäre sicher liebend gerne hier oben gewesen. Ich hätte ihm dann den Beschuß überlassen können und wäre selber frei, mich um jede andere Überraschung zu kümmern.

Dennoch verdrängte ich den Gedanken. Sollte etwas schiefgehen, dann mußte Störmer unter Umständen das Boot nach Hause bringen. Man sollte schließlich nie alle Eier in einen Korb legen. Also würde ich selber feuern, und Moebius mußte eben so lange die Augen offenhalten.

Die Brücke wirkte leer ohne das Gedränge der Wache, aber die Männer jetzt schon runterzuschicken war richtig. Es konnte uns die entscheidenden Sekunden Vorsprung liefern, falls wir schnell in den Keller mußten.

Ich wandte mich wieder dem Sprachrohr zu. »Kurs eins-acht-null, fünf Knoten.«

Die Bestätigung kam sofort, und ich spürte, wie U 115 Fahrt aufnahm. Ich wußte, daß die langsame Zuckelfahrt an den Nerven der Männer zehrte. Ohne Mühe konnte ich mir vorstellen, wie es unten in der Zentrale aussah. Obersteuermann Wegner würde am Kartentisch jede noch so kleine Kursänderung sowohl von U 115 als auch der gegnerischen Schiffe für das Kriegstagebuch festhalten. Auf der anderen Seite, zwischen den Ventilen und den Tiefenrudergängern, würde der LI stehen und mit Argusaugen auf jede Kleinigkeit achten, die später möglicherweise dazu führen konnte, daß wir die Kontrolle über das Boot verloren. Doch im Grunde würde jeder auf die Befehle von hier oben warten und dann sein Möglichstes tun, sie auszuführen. Und in der Mitte all dessen würde unten Bernd Störmer stehen, mein I WO, und alle zusammenhalten. Doch jeder einzelne von ihnen wünschte sich inständig, daß es endlich losgehen möge, auch wenn jeder wußte, daß er sich damit den Tod an den Hals wünschen konnte.

Wieder hielten Jensen und ich Ausschau nach dem Feind, während Moebius hinter mir die schwere U-Boot-Zieloptik, kurz UZO, auf den dafür vorgesehenen Sockel steckte. Nun konnten alle Zieldaten von hier aus direkt in den Vorhaltrechner gegeben werden, genauso, als würden wir unter Wasser angreifen und ich die Schiffe mit dem Periskop verfolgen. Und sollte es hektisch werden, dann konnten wir die UZO einfach steckenlassen, denn bis zweihundert Meter Tiefe war das Gerät druckfest.

Wieder war es Jensen, der zuerst etwas entdeckte. »Dort drüben, Herr Kaleu! Das muß der zweite sein.«

Ich versuchte einen kurzen Blick zu erhaschen und erkannte tatsächlich für einen Moment ein großes Schiff, das unruhig in den von achtern kommenden Brechern stampfte. Unwillkürlich pfiff ich durch die Zähne, bevor ich mein Glas wieder vor dem nächsten Wasserguß in Sicherheit bringen mußte.

Auch Jensen hatte die elegante Form erkannt. Laut brüllte er gegen den Sturm an: »Passagierschiff, aber grau gepönt, Herr Kaleu!«

»Fährt als Truppentransporter. Hatte unser Horchmaat mal wieder recht, Jensen.« Ich hob das Glas, um noch einen Blick auf den ersten zu werfen. »Was schätzen Sie, Jensen?«

Der ehemalige Fischer nahm sich Zeit, noch einmal in Ruhe nachzusehen. »Schwer zu sagen. Ungefähr 16 000 Tonnen der erste und der zweite nicht viel weniger, Herr Kaleu. Vorsichtig geschätzt.«

»Sehe ich auch so!«

Leutnant Moebius klammerte sich an der Innenreling fest. Wenigstens kam er nicht auf die Idee, Männchen zu bauen, als er meldete: »UZO einsatzklar, Herr Kaleu.«

»Danke, Herr Moebius. Und halten sie die Augen offen.«

Ich beugte mich zum Sprachrohr hinunter: »BÜ an GHG, Frage, wo stehen die Zerstörer?«

Wieder dauerte es nur einen Augenblick: »Brücke von GHG, Zerstörer in null-sechs-null, vierzehn Knoten. Kurs jetzt zwo-sieben-null. Der andere ist immer noch in der gleichen Peilung wie der zweite Transporter, jetzt in null-sieben-null.«

»Danke! An Steuermann, wie groß ist die Lücke zwischen dem Zerstörer und dem ersten Transporter?«

Dieses Mal dauerte es einen Augenblick länger, bis der BÜ sich wieder meldete. »Brücke von Steuermann. Er schätzt etwa eineinhalb Meilen.«

»BÜ, Ruder Steuerbord zehn, neuer Kurs wird zwo-zwo-null.« Ich konnte mich darauf verlassen, daß der I WO unten die Kursänderung überwachen würde. Dadurch, daß wir etwas auf den Zerstörer zudrehten, würden wir eine schmalere Silhouette bieten. Obwohl es bei diesem Wetter sowieso schon an ein Wunder grenzen würde, wenn er uns sah. Ich entspannte mich etwas. Solange wir ihn nicht sahen, sah er uns auch nicht, schließlich waren wir viel flacher und lagen tiefer im Wasser. Im Augenblick schienen die Tommies aber sowieso noch nichts Böses zu ahnen. Stur hielten sie Kurs und Geschwindigkeit durch, die den vorderen Zerstörer bald vor unseren Bug führen mußten. Und danach würde der vordere Transporter vor unsere Rohre laufen. Also jetzt nur nicht vor der Zeit auffallen.

Die Minuten schienen sich zu Ewigkeiten auszuwachsen. Immer wieder blickte ich dorthin, wo laut unserem Horchgerät der Zerstörer stehen mußte. Die Sonne war inzwischen untergegangen, aber noch immer leuchtete der Himmel im Westen in einem seltsam fahlen Licht.

»Brücke von Funk: Wir haben einen Funkspruch erhalten. Der I WO hat ihn schon entschlüsselt. Frage: Ein Mann auf Brücke?«

»Abgelehnt! Was steht drin?«

Es war Pepke der antwortete: »An das gesamte Rudel: Ran! Wir sollen auf das von U 114 gemeldete Geleit operieren.«

Das war mehr oder weniger, was ich erwartet hatte. Nur warum hingen diese dicken Pötte hier herum, wenn das Geleit eine viel südlichere Route benutzte? Das ergab nur dann Sinn, wenn diese Schiffe viel schneller als der Konvoi laufen konnten. War es nur der Instinkt des U-Boot-Kommandanten, der rebellierte, wenn etwas nicht ganz klar war, oder stimmte hier tatsächlich etwas nicht?

Egal! Diese Schiffe waren so oder so ein edles Wild, auch wenn sie für Passagierschiffe nicht einmal so fürchterlich dick waren. Ich beugte mich vor. »Sehr schön, Pepke. Wir werden dem BdU später antworten ... BÜ an GHG: Wie ist der Abstand zum vorderen Zerstörer, wir sehen ihn immer noch nicht.«

»Brücke von GHG, knapp vier Meilen.«

Angestrengt spähte ich in die Richtung, und dieses Mal hatte ich Glück. Die flache Silhouette des Kriegsschiffes wurde gerade wieder von einem Brecher angehoben. Zwei Schornsteine und mehrere Geschütze in Einzeltürmen. Irgendwie kam mir der Typ bekannt vor. Was es auch immer für eine Schiffsklasse war, es handelte sich um einen großen Flottenzerstörer. Schnell und gut bewaffnet. Dagegen kamen wir mit unserer 8,8 nicht an. Und wenn wir erst einmal unter Wasser waren, hatte er bestimmt genügend Wasserbomben, um uns in ein stundenlanges Katz-und-Maus-Spiel zu verwickeln, bis seine Schützlinge außer Gefahr waren. Besser, man ging dem Kerl aus dem Wege. Selbst wenn er ebenfalls durch den Sturm behindert war und sein halbes Achterschiff unter den Wellen verschwand. Ich grinste in mich hinein. Bei dem Durcheinander mußte es ihm schwerfallen zu horchen; denn ich wollte so lange wie möglich mit Dieseln laufen, einerseits, um die Batterien zu schonen, andererseits, um notfalls die höhere Geschwindigkeit der starken MAN-Diesel nutzen zu können.

»Brücke von Funk. Neuer Spruch von U 114.«

Ich beugte mich vor. »Pepke soll vorlesen!«

»Von U 114, Geleit mit Ostkurs, sechzehn Frachter, ein Tanker, drei Geleiter.«

Pepke mußte direkt neben dem BÜ gestanden haben. Verdutzt starrte ich das Sprachrohr an. Nur siebzehn Schiffe im Geleit?

Der II WO straffte sich etwas. »Sieht aus, als hätte U 114 das Geleit gefunden, Herr Kaleu.« Er sah mich erwartungsvoll an. Für einen Augenblick verschlug es mir die Sprache. Dann holte ich Luft: »Herr Moebius, achten Sie gefälligst auf den Zerstörer dort vorne. Nicht, daß der Kerl uns den Arsch wegbläst, nur weil Sie neugierig sind.«

»Jawohl, Herr Kaleu!« Demonstrativ hob er wieder das Glas.

Auch ich griff erneut zum Glas. Der Zerstörer war wieder irgendwo zwischen den Wellenbergen verschwunden. Aber dafür hob sich die hohe Form des vorderen Passagierschiffs gegen die See ab. Noch drei Meilen. Ich wandte mich nicht zu Moebius um, als ich mit ruhigerer Stimme weitersprach. Jensen, der auf der anderen Seite neben mir stand, war ein erfahrener Mann, der sich sein Teil schon gedacht hatte. »Wildenow, der Kommandant von U 114, ist ein Crewkamerad von mir. Er hat diesen Spruch nicht ohne Grund rausgejagt.« Ich dachte noch einmal darüber nach, während sich U 115 immer weiter der Gefahr näherte. »U 114 hat siebzehn Handelsschiffe vor der Nase. Dazu drei Geleiter. Wildenow schreibt Geleiter, nicht Zerstörer.«

Moebius hielt das Fernglas starr dorthin gerichtet, wo er den vorderen Zerstörer vermutete. »Was bedeutet das, Herr Kaleu?«

»Entweder hat U 114 nur einen Teil des Geleits gefunden, oder es handelt sich dabei um einen anderen Konvoi. Siebzehn Schiffe sind zuwenig für ein Großgeleit. Dafür spricht auch der schwache Geleitschutz. Alle stärkeren Schiffe werden für das richtige Geleit benötigt, denn das müssen die Tommies durchbringen, koste es, was es wolle.« Ich zögerte einen Augenblick: »Ich frage mich nur, was diese Burschen hier mit der Sache zu tun haben.«

Wußte der Teufel, was diesen Moebius ritt. »Wir sind sehr weit im Norden, U 114 im Süden, Herr Kaleu. Was können diese Schiffe miteinander zu tun haben?«

»Herr Leutnant, wenn irgendwo im Süden ein paar Schiffe herumfahren, die uns von der richtigen Beute ablenken sollen, wo sollte dann Ihrer Meinung nach die richtige Beute sein?«

Er stutzte. »Nun ... äh, im Norden, Herr Kaleu?«

Ich nickte und hielt Ausschau nach dem zweiten Truppentransporter. Obwohl unser schmaler Turm immer noch heftig schwankte, hatte ich den Eindruck, der Wind würde weiter nachlassen. Noch zweieinhalb Meilen bis zu dem ersten Transporter, noch vielleicht dreieinhalb bis zum zweiten. Der Zerstörer, den wir ab und zu sehen konnten, stand inzwischen beinahe rechts voraus. Ich beugte mich zum Sprachrohr und rief hinein: »BÜ an GHG. Frage: Abstand zum Zerstörer und zum Transporter?«

»Zerstörer in null-zwo-null, Abstand zwei Meilen. Transporter in null-vier-null, Abstand zweieinhalb Meilen, Herr Kaleu.«

»Danke! An GHG, Meldung, wenn wir auf zwei Meilen ran sind.«

Ich warf einen Blick zum Westhimmel. Von Minute zu Minute wurde es dunkler und damit immer schwerer, uns auszumachen. Der richtige Zeitpunkt zum Angriff war gekommen.

Ich peilte durch die UZO. »Gegner Bug links, vierzehn Knoten. Lauftiefe sieben. Jetzt!« Unten im Boot würde nun der Vorhaltrechner alle Informationen in Kurse und Torpedolaufzeiten umsetzen. Ich mußte nur, bevor die Torpedos abgefeuert wurden, möglichst lange die UZO auf das Ziel gerichtet halten.

Der II WO richtete sich wieder vom Sprachrohr auf. »Alles klar zum Alarmtauchen, Herr Kaleu. Diesel klar für AK, E-Maschinen klar für AK!«

Ich atmete tief durch. Ein letzter prüfender Rundblick. Der Zerstörer hing inzwischen immer noch ahnungslos backbord voraus. Vor uns zeichnete sich die gewaltige Silhouette des Truppentransporters ab. Mindestens 16 000 Tonnen. Ein großes und relativ modernes Schiff, das, so es nicht durch die Zerstörer eingebremst worden wäre, die schwer im Sturm stampften, sicher eine höhere Fahrt hätte laufen können. Doch so war das eben mit dem Kriegsglück, und noch war der Vogel nicht unter Wasser. Für einen kurzen Moment wog ich Chancen und Risiken gegeneinander ab. Entweder jetzt oder nie. Lange konnte es wohl kaum dauern, bis wir entdeckt wurden. Entschlossen nickte ich. »Anlauf beginnt. Beide dreimal Wahnsinnige voraus, alle Rohre fluten, Bugklappen öffnen.«

Moebius gab die Befehle nach unten weiter, doch ich konzentrierte mich darauf, den vorderen Transporter im Fadenkreuz der starken Optik zu behalten. Durch die Vergrößerung erschien das Schiff zum Greifen nahe. In den kurzen Momenten, in denen U 115 auf dem Kamm eines Wellenberges balancierte, bevor es mit rauschender Fahrt wieder abwärts ging, konnte ich sogar im letzten Abendlicht Details erkennen. Alles war grau gepönt. Tarnfarbe. Auf der Schanz und auf der Back konnte ich die dunkleren Schatten von Geschützen ausmachen. Ohne Zweifel fuhr das Schiff unter dem Kommando der Royal Navy.

Die Diesel brüllten auf, und das Heck begann sich tiefer ins Wasser zu graben, während der Bug sich leicht hob. Knapp zwei Meilen noch bis zum Ziel. Der Rumpf schwankte wie betrunken, und ich hatte alle Mühe, das Ziel im Visier zu halten. Doch U 115 nahm Fahrt auf. Schneller und schneller. Ein paar winzige Kurskorrekturen noch: »Moebius, auf zwonull-fünnef!«

Das Ziel wanderte etwas nach rechts aus. Im verblassenden Licht war es ohnehin nur noch ein dunkler Schatten. Anderthalb Meilen.

Jensen rief etwas und deutete nach Backbord voraus. Für einen Moment löste ich die Augen von der UZO und plierte in die angegebene Richtung. Der Zerstörer schien nun endlich Lunte gerochen zu haben. Mit voller Kraft versuchte er nach Backbord zu drehen, während die Brecher sein niedriges Deck überrollten. Eine Art Wahnsinn schien uns alle gepackt zu haben, und ich spürte, wie sich ein Grinsen auf meinem Gesicht breitmachte. Es war zu spät für ihn!

Wieder klemmte ich mich hinter die UZO und gab die Anweisungen für den Vorhaltrechner durch: »Rohr eins bis vier klar zum Fächerschuß, Streuung zwei Grad. Gegner immer noch vierzehn Knoten, Abstand Tausendachthundert. Frage, kann Grauert das bestätigen?«

Ich verstand die Stimme aus dem BÜ nicht, aber Moebius brüllte mit voller Lungenkraft: »GHG bestätigt, Herr Kaleu.«

Tausendfünfhundert. Wieder plierte ich zu dem Zerstörer. So ganz langsam kam er herum. Bei dem Seegang war er mit diesem Wendemanöver mehr U-Boot als wir. Eine Signallampe blinkte auf seiner Brücke verzweifelt auf, wahrscheinlich um den Transporter zu warnen. Ich blickte wieder durch die UZO. Immer noch hing das Schiff im Fadenkreuz fest wie in einem Spinnennetz. Der kalte Wind füllte meine Lungen, als ich tief durchatmete. Jetzt nur nichts verbocken! Sorgfältig peilte ich die Stelle zwischen seinen beiden Schornsteinen an. Tausendeinhundert. Ich drückte den Knopf, der unten anzeigte, daß die Werte standen, und brüllte zusätzlich: »Rohr eins los! Rohr zwei los! …« Viermal spürte ich trotz des Sturmes, wie der Rumpf unter mir erbebte, als die Aale die Rohre verließen.

Weit entfernt knallte irgend etwas, aber obwohl ich mich wieder aufgerichtet hatte, konnte ich nicht sehen, wo die Granate des Zerstörers einschlug. Bei uns jedenfalls nicht. Trotzdem, es wurde Zeit, hier zu verschwinden. Die Aale würden ungefähr eine Dreiviertelminute bis zu dem Dampfer laufen. Selbst wenn jetzt noch jemand versucht hätte, etwas zu unternehmen, bis das Schiff drehen würde, war es zu spät. Vorausgesetzt, die Torpedos funktionierten, wie sie sollten, und ich hatte nicht danebengeschossen. Ich brüllte die letzte Kursanweisung von oben: »Ruder hart Steuerbord, neuer Kurs zwo-neun-null! Alarmtauchen!«

Jensen und Moebius verschwanden bereits in der Luke. Für einen kurzen Moment war ich alleine und sah noch einmal zu dem Zerstörer hinüber. Wieder blitzte eine Flammenzunge auf seinem Vorschiff auf, doch der Schuß lag kurz und weit an Steuerbord. Als sich der Bug von U 115 bereits unter Wasser senkte, stieg auch ich ein und knallte das Luk hinter mir zu. Das Handrad wirbelte unter meinen Händen, bis es ganz fest saß. Ich rief nach unten: »Turmluk ist dicht!« Dann rutschte ich an den Holmen in die Zentrale. Ein neuer Knall, dieses Mal stärker! Sah so aus, als ob die Tommies sich einschießen würden.

Störmer, mein I WO, stand mit der Stoppuhr in der Hand mitten in der Zentrale beim Periskop. Jensen und Moebius schälten sich gerade aus dem Ölzeug, während Becker, der LI, und die Tiefenrudergänger das Boot mit den Tiefenrudern hinunter in den sicheren Keller drückten. Immer noch knallte es an der Oberfläche. Die Granaten klangen jetzt, nachdem unsere eigenen Diesel keinen Lärm mehr machten, sehr viel beeindruckender. Dagegen war das leise Summen der E-Maschinen fast nicht zu hören. Aber trotzdem machte ich mir wegen des Geballeres an der Oberfläche keine Sorgen. Mit Granaten konnten sie uns nicht weh tun. Mit den Wabos der Zerstörer sah das anders aus.

Der Zentralemaat behielt den Papenberg im Auge. »Zwanzig Meter gehen durch, Herr Kaleu.«

»Auf sechzig Meter, das sollte fürs erste reichen.« Mein Gehirn arbeitete auf Hochtouren. »Schleichfahrt, Ruder hart Backbord. Neuer Kurs wird eins-null-acht!«

Ich wand mich aus dem Ölzeug und warf es dem Zentralemaat zu. Dann setzte ich mich in das Kugelschott. Von hier aus hatte ich alles im Blickfeld und konnte gleichzeitig Grauerts geflüsterte Horchmeldungen verstehen. Stille senkte sich über unsere Eisenröhre.

Der I WO hob den Kopf und flüsterte: »Laufzeit ist gleich am Ende.«

»Sechzig Meter, Herr Kaleu.« Auch der LI flüsterte nur.

Ich sah mich um. Jeder der Männer suchte sich einen Platz,

um sich festzuhalten. Nur nicht gegen die Hülle lehnen. Wenn eine Wasserbombe zu nah explodierte, dann konnte die Detonation einem Mann alleine durch die Erschütterungen das Kreuz brechen.

Innerlich rekapitulierte ich, was ich auf den Wachoffizierslehrgängen gelernt hatte. Das hier würde nicht unsere erste Wasserbombenverfolgung werden. Doch sehr viel Erfahrung hatten wir nicht, auch wenn uns vor Norwegen bereits einmal zwei britische Zerstörer in die Mangel genommen hatten.* Es war zu erwarten gewesen, daß es irgendwann wieder einmal soweit kommen würde. Ich fühlte mich überraschend ruhig und wandte mich zu Grauert um. »Was erzählen die Fische?«

Er nahm sich einen Augenblick Zeit, und ich sah, wie er das Handrad des Horchgerätes mehrfach schnell weiterdrehte. Doch bevor er antworten konnte, hallte ein Geräusch durch das Wasser, das wir alle mit bloßem Ohr hören konnten. Die Schläge der Torpedos klangen erstaunlich leise, mehr als würde etwas zerreißen. Als wir auf unserer letzten Fahrt ein britisches U-Boot versenkt hatten, war das sofort in die Luft geflogen.** Doch das hier war ein großes Schiff und nicht bis zum Stehkragen voller Torpedos und Brennstoff.

Erneut ertönte das Geräusch, und dann noch einmal. Auf den vierten Einschlag warteten wir vergeblich. Störmer grinste mir trotzdem zu. »Drei Treffer, Herr Kaleu. Den haben wir.« Erleichtert atmete ich durch. Dieses Mal schienen die Torpedos wenigstens zu funktionieren. Auf den letzten Fahrten hatte es ja auch genug Probleme gegeben, und alle Kommandanten hatten geklagt. Eine lange Liste von Versagern hatte uns fast zahnlos gemacht. Zahnlose Wölfe, das waren wir in den letzten Monaten gewesen.

Ich hob abwehrend die Hand, als Jubel ausbrechen wollte.

* Siehe Erik Maasch: U 115: Jagd unter der Polarsonne
** Siehe Erik Maasch: U 115: Operation Eisbär

»Ruhe im Boot!« Etwas leiser setze ich hinzu: »Noch ist er nicht gesunken.« Betont langsam wandte ich mich zu Grauert um und flüsterte wieder in die plötzlich entstehende Stille: »Was machen die?«

Der Horchmaat lauschte mit halb geschlossenen Augen in seine Kopfhörer und nickte dann. »Zerstörer in zwo-sechs-null, zwanzig Knoten, Kurs eins-drei-fünf, dreht nach Backbord.« Er bewegte das Rad weiter. »Zerstörer in null-neun-null, achtzehn Knoten, Kurs null-null-null, dreht nach Steuerbord.«

Der andere Zerstörer kam also um den zweiten Transporter herumgeprescht, um uns ebenfalls ans Leder zu gehen. Aber mit den schlanken Zerstörern bei diesem Wetter zwanzig Knoten zu laufen würde den Burschen auch nicht viel Freude bereiten. Der erste Zerstörer würde vierkant gegen die Brecher ankämpfen müssen, um zu unserer Tauchstelle zu kommen. Dabei konnte er sich durchaus schwere Sturmschäden einfangen, die ich ihm von Herzen gönnte. Es würde zumindest seine Rachsucht etwas abkühlen.

»Was macht der Dampfer?«

»Er stoppt«, meldete Grauert, »aber ich kann hören, daß er Dampf abläßt. Der zweite dreht nach Steuerbord, aber behält seine Fahrt bei.«

Natürlich, der andere Truppentransporter würde versuchen, das getroffene Schiff zwischen sich und uns zu behalten! Natürlich ahnte er nicht, was ich plante. Zu schade nur, daß unsere Bugrohre leer waren.

Ein metallisches Ping traf unsere Eisenröhre. Der Ton fuhr tief in den Schädel wie eine Stahlspitze. Das mußte der erste Zerstörer sein, der andere war noch zu weit weg. Aber einer, der unsere Peilung hatte, reichte. Eigentlich hätte ich jetzt hart nach Steuerbord drehen müssen, um ihm unser schmales Profil zuzukehren. Aber ebensogut hätte ich auch das Kugelschott nach Dienstvorschrift schließen lassen müssen, wenn ein Wasserbombenangriff drohte.

Nun, das Schott würde ich nicht schließen lassen, wozu auch? Das Boot wurde dadurch in drei Abteilungen abgeschottet, aber wenn auch nur eine davon volliefe, dann würde U 115 für immer auf Tiefe gehen. Warum also zusätzlich die Nerven der Männer belasten? Diese ganze Konstruktion war mehr für die Ostsee gedacht, in der man in vierzig Meter Tiefe auf dem Grund liegen und notfalls mit dem Tauchretter aussteigen konnte. Hier war der Grund aber mehr als viertausend Meter entfernt. Bis wir den erreichten, würde der Druck unsere Röhre ohnehin zusammengequetscht haben wie eine alte Blechbüchse.

Und die Schmalseite würde ich ihm auch nicht zukehren. Erstens würde ich damit nur dem zweiten Zerstörer zu nahe kommen, und zweitens hatte ich etwas ganz anderes vor. Wieder wandte ich mich an Grauert: »Sinkgeräusche?«

Der Horchmaat klang etwas enttäuscht. »Keine, Herr Kaleu! Ich kann auch keine brechenden Schotten hören.«

Das war zu erwarten. Der Dampfer brannte wahrscheinlich und konnte sich nicht mehr bewegen, aber ein Schiff dieser Größe würde wahrscheinlich nicht so schnell sterben, falls wir ihn nicht sehr gut erwischt hatten. Der konnte noch stundenlang schwimmen. Also konnten wir auch noch stundenlang unter ihm hin und her tauchen. Und jedes Mal mußten die Zerstörer um ihn herumfahren.

Ein weiteres Ping traf unsere Stahlhülle. Ich winkte Bekker, dem LI, zu. »Auf neunzig Meter gehen. Vier Knoten!«

Becker sah mich einen Augenblick starr an, sagte aber nichts. Für ihn mußte es so aussehen, als wollte ich Zeit gewinnen, bis mir was Besseres einfiel. Unser braver LI hatte scheinbar den Transporter, den wir angeschossen hatten, bereits völlig vergessen. Bernd Störmer grinste mir zu und zwinkerte mit den Augen. Offenkundig machte ihm Spaß, was ich hier vorhatte, jedenfalls soweit irgend etwas Spaß machen konnte, wenn man in einem U-Boot saß und feindliche Zerstörer Jagd auf einen machten. Aber er grinste, auch wenn die Sache natürlich leicht ins Auge gehen konnte, denn blöde waren die Tommies ja nun auch nicht.

Mein Blick fiel auf Moebius, der sich in eine Ecke der Zentrale gequetscht hatte. Seine Augen waren halb geschlossen, und ich konnte sehen, wie sich seine Lippen leicht bewegten. Betete der Kerl? Das war dann doch vielleicht etwas zu früh.

Von hinten hörte ich Grauerts warnendes Flüstern: »Abstand zum Transport noch vierhundert Meter, Herr Kaleu!«

Ich zwang mich zu einem Grinsen. »Sehr schön, Grauert. Wir gehen unter ihm durch. Mal sehen, was unsere Freunde dann machen.« Zufrieden sah ich, wie Grauerts Gesicht sich aufhellte, als er begriff. Dann jedoch erstarrte er plötzlich. »Wasserbomben!«

Wasserbomben? Für einen Augenblick lang mußte ich wohl nicht besonders geistreich aus der Wäsche geschaut haben. Doch dann donnerte es auch schon. Weit entfernt hallten die Schläge wie schwere Schmiedehämmer durch die Tiefe. Die Geräuschentwicklung war beeindruckend, aber die Bomben lagen so weit ab, daß unser Boot nicht einmal geschüttelt wurde.

Verdutzt sah ich den Horchmaat an. »Welcher ist das?«

»Der zweite Zerstörer. Bei dem Lärm kann ich nicht hören, auf was er wirft, Herr Kaleu.«

»Vielleicht hat er eine Fehlpeilung, soll ja vorkommen. Was macht der andere?«

Grauert drehte am Handrad des Horchgerätes und schob sich den Kopfhörer wieder über die Ohren. »Er scheint nach Backbord zu drehen. Kurs ist jetzt zwo-neun-null, aber er dreht weiter. Fahrt über zwanzig Knoten.«

Was zum Teufel trieben die da oben? Das ergab ja nun gar keinen Sinn! Eigentlich hätten, gemäß Lehrbuch, die beiden Zerstörer jetzt versuchen müssen, eine Dwarslinie zu bilden und über uns hinwegzurauschen, während sie gleichzeitig einen Wasserbombenteppich warfen. Soweit die Theorie.

Doch die beiden englischen Kommandanten hielten scheinbar auch nicht sehr viel von Theorie.

Grell aufschreiender Stahl brach in meine Gedanken. Störmer blickte nach oben. »Seine Schotten brechen!«

Wir mußten schon fast unter dem torpedierten Schiff sein. Wenn jetzt schon die Schotten brachen, dann konnte es nicht mehr lange dauern. Den hatten wir wirklich sehr gut erwischt. »Beide AK, Kurs halten!« befahl ich.

Bei dem Lärm, den der zweite Zerstörer veranstaltete, hatten wir eine Chance, trotz der hohen Fahrt und dem Lärm, den wir selbst machten, zu entwischen. Hauptsache, wir kamen schnell genug unter dem sinkenden Schiff durch.

Gerade hatte ich eher beiläufig registriert, daß wir schon ein paar Minuten kein Ping mehr gehört hatten, als wieder ein greller Ton unser Boot traf.

»Grauert, sind wir unter ihm?«

Der Horchmaat blickte nach oben, wo in diesem Augenblick wieder das Geräusch reißenden Stahls durchs Wasser hallte. »Hört sich so an.«

Vier Knoten, das sind etwa einhundertzwanzig Meter pro Minute. Das mußte uns reichen. Im Geiste zählte ich die Sekunden. Dann wurde es Zeit. »Schleichfahrt, Ruhe im Boot!«

Ich wartete, bis das Vibrieren der E-Maschinen nachließ, dann nickte ich Meier, unserem Gefechtsrudergänger, zu. »Backbord zehn, neuer Kurs wird eins-vier-null.«

Jetzt sah auch Störmer leicht verdutzt aus. Gut, wenn meine eigenen Offiziere das Manöver schon nicht durchschauten, dann sah es für die Tommies noch viel schlechter aus.

Das Dröhnen der Wasserbomben verstummte. Mochte der Teufel wissen, was der zweite Zerstörer geortet haben wollte. Vielleicht hatte auch der ohne Zweifel ranghöhere Offizier auf dem ersten Zerstörer einen entsprechenden Befehl erteilt, mit dem Unsinn aufzuhören. Doch der Schaden für die Tommies war bereits angerichtet. Wir waren unter dem sinkenden Schiff durch und schlichen uns nun wieder mit Südostkurs zurück. Der erste Zerstörer mochte uns zwar im ASDIC haben, aber ich fragte mich, ob ich an der Stelle des Zerstörerkommandanten wirklich an eine echte Peilung geglaubt hätte. Viel wahrscheinlicher hätte ich es für eine Peilung auf das sinkende Schiff gehalten.

»Grauert, was erzählen die Fische?«

»Der Dicke scheint vollzulaufen, Herr Kaleu. Sie lassen Boote zu Wasser. Der erste Zerstörer dreht nach Steuerbord, Fahrt jetzt achtzehn Knoten, Kurs eins-acht-null, seine Maschine steht, aber ich höre seine Hilfsaggregate. Entfernung Tausendvierhundert in zwo-drei-fünnef.«

Wieder zerriß das Geräusch berstenden Stahls die Stille. Ein dumpfes Rumpeln ertönte und schien nicht mehr enden zu wollen. Die drei Torpedos mußten den großen Transporter wirklich schwer getroffen haben, wenn er so schnell auf Tiefe ging. Denn das Rumpeln war eindeutig. Er mußte bereits so schräg liegen, daß sich schwere Maschinenteile losrissen und durch den Rumpf schlugen. Noch einmal schrie Stahl gequält auf, dann hörten wir ein lang anhaltendes lautes Gluckern, als das getroffene Schiff endgültig unterzugehen begann. Soviel also zu der Idee, ihn als Deckung zu benutzen.

Störmer lächelte erleichtert. »Das war es, der säuft ab, Herr Kaleu. Gratuliere!«

Begeistert stießen sich die Männer gegenseitig in die Rippen, aber dieses Mal hielt sich jeder an den Befehl: »Ruhe im Boot.«

Mein Blick fiel auf Moebius. Der Leutnant sah mich nachdenklich an. Noch immer bewegten seine Lippen sich leicht. Ich zuckte mit den Schultern und sah auf die Uhr, bevor ich mich an Sigmund, den Steuermann, wandte. »Eintrag ins KTB, Sinkgeräusche um achtzehn zwanzig.«

Im Moment wußte auch ich nicht, was ich sagen sollte. Achtzehn zwanzig. Knappe vierzig Minuten waren vergangen, seit wir die Torpedos abgefeuert hatten. Mir war, als sei es eben erst gewesen.

Für einen Augenblick versuchte ich, mir das Bild dort oben vorzustellen. Der Truppentransporter war wahrscheinlich bis zum Oberdeck vollgestopft mit Soldaten gewesen. Die Tommies brachten jetzt aus Angst vor der kommenden Invasion alles aus ihrem Empire nach England zurück, was ein Gewehr halten konnte. Denen killten ganz schön die Hosen! Oben im Wasser mußten jetzt im Sturm Hunderte von Menschen treiben, und in der Mitte legte sich das getroffene Schiff immer weiter auf die Seite. Ich verdrängte den Gedanken an die sterbenden Männer im Wasser. Es war Krieg, und beim nächsten Mal mochte es vielleicht uns erwischen.

Grauert blickte mich an. »Erster Zerstörer dreht wieder nach Backbord und nimmt Fahrt auf, zwanzig Knoten, Kurs eins-null-fünnef. Abstand neunhundert in zwo-eins-null, Herr Kaleu.«

»Was macht der andere?« Es kostete mich immer noch etwas Mühe, mich von dem Bild loszureißen, daß meine Vorstellungskraft mir gemalt hatte.

Der Horchmaat peilte noch einmal kurz in die Richtung, in der er den anderen Zerstörer zuletzt gehört hatte. »Er treibt, ich höre nur noch seine Hilfsaggregate. Kurs zwo-siebennull, in eins-fünnef-fünnef. Abstand tausendsechshundert.«

Das war eine interessante Taktik. Einer von den beiden ließ sich treiben und lauschte, während der andere bereit war, uns mit Wabos zu bepflastern. Es hatte allerdings den Anschein, als hätten sie immer noch keine Ahnung, wohin wir verschwunden waren. Aber das konnte sich jeden Augenblick ändern. Es wurde Zeit, uns schmal zu machen und zu verschwinden.

Ich wandte mich dem Gefechtsrudergänger zu. »Steuerbord zehn, wir gehen auf eins-acht-null!« Dann sah ich unseren LI Becker an. »Runter auf hundertdreißig Meter, aber sutje, immer mit der Ruhe.«

Becker nickte und begann seine Anweisungen an die Tiefenrudergänger zu geben: »Vorne oben zehn, hinten oben zehn.« Keine Flutbefehle. Dieses Mal senkte sich der Bug auch nicht steil nach unten. Becker drückte das Boot nur ein kleines bißchen mit den Rudern nach unten. Kein unnötiges Geräusch, nichts, gar nichts. Wir waren ein schweigender leiser Schatten, der immer tiefer in die finstere See verschwand. Irgendwo dort unten würde es eine Schicht mit salzigerem Wasser geben, die uns etwas Deckung geben konnte.

Grauert, der Horchmaat, wisperte: »Erster Zerstörer setzt sein ASDIC wieder ein, aber hat unsere Richtung nicht.«

»Wie? Hat er zwischendurch nicht ...«

»Nein, Herr Kaleu.«

Ich begriff. Im Grunde funktionierte das ASDIC wie ein Blindenstock, mit dem der Zerstörer im Wasser herumtasten konnte. Doch dazu mußte er wenigstens ungefähr wissen, in welche Richtung er vorfühlen sollte, und wenn er das nicht wußte, dann konnte er nur abwarten, ob er von irgendwoher etwas hörte. Mir wurde unter meiner Mütze leicht mulmig. Die Herren Tommies waren gar nicht so dumm. Obwohl ich mir das eigentlich schon ungefähr so gedacht hatte. Während im Hintergrund noch immer die Geräusche des sinkenden Schiffes durch das Wasser hallten, trieb jeweils ein Zerstörer ohne Antrieb herum, um zu lauschen, während der andere versuchte ... ja, was versuchte der eigentlich? Eine gute Frage!

»Was macht der zweite Transporter, Grauert?«

»Er scheint zu stoppen und Boote auszusetzen, Herr Kaleu.« Die Stimme des Maats klang, als könnte er es selbst nicht glauben, was er mir da meldete.

»Gut, Grauert, achten Sie auf die beiden Zerstörer. Einer von den beiden wird bald versuchen, uns zu vertreiben.« Ich wandte mich ab und sah mich in der Zentrale um. Leutnant Moebius hatte sich auf eine Apfelkiste neben den Ventilen gesetzt. Noch immer bewegten sich seine Lippen, als würde er beten. Dabei machte er gar keinen so verängstigten Eindruck mehr. Auf dem Turm hatte er jedenfalls schlechter ausgesehen.

Störmer stand beim Sehrohr und hielt sich an einer Rohrleitung fest, die über seinem Kopf entlanglief. Jeder Zentimeter der wachsame I WO, der ein Auge auf alles hatte. Im Augenblick hatte aber auch er nicht viel zu tun.

Auch Becker, der Leitende, wartete ab. Als er meinen Blick spürte, blickte er auf und nickte mir zu. »Hundertzwanzig gehen durch!«

Wie zur Bestätigung ging ein leichtes Vibrieren durch das Boot, und ein paar Farbteilchen rieselten von der Decke, als der Wasserdruck uns wieder um Bruchteile eine Millimeters zusammenquetschte. Aber U 115 konnte das ab. Das und noch etliches mehr, falls es notwendig wurde. Ich zwang mich zu einem Grinsen. »Fragen Sie mal leise nach, wie es mit den Stopfbuchsen aussieht. Vor allem das Tiefenruder Backbord vorne.«

»Jawohl, Herr Kaleu.« Er wandte sich um und flüsterte einem seiner Stoker eine Anweisung zu. Lautlos schlich der Mann von dannen. Klar, die Stoker trugen nie die schweren Seestiefel!

Im Augenblick herrschte eine Pattsituation. Die Zerstörer suchten uns, aber solange wir nicht allzuviel taten, konnten sie uns nicht finden. Nur solange sie nach uns suchten, konnten wir auch nicht allzuviel tun, denn sonst würden sie uns finden! Bisher war alles überraschend glatt abgelaufen, und ich wollte die Sache sicher nicht unnötig verkomplizieren. Nur fürchtete ich, daß die Zerstörer oben möglicherweise eine andere Ansicht von der Sache hatten. Selbst wenn sie weniger dazu tendierten, uns zu stellen, als vielmehr die eigenen Leute von dem versenkten Transporter aus dem Wasser zu fischen, mußten deren Kommandanten zusehen, daß wir uns nicht noch einmal anschlichen und dem anderen Transporter auch noch einen Aal verpaßten.

Eigentlich ein wahnsinnig verlockender Gedanke. Leider hatte ich nur noch einen Aal verfügungsbereit, und der lag im Heckrohr. Den mit der Aussicht auf Erfolg abzufeuern war bei diesem Seegang allerdings ohnehin so gut wie unmöglich. Zudem wollte ich den Torpedo sowieso nicht ohne Not opfern.

Sekunden verstrichen und summierten sich zu Minuten, und jede dieser Minute strapazierte unsere Nerven. Alles schien eine Ewigkeit zu dauern. Schleichfahrt, das war gerade einmal ein Knoten Fahrt. Tausendachthundert Meter pro Stunde. Ein Zerstörer bei voller Fahrt konnte diese Entfernung in zwei Minuten zurücklegen.

Als Grauert endlich den Kopf hob, war es fast wie eine Erleichterung, obwohl es eigentlich gar nichts Gutes bedeuten konnte. »Zerstörer läuft an, zweiundzwanzig Knoten, Kurs eins-acht-null in eins-acht-null, Abstand tausendeinhundert, Herr Kaleu.«

Er lief von hinten an. Als das erste Ping unsere Stahlröhre traf, schreckten ein paar der Männer überrascht auf. Von hinten! Das hieß, er hatte den Seegang von Steuerbord querab, und das bei der Fahrt! Nerven hatte er, das mußte man ihm lassen. Ich hob die Stimme, denn es bestand zunächst kein Grund mehr, leise zu sein: »Volle Fahrt, LI, runter auf zweihundert!«

Becker reagierte sofort, eine Flut von Befehlen ergoß sich über seine Leute. Steil senkte sich der Bug nach unten. Das Vibrieren der E-Maschinen wurde stärker. Die Meldung des Zentralemaats drang durch das Chaos. »Hundertfünfzig gehen durch!«

»Ruhe im Boot!« Störmer rief den Befehl über die plötzlich aufklingenden Stimmen hinweg. In Sekunden gewann die Disziplin wieder die Oberhand.

Grauert flüsterte: »Kommt näher!«

Auch das Ping zeigte an, daß der Zerstörer uns ausgemacht hatte. In meinem Kopf wirbelten tausend Dinge durcheinander, die von dem Wachoffizierslehrgang übriggeblieben waren. Dadurch, daß ich damals so überstürzt das Kommando über U 115 übernommen hatte, hatte ich nie die harte Schule der AGRU-Front durchlaufen. Dort wurden Angriffe wie dieser geübt. Nun mußte sich zeigen, ob ich auch so gut genug dafür war.

Das Schraubengeräusch wurde lauter und war auch ohne Horchgerät im ganzen Boot zu vernehmen. Als würde ein verdammter D-Zug über uns hinwegfahren. Dazwischen immer wieder das grelle Ping des ASDIC, ein Ton, der in den Schädel schnitt wie ein Skalpell. Ich hatte Mühe, mich zu konzentrieren. Andererseits brauchte ich bei diesem Lärm auch nicht mehr auf Grauert zu warten, denn mir war ohnehin klar, was der Bursche vorhatte. Für einen Augenblick spürte ich lähmende Unsicherheit.

Das Geräusch über uns nahm zu, aber noch wartete ich ab. Der LI gab ein paar Anweisungen, um das Boot bei den befohlenen zweihundert Metern abzufangen. Die meisten meiner Männer starrten nach oben zur gerundeten Bordwand. Die Spanten knackten und quietschten für ein paar Augenblicke unter dem enormen Wasserdruck. Zweihundert Meter entsprachen zwanzig Tonnen Druck pro Quadratmeter Oberfläche, und wir hatten ein paar Quadratmeter zu bieten.

Mein Blick erspähte den Matrosen Fischer, unseren ehemaligen HJ-Führer. Er hatte schon einige Male für Ärger gesorgt mit seinen Reden vom »süßen und ehrenvollen Tod fürs Vaterland«. Doch jetzt war sein Blick ebenfalls nach oben gerichtet, und er war genauso bleich wie alle anderen. Alle warteten darauf, daß etwas geschah. Aber noch wartete ich ab.

Das Schraubengeräusch über uns wurde noch etwas lauter, und dann riß das Ping ab. Der Zerstörer mußte jetzt nahezu direkt über uns sein. Und damit war er taub wie ein Stockfisch! »Ruder hart Backbord!«

Durch die Hartruderlage legte sich das Boot leicht auf die Seite. Grauert rief laut: »Wasserbomben!«

»Neuer Kurs wird zwo-drei-null!« Im Geiste sah ich die Fässer durch die Dunkelheit sinken. Zehn Meter pro Sekunde, also würden sie zwanzig Sekunden brauchen bis hier unten, falls die Zerstörerleute die Wabos überhaupt so tief eingestellt hatten. Zwanzig Sekunden würden uns bei sechs Knoten ungefähr sechzig Meter weg bringen. Nicht viel, aber ausreichend.

Dann ging die Welt unter. Krachende Donnerschläge füllten die Tiefe aus, als wären wir in ein Minenfeld gefahren. Unser Boot wurde wie von Riesenfäusten herumgeschüttelt. Glas splitterte, die Beleuchtung flackerte. Die Glasröhre des Papenbergs zersplitterte in tausend Stücke, und das Wasser drückte in einem scharfen Strahl in die Zentrale. Stimmen riefen Meldungen und Befehle. Einer der Stoker drehte ein Ventil zu, und der Wasserstrahl verebbte. Immer weitere Explosionen schüttelten U 115 durch. Die Schläge schienen kein Ende nehmen zu wollen.

Auch von achtern wurden Meldungen durchgerufen. »Abgasauslaß Steuerbord macht Wasser.«

»Druckmanschette Trimmzelle zwo macht Wasser.«

Die Stoker setzten sich in Bewegung. Der LI sah mich fragend an und brüllte durch den Lärm: »Bitte um Erlaubnis, nach achtern zu gehen, Herr Kaleu.«

Ich nickte und brüllte zurück: »Schaffen Sie Ruhe da hinten, LI!«

Noch einmal donnerten zwei Schläge nahezu gleichzeitig, und ein unheimliches Gluckern wurde hörbar, als das Wasser in die Hohlräume zurückströmte, die von den Wabos gerissen worden waren. Ich fuhr herum und sah Störmer an. »Schleichfahrt I WO, auf hundertfünfzig Meter hoch, aber leise.«

Störmer gab seine Befehle an die Rudergänger weiter. Langsam richtete sich der Bug etwas auf. Ich wartete, bis das

Vibrieren der E-Maschinen nachgelassen hatte, dann kommandierte ich: »Nach Backbord auf eins-acht-null gehen.«

Augenblicke später kam die Bestätigung: »Kurs eins-acht-null liegt an.«

Ich wandte mich an Grauert: »Was erzählen die Fische?«

»Er schlägt einen Bogen nach Steuerbord, Herr Kaleu. Der kommt wieder. Der andere liegt treibend in See und lauscht.«

»Gut! Melden Sie, wenn er halb rum ist.«

Der Wasserbombenteppich wäre fraglos dichter gewesen, wenn beide Zerstörer geworfen hätten. Der eine, der uns jagte, hatte zudem auch nicht gestoppt, um abzuwarten, ob vielleicht Öl oder Wrackteile an die Oberfläche aufsteigen würden. Das erweckte in mir den Eindruck, als hätten die Tommies ihre Entscheidung getroffen. Sie wollten uns unter Wasser halten, bis ihr verbleibender Schützling ablaufen konnte. Wenn sie uns dabei versenkten, gut, aber offenbar war das zweite Schiff ihnen wichtiger als die Versenkung eines deutschen U-Bootes.

Die Jagd auf uns währte über drei Stunden. Immer wieder lief der Zerstörer über uns hinweg, und immer wieder zackte U 115 scharf zu der einen oder anderen Seite, sowie er zu dicht über uns war, um uns im Sonar noch hören zu können. Wenn der zweite sich auch an der Hatz beteiligt hätte, dann wäre es verdammt schwerer für uns geworden, weil einer immer lauschen und peilen konnte, während der andere den Angriff fuhr. Denn dann hätte uns der eine Tommy nicht zwischendurch immer wieder verloren. Aber der zweite blieb treu und brav in der Nähe des gestoppten Dampfers.

Doch ganz ehrlich, für den Augenblick reichte uns der eine völlig. Immer wieder donnerten die Wasserbomben um uns herum und schüttelten uns durch. Sie lagen zwar zu weit ab, um uns größere Beschädigungen zuzufügen, aber immer wieder gingen Kleinigkeiten zu Bruch. Der LI und seine Stoker waren allgegenwärtig, und die Ausfälle konnten meistens relativ schnell wieder beseitigt werden. Zwischendurch fiel auch minutenlang das Licht aus, und die Taschenlampen leuchteten geisterhaft in unserer finsteren Röhre, bis die Angelegenheit bereinigt war. Wir hatten zwar alle die Hosen mehr oder weniger gestrichen voll, aber keiner drehte durch, und jeder tat seinen Dienst.

Immer wieder schlichen wir uns mit U 115 ein Stück weiter, meistens nur ein paar Meter. Im Boot herrschte Ruhe, selbst die Befehle wurden nur geflüstert. Niemand bewegte sich, wenn es nicht unbedingt notwendig war. Die meiste Zeit stellten wir uns tot und versuchten, dem ständig tastenden ASDIC und den scharfen Ohren des Feindes nicht aufzufallen. Jetzt waren wir die Gejagten und saßen im Keller wie die Ratten.

Grauert war der Mann der Stunde, der einzige, der mir sagen konnte, wo der Feind lauerte oder wieder zu einem neuen Anlauf ansetzte. Für die meisten Männer kamen die Bombardements völlig überraschend, denn Bug- und Maschinenraum lagen weit von der Zentrale entfernt, und die Männer bekamen gar nichts von dem mit, was dort vor sich ging. Für sie bedeutete das alles nur warten, warten und nochmals warten. Warten darauf, daß wieder die donnernden Schläge der Wasserbomben durch die Tiefe hallten, warten darauf, daß wir wieder kräftig durchgeschüttelt wurden, warten darauf, daß beim nächsten Angriff eine Explosion eventuell unsere Röhre aufreißen würde und die salzige See wie eine grüne Wand hereinstürzen würde, um uns alle zu ersäufen. Immer wieder lief der Zerstörer an und warf mit seinen Bomben um sich, als würden sie morgen unmodern werden. Dann herrschte für ein paar Augenblicke lang lautstarkes Chaos, bevor wir wieder in Schweigen versanken und auf die nächste Attacke warteten.

Aber mit jedem Haken und jedem Bogen, den wir schlugen, entfernten wir uns ein Stück mehr von dem übriggebliebenen Transporter. Jedes Mal nur um ein paar Meter. Aber irgendwann summierten die sich auch.

Wir sahen uns erstaunt an. Schon seit ein paar Minuten hatte kein Ping mehr die Hülle getroffen. Ich wandte mich an den Horcher. »Was macht er?«

»Er dreht, Herr Kaleu.« Grauert schien fast in das Gerät hineinzukriechen. »Siebzehn Knoten, und sein Kurs ist jetzt null-neun-fünnef, und er dreht weiter. In eins-acht-null, Abstand eintausendzwohundert.«

Ich lauschte in den zweiten Kopfhörer. Grauert hatte recht. Im GHG hörte sich das Kriegsschiff zwar immer noch laut an, aber es war unverkennbar, daß es leiser wurde und sich entfernte. Natürlich schloß das nicht aus, daß es wieder zurückkam, aber ich hielt dies nicht für sonderlich wahrscheinlich. Wir hatten uns inzwischen mehr als drei Meilen von der Stelle entfernt, an der wir das Passagierschiff erwischt hatten. In diesen drei Stunden konnten der andere Zerstörer und der verbliebene Transporter rund dreißig Meilen geschafft haben, selbst wenn sie sich viel Zeit genommen hatten, um noch ein paar Leute aus dem Wasser zu ziehen. Es wurde also Zeit für eine weitere Entscheidung.

Ich sah Störmer an. »Wir bleiben noch eine halbe Stunde auf Schleichfahrt. Wenn er wirklich weg ist, tauchen wir auf und stoßen nach.«

Mein I WO nickte. »Also die Bugrohre nachladen, wenn wir oben sind?« Er blickte zur Decke, an der sich Kondenswasser angesammelt hatte. »Das wird eine schöne Plackerei werden bei dem Wetter.«

Leutnant Moebius rappelte sich von der Apfelkiste hoch. »Ich kümmere mich darum, wenn Sie gestatten, Herr Kaleu.«

Ganz konnte ich einen verwunderten Blick nicht unterdrücken. »Nun, das wäre mir sogar sehr recht, Herr Moebius. Dann kann der I WO die Zentrale übernehmen, und ich kann mich schon mal mit meinem Eintrag für das Tagebuch beschäftigen.«

Ein paar Minuten warteten wir schweigend ab. Dann rührte Grauert sich. »Er ist jetzt nicht mehr zu hören. Am Ende muß er über zwanzig Knoten gelaufen sein.«

»Wie weit war er zuletzt weg?«

»Ich schätze, so um die zehn Meilen, Herr Kaleu.«

»Also gut! Ich sehe mich kurz um: Auf Sehrohrtiefe!«

Der LI begann, seinen Tiefenrudergängern Befehle zu erteilen. Es dauerte ein paar Minuten, denn immerhin mußten wir über hundertfünfzig Meter aufsteigen. Langsam gab der Zentralemaat die Tiefe durch: »Hundert Meter gehen durch ... Fünfzig Meter gehen durch!«

»Herr Störmer, die Brückenwache soll sich klarmachen. Rotlicht!«

Während U 115 langsam die letzten Meter nach oben zurücklegte, pellten sich die Männer in das Ölzeug. Im düsteren roten Licht sahen sie aus wie Gestalten aus einer anderen Welt, aber die Augen würden sich schneller an die Dunkelheit gewöhnen. Wir waren schon nahe an der Oberfläche, und das Boot begann sich bereits mit dem Seegang zu bewegen.

Der LI sah mich an. »Sehrohrtiefe, Herr Kaleu!«

»Dann wollen wir mal!« Ich ließ den Spargel hoch und preßte das Gesicht gegen den Gummiwulst. Im ersten Augenblick sah ich so gut wie nichts, dann weißen Schaum, und das Sehrohr schnitt unter. Entschlossen fuhr ich den Spargel bis zum Anschlag nach oben. Wieder überspülte die See den Sehrohrkopf. Sehen konnte ich so nun gar nichts. Verdutzt nahm ich den Kopf zurück. »Herr Becker, wir müssen etwas höher raus.«

Oberleutnant Becker salutierte etwas spöttisch. »Etwas weiter raus, jawohl, Herr Kaleu.«

Na, nun war ich gespannt! Daß unser Leitender ein famoser Tiefensteuerer war, wußte ich ja, aber das hier war nun wirklich die ganz hohe Schule. Doch Becker schien sich daraus nichts zu machen. Ruhig und konzentriert kamen seine

Befehle, wenn auch ein bißchen mit dem Idiom der Fußkranken der Völkerwanderung vermischt: »Denn woll mor ma guggn. Sach mor ma fuffzich Lidder nach Drimmzelle zwee un fuffzich nach vier. Und dann blohs mer die drei aus!«

Zu spüren war nichts, jedenfalls nichts, was in den Bewegungen des Bootes nicht untergegangen wäre, aber im Sehrohr war der Unterschied sichtbar. Ich konnte tatsächlich über die Brecher drüberschauen. Verdammt, unser Turm mußte doch schon beinahe frei sein? Aber für den Augenblick war mir das alles recht. Ich drehte den Spargel in die Richtung, in die der Tommy verschwunden war, aber außer finsterer Nacht war nichts zu sehen. Auch nicht, als ich den üblichen Rundblick nahm. Ich klappte die Griffe hoch und fuhr das Sehrohr ein. »Auftauchen, Brückenwache auf Station!«

Zischend fuhr Preßluft in die Zellen, als der LI ausblasen ließ. Das Boot hob sich die restlichen Meter, während Störmer bereits das Zentraleluk öffnete. Plötzlich donnerten wieder Brecher gegen den Turm wie gegen ein leeres Ölfaß, das Boot begann zu rollen.

Becker brüllte: »Luk ist frei!«

Als Störmer das Turmluk öffnete, strömte frische Luft in die Zentrale, und ein Guß kalten Wassers kam von oben und schwappte über die Männer auf der Leiter. Der Zentralemaat half mir in das Ölzeug, und dann kletterte ich hinterher.

Nach den Stunden in unserem zum Schneiden dicken U-Boot-Mief kam mir die kühle Seeluft eiskalt vor. Ich sah mich um. Die Wogen kamen immer noch aus Westen angerollt. Die weißen Schaumkronen waren das einzig Helle, das ich erkennen konnte. Natürlich würde der Zerstörer keine Lichter führen, immerhin war Krieg. Aber wenn er sich tatsächlich zurückschleichen sollte, dann würde der Gefreite Manske, der Horchmaat Grauert am GHG abgelöst hatte, ihn schon auf viel größere Entfernung hören, als wir ihn von hier oben sehen konnten.

Ich beugte mich zum Sprachrohr. »BÜ, Backbord zehn, neuer Kurs wird null-neun-null. Beide Diesel AK.«

Langsam drehte sich der Bug nach Osten, und die Brecher liefen auf unser Achterschiff auf. Doch der Wintergarten wurde nur noch ab und zu überflutet. »Sie wollen hinterher, Herr Kaleu?« fragte Störmer mich.

»Zumindest will ich es versuchen.« Unter meinen Füßen spürte ich, wie das Boot unter der Kraft der großen MAN-Diesel erbebte.

»BÜ an Brücke: Kurs null-neun-null liegt an, Herr Kaleu. Beide Diesel laufen AK.«

Störmer wartete einen Augenblick, dann meinte er, während er mit dem Fernglas die Dunkelheit absuchte: »Was ist mit dem Geleit, das U 114 gemeldet hat?«

»Ich werde einen Funkspruch absetzen.« Für einen Augenblick prüfte ich meine Gefühle. Noch immer war ich nicht sicher, ob es nur der Instinkt des U-Boot-Kommandanten war, der rebellierte, wenn irgend etwas nicht zusammenzupassen schien, oder ob ich etwas Greifbares in der Hand hatte. Dann sah ich meinem I WO in die Augen. »Etwas stimmt nicht. Wenn so weit im Süden und noch ein ganze Stück westlich von uns ein Geleit unterwegs ist und wir hier oben im Norden auf Truppentransporter treffen, die von Zerstörern begleitet werden, wo ist dann das Großgeleit, das der Geheimdienst angekündigt hat?«

Störmer verzog das Gesicht zu einer Grimasse. »Das ist eine gute Frage, Herr Kaleu. Glauben Sie, die Engländer sind schon in See?«

»Wenn ich das wüßte. Eigentlich müßte unser sogenannter Geheimdienst das ja mitkriegen, und dann wäre es keine Kunst, uns das auch zu sagen, aber so tappen wir völlig im dunkeln, Herr Störmer.« Für einen Augenblick hingen wir beide unseren Gedanken nach.

Dann zuckte ich mit den Schultern. »Also funken wir alles an den BdU, und der Löwe wird uns schon sagen, was wir tun sollen.« Ich nickte meinem I WO zu. »Sie übernehmen die Wache, Herr Störmer.« Bevor der nächste Brecher kam, öffnete ich das Luk und verschwand blitzschnell im Turm. »Wahrschau! Ein Mann in Zentrale.«

Leutnant Moebius wartete unten bereits. »Soll ich jetzt das Nachladen vorbereiten?«

Ich schüttelte den Kopf. »Die Männer sollen erst mal 'nen Happen essen. Wir brauchen noch Stunden, bis wir die Burschen wieder eingeholt haben, falls es uns überhaupt gelingt.« Ich trat etwas näher an ihn heran und meinte leise: »Nach der Tour haben die Männer etwas zwischen die Rippen verdient, kümmern Sie sich also darum. Und schicken Sie mir den Obergefreiten Pepke in mein Kabuff.«

Dann verschwand ich in Richtung O-Messe und bog in mein kleines Reich ab. Für einen Augenblick spürte ich die Müdigkeit, jetzt, nachdem die Anspannung der letzten Stunden von mir abfiel. Eine Weile starrte ich blicklos ins Leere und ließ meinen Gedanken freien Lauf. Das hier draußen war unser Jagdgebiet, und der Angriff, den wir heute gefahren hatten, war das, was wir gelernt hatten und wofür U 115 gebaut worden war. Aber es war trotzdem etwas anderes, als an der norwegischen Küste einen ruhigen Platz für eine Wetterstation zu suchen, auch wenn die Geschichte so völlig in die Hose gegangen war.* Das hier war ein neuer Kriegsschauplatz. Bisher hatten die Engländer verhältnismäßig wenig mit den deutschen U-Booten zu tun gehabt, aber das würde kommen, und sie würden dazulernen. Die Schlacht um den Atlantik würde härter werden, ohne Zweifel, und andauern, bis die deutsche Invasion England erreichte. Oder der Krieg irgendwie anders endete.

»Herr Kaleu?« Der Funker Pepke stand abwartend im Eingang.

»Funkspruch an BdU: Geleit in Planquadrat AK 64, zwei

* Siehe Erik Maasch: U 115: Operation Eisbär

Truppentransporter, zwei Zerstörer. Ein Truppentransporter sechzehntausend Tonnen versenkt. Stoße nach. U 115.« Ich überlegte kurz, ob ich etwas vergessen hatte. Wohl nicht, jedenfalls fiel mit nichts mehr ein. »Verschlüsseln Sie das und dann raus damit.«

»Zu Befehl, Herr Kaleu.«

»An Brücke, Funkspruch, Herr Kaleu!«

»Pepke soll warten, ich komme runter!«

Bernd Störmer sah mich fragend an. »Der BdU?«

Ich zuckte mit den Schultern. »Wer weiß, wie die schlauen Köpfe im Stab des Löwen die Lage beurteilen.« Prüfend musterte ich meinen I WO. Seine Augen waren gerötet. Kein Wunder, inzwischen begann der Morgen schon wieder zu grauen, und er hatte seither kaum geschlafen.

Ich spürte selbst die Müdigkeit in mir. Während Moebius' Wache war ich hier oben gewesen, und der II WO hatte das Nachladen der Torpedos geleitet. Er hatte seine Sache recht gut gemacht, und Störmer bekam daher wenigstens eine Mütze Schlaf ab. Viel war das nicht. Aber auf einem U-Boot war das nun mal so.

Unten im Boot lag in den Kojen, wer gerade Freiwache hatte. Das Nachladen war wie immer ein wüstes Durcheinander gewesen, auch wenn Bootsmann Hochheim und unsere Torpedomixer dabei alle Kniffe kannten. Doch die halfen nur bedingt, weil einfach Platz fehlte. Im Bugraum mußten alle Kojen hochgeklappt oder abgeschlagen werden. Sogar die Back selbst wurde abgeschraubt und in die Feldwebelmesse geschleppt. Erst danach konnten Obermaat Hirsch und sein Mixer Helmig die notwendigen Regelarbeiten überhaupt vornehmen, bevor die fünf Meter langen eingefetteten Aale einer nach dem anderen mit dem Heißgeschirr hochgewuchtet und in die Rohre eingeführt wurden. Logisch, daß die Männer bei der Prozedur nicht mit anzüglichen Kommentaren sparten. Denn so ein Biest wog immerhin eine Tonne, und U 115 stampfte nach wie vor in der von achtern auflaufenden Dünung, obwohl der Sturm bereits merklich weiter nachgelassen hatte. Es war eine harte und eine gefährliche Arbeit, die ich unter normalen Umständen nur getaucht hätte in Angriff nehmen lassen.

Aber das ging nicht. Noch immer hetzten wir mit allem, was die Diesel hergaben, hinter dem zweiten Truppentransporter her. Wenn der seine Fahrt von vierzehn Knoten beibehalten hatte, dann besaß er etwas über dreißig Meilen Vorsprung, vielleicht sogar knappe vierzig, das kam darauf an, wie lange er versucht hatte, Leute aus dem Wasser zu bergen. Wir konnten ihn dann innerhalb der nächsten fünfzehn Stunden einholen. Oder er hatte weggezackt, und wir hatten ihn verloren. Doch die bestehende, wenn auch schwache Chance wollte ich nutzen, und deswegen hatten sich die Männer geschunden.

Ich nickte dem I WO zu. »Herr Störmer, Sie übernehmen. Morgenalarm können wir uns heute wohl schenken. Wir sind zu weit weg von jeglichem Land, um hier von Flugzeugen erwischt zu werden.«

»Jawohl, Herr Kaleu!«

Ich öffnete das Turmluk und rief hinunter: »Wahrschau! Ein Mann von Brücke«, und dann ging es auch schon abwärts.

In der Zentrale war Oberleutnant Becker mal wieder mit Trimmen beschäftigt. Eine der ständigen langweiligen Routinearbeiten. Doch während wir in See waren, verbrauchten wir nun mal Proviant und Trinkwasser, und alleine die verschossenen Aale bedeuteten vier Tonnen Gewicht weniger vorne im Bugraum. All das mußte sorgfältig im Auge behalten und austariert werden, damit beim nächsten Alarmtauchen keine üblen Überraschungen anstanden, und das war eine der vielfältigen Aufgaben unseres Leitenden.

Der Zentralemaat half mir aus dem Ölzeug. »Boot ist gut durchgetrimmt, Herr Kaleu.« Er klappte sein Notizbuch zu.

»Schön, LI. Und wie sieht es sonst aus?«

»Wir sind wieder klar zum Gefecht, Herr Kaleu, nur der Brennstoff macht mir Sorgen.«

»Der Brennstoff wird Ihnen hier draußen immer Sorgen bereiten. Wie kritisch ist es wirklich?«

Becker legte die Stirn in Kummerfalten, aber das beeindruckte mich herzlich wenig. Alle Schiffstechniker, die ich kannte, reagierten so, wenn jemand das Thema »Brennstoff« auch nur ansprach. Wahrscheinlich wurde das den Leuten schon an der technischen Marineschule in Kiel eingebläut. »Na ja, um dem englischen Truppentransporter die nächsten fünfzehn, sechzehn nachzusetzen, reicht der Sprit allemal, bloß für eine weitere Jagd in der Preisklasse könnte es ein bißchen eng werden.«

»Sehr gut!« Ich strich mir kurz über den Stoppelbart, um die Müdigkeit zu vertreiben. Trotz des offenen Luks herrschte in unserer Röhre nach wie vor der typische U-Boot-Mief, eine Mischung aus den Ausdünstungen ungewaschener Männer, Diesel, Kohl und Schimmel im Boot, der mich jetzt bis zu meinem Kabuff begleitete.

Der Funker Pepke erwartete mich bereits.

»Na, was haben wir denn?«

»Zwei neue, Herr Kaleu! Ich habe beide entschlüsselt.«

»Kein M-Offizier?«

»Nein, alles ganz normal. Vermutlich hat jemand daran gedacht, daß die Dinge jetzt ein bißchen eiliger als sonst sind.«

Schnell überflog ich die beiden Funksprüche, die ich von ihm gereicht bekam. »Hmm, das hier ist U 114. Wildenow meldet, er habe in Planquadrat AL 74 zwei Frachter aus dem Geleit geschossen. Achttausend Tonnen und fünftausend Tonnen. Auch nicht schlecht.« Ich griff zu meiner Übersichtskarte mit dem Generalkurs, die griffbereit in meinem Schapp lag. Die Position, die mein alter Freund Kuddel gefunkt hatte, lag weiter im Süden, aber etwas nördlicher als die letzte Kontaktmeldung. Der Konvoi, dem er folgte, schien also weiter auf dem Großkreis Richtung England zu fahren.

Ich sah mir den anderen Funkspruch an, der zuerst eingegangen war. Vom Hauptquartier direkt an uns. »Verfolgung abbrechen! Auf von U 127 gemeldetes Geleit in Planquadrat AK 68 operieren.«

Nun schaute ich aber wirklich etwas dämlich aus der Wäsche. U 127 war das Boot von Kapitänleutnant Lindner, also eines der anderen U-Boote aus der Kette der Fühlungshalter direkt am Rande der sogenannten panamerikanischen Sicherheitszone. Diese Zone strafte zwar die amerikanische Neutralität Lügen, aber unsere Befehle besagten, wir sollten sie respektieren. Also taten wir das pflichtschuldigst. Zumal bis zum Rand der Zone angeblich auch amerikanische Bewacher die Konvois begleiteten, was allerdings ebenfalls die einseitige Neutralität der Amis verdeutlichte, uns aber andererseits vor das Problem stellte, daß wir unter keinen Umständen versehentlich einen von den Cowboys unter Wasser vor das Bein treten sollten, um den Amis nicht einen Vorwand zu liefern, ebenfalls mitzumischen.

Der erste Aufklärungsstreifen erstreckte sich rund hundertachtzig Meilen vor uns im Westen, und Lindners Boot stand etwa sechzig Meilen südlich von uns. Soweit war alles klar. Nur fehlte uns Lindners Meldung! Ich sah Pepke an. »Von U 127 haben wir keine Kontaktmeldung aufgefangen?«

Der Obergefreite schüttelte bedauernd den Kopf. »Leider nicht, Herr Kaleu. Der Spruch muß uns durch die Lappen gegangen sein, als wir getaucht waren.«

Mißmutig verzog ich das Gesicht. »Nun ja, das Planquadrat hat uns der BdU ja immerhin freundlicherweise erzählt. Ich schätze, die eigentliche Sichtmeldung bekommen wir um sechs Uhr auch auf der Wiederholungsfrequenz.«

»Jawohl, Herr Kaleu.« Pepke dachte nach. »Wir können zwar auch die Wiederholung anfordern, aber es dauert sowieso nicht mehr lange, bis die Leitstelle alle Funksprüche wiederholt.«

Nachdenklich sehe ich ihn an. »Glauben Sie, daß die Tommies unseren Funk mithören können?«

»Mitlesen sicher nicht, die ENIGMA verschlüsselt jeden Tag anders. Aber sie können natürlich mitbekommen, daß wir funken, wahrscheinlich nicht jeden Funkspruch, aber ab und zu, und dann wissen Sie, das ein U-Boot in der Nähe ist.«

Also gut, wir funkten alle zuviel, aber das würde sich nicht vermeiden lassen. Außerdem glaubte ich sowieso nur sehr bedingt daran, daß wir die Tommies mit Rudelangriffen wirklich überraschen konnten. Soweit ich mich an die taktische Schulung erinnerte, hatte Admiral Dönitz bereits in den dreißiger Jahren ein Konzept zum Thema Rudelangriffe entworfen, und immerhin war das bereits seit Kriegsbeginn ein fester Bestandteil der Übungen an der AGRU-Front gewesen. Mein Instinkt warnte mich. Natürlich, selbst wenn die Tommies mit einem Rudel rechneten, mußte das nicht bedeuten, daß sie eine wirksame Abwehrstrategie hatten. Das ASDIC war ganz gut und schön, aber gegen ein getauchtes U-Boot war es nun wieder auch nicht die Wunderwaffe, wie wir ja gerade erst selbst bewiesen hatten. Manche Dinge nahmen sich in der Theorie schlüssig aus, waren aber dann in der Praxis nur teilweise zutreffend.

»Gut, sehen Sie zu, daß sie die Sprüche reinkriegen, und schicken Sie bitte den Obersteuermann Wegner und den Fähnrich zu mir.«

Pepke grüßte kurz. »Jawohl, Herr Kaleu!«

Einige Augenblicke lang saß ich alleine in meinem Kabuff und dachte nach. Die Engländer hatten bereits mit Kriegsausbruch die Konvois organisiert. Kein Wunder, das alles hatten wir ja im letzten Krieg schon einmal miteinander durchexerziert. Die Hauptroute der britischen Konvois verlief vom kanadischen Halifax aus quer über den Atlantik bis in die Irische See und weiter nach Liverpool. Soweit ich wußte, und ich hatte die allgemeine Lage immer nur am Rande verfolgt, gab es insgesamt vier Geleitzugkategorien. Schnelle Geleitzüge, von den Engländern mit HX und der laufenden Nummer bezeichnet, und langsame Geleitzüge, die aus Schiffen bestanden, die man zum Teil in Friedenszeiten wohl kaum noch aus dem Hafen gelassen hätte und die normalerweise als SC-Geleite firmierten. Das waren die beladenen Geleite von Halifax nach England. Umgekehrt gab es die Geleite mit in Ballast fahrenden Schiffen, die als XH- und CS-Geleite tituliert wurden. So weit, so gut. Genaugenommen waren also wir diejenigen, die versuchten, eine Strategie gegen das erfolgreiche Konvoi-Rezept der Engländer einzuführen.

Nun ja, erfolgreich war etwas übertrieben. Faktisch hatten die Engländer eigentlich gar nicht genug Schiffe, um diese Geleitzüge wirksam zu schützen. Wenn wir sie also erst einmal aufgespürt hatten, dann waren unsere Aussichten, zum Schuß zu kommen, ziemlich gut. Nur finden, finden mußten wir die Geleite! Ein Konvoi konnte sich über eine riesige Fläche ausbreiten, und trotzdem war er hier draußen nicht mehr als ein kleiner Punkt in der riesigen Wasserwüste des Nordatlantiks. Im Prinzip war das also eine reine Glückssache. Doch im Augenblick waren wir mit Geleiten irgendwie über Gebühr eingedeckt. Was also hatten die Tommies ausgeheckt?

Erneut betrachtete ich meine Karte. U 114 hatte Fühlung zu einem Geleitzug, der nach Westen fuhr, aber eigentlich nur ziemlich klein war. U 127 hatte es mit einem Geleit zu tun, von dessen Größe wir im Moment nichts wußten, das sich aber rund hundertzwanzig Meilen nördlich von dem Geleitzug bewegte, den Kuddel mit U 114 erfaßt hatte. Und unserem U 115 waren ursprünglich zwei Truppentransporter noch einmal sechzig Meilen weiter nördlich ins Visier geraten. Falls also U 127 nicht mindestens eine Größenordnung von fünfzig Schiffen gemeldet hatte, dann handelte es sich dabei ebenfalls nicht um das erwartete und vom Geheimdienst avisierte Großgeleit. Einen rechten Sinn ergab das alles nicht! Entweder hatten die Engländer, woran ich nicht glauben mochte, etwas verbockt, oder sie probierten strategisch etwas völlig Neues aus.

Am Türrahmen wurde geklopft, denn eine Tür hatte ich sowieso nicht, nur einen Vorhang. Ich sah auf. Obersteuermann Wegner und unser Fähnrich schoben sich ins Kabuff. »Sie haben uns rufen lassen, Herr Kaleu?«

»Ja, ich möchte, daß Sie sich das hier mal ansehen.« Ohne weiteren Kommentar schob ich Wegner die Funksprüche zu.

Stirnrunzelnd las der Obersteuermann die Meldungen durch und nickte dann. »Kein Problem, Herr Kaleu, da kommen wir lässig dran.«

»Na, das wird den LI aber freuen, da können wir gleich noch etwas von seinem kostbaren Dieselöl sparen. Ich möchte, daß Sie einen Abfangkurs errechnen und dann den Kurs ändern lassen. Wir sollten zusehen, daß wir uns in den Kurs des englischen Truppentransporters legen und ihn beim letzten Abendlicht erreichen. Außerdem wäre ich für eine Wettervorhersage dankbar.«

Wegner grüßte eher andeutungsweise. »Wird sofort erledigt, Herr Kaleu.« Er zögerte kurz. »Liegt sonst noch etwas an?«

»Für den Augenblick nicht. Ich gedenke unser junges Talent anzusetzen, um den I WO abzulösen, und später soll er mal versuchen, uns so eine Art Lagekarte zu malen. Scheint ja im Augenblick viel Verkehr in der Gegend zu sein.«

»Sieht mir auch so aus, Herr Kaleu. Na ja, jedenfalls wissen die Tommies, daß wir hier operieren, und wo U 114 unterwegs ist, dürfte ihnen mit Sicherheit auch nicht verborgen geblieben sein.« Er zuckte mit den Achseln. »Dann mache ich mich mal an die Arbeit!«

»Herr Kaleu«, meldete Lehmann sich schüchtern zu Wort: »Soll ich wirklich den I WO auf der Wache ablösen?«

»Trauen Sie sich das denn etwa nicht zu, Lehmann?«

Für einen Augenblick wurde das immer heitere Gesicht des Fähnrichs ernst. »Die Frage ist, trauen Sie mir das zu, Herr Kaleu?«

»Sonst hätte ich wohl kaum so entschieden. Der I WO soll kurz noch bei mir vorbeischauen, ehe er sich hinhaut.«

Lehmann baute kurz Männchen. »Fähnrich zur See Lehmann meldet sich ab auf Wache, Herr Kaleu.« Er zögerte kurz. »Und danke für Ihr Vertrauen.«

Ich winkte ab. »Schon gut, machen Sie, daß Sie nach oben kommen, Lehmann.« Mit mir und dem Lauf der Dinge zufrieden, blickte ich ihm hinterher. Störmer war schon seit Stunden da oben, damit Moebius sich um die Aale hatte kümmern können. Da kam es ihm sicher nicht ungelegen, wenn Lehmann die nächsten drei Stunden der Wache übernahm, denn mehr waren es ohnehin nicht, bis der II WO wieder übernahm. Lehmann war jung, aber nicht auf den Kopf gefallen, und das hier war mittlerweile seine dritte Fahrt auf U 115 als WO-Schüler.

Am Türrahmen meines Kabuffs klopfte Bernd Störmer. »Fähnrich Lehmann hat mich abgelöst, weil Sie mich sprechen wollen, Herr Kaleu?«

»So ein Schelm!« Ich grinste amüsiert. »Er sollte Sie ablösen, damit Sie sich auch einmal aufs Ohr legen können.« Ich schob ihm die Funksprüche zu. »Sprechen wollte ich Sie nur kurz, damit Sie wissen, worauf wir jetzt operieren.«

Seit Stunden liefen wir nun auf Südkurs durch die See. Der Sturm hatte nachgelassen und der Obersteuermann Wegner hatte mir für die nächsten drei Tage ein einigermaßen passables Wetter prophezeit. Ich plierte zum Himmel. Die Wolkendecke hatte aufgeklart und der Wind nachgelassen. Natürlich herrschte immer noch eine rauhe Dünung, aber nach dem vorangegangenen Sturm erschien uns das harmlos. Wenn das so weiterging, dann würde uns, bis wir am Konvoi dran waren, voraussichtlich eine beinahe glatte See erwarten. Optimale Schußbedingungen.

In der Zwischenzeit hatte ich selbst auch einen kurzen Schlaf gefunden und fühlte mich wieder etwas klarer im Kopf. Den Rest besorgte die kalte Seeluft.

Auch der Magen von Leutnant Moebius hatte sich wieder beruhigt. Der II WO sah zwar immer noch etwas grün um die Nase herum aus, aber immerhin hing er nicht mehr im Wintergarten über der Reling.

Aufmerksam suchte er den Horizont mit dem Fernglas ab. Trotzdem bewegte ihn etwas anderes. »Darf ich eine Frage stellen, Herr Kaleu?«

»Nur immer zu!«

»Ich habe mich etwas über den Kurs gewundert.« Er zögerte. »Wir steuern genau Süd, aber der errechnete Abfangkurs ist eher südwestlich. Wir werden also einen ziemlichen Umweg fahren.«

Ich blickte ihn amüsiert von der Seite an. »Wenn wir auf diesem Kurs bleiben und erst später wieder etwas nach Westen laufen, erreichen wir das Geleit genau morgen zur Abenddämmerung. Falls wir den direkten Kurs gewählt hätten, dann würden wir es schon gegen Mittag erreichen. Der Befehl lautet aber Nachtangriff.«

»Trotzdem, wäre es nicht besser, wenn wir früher dran wären, Herr Kaleu?« Er zögerte. »Nicht, daß Kapitänleutnant Lindner und sein Boot abgedrängt werden und wir wieder die Fühlung verlieren.«

Ich wußte, daß die Männer um uns herum die Ohren spitzten. Aber besser, sie erfuhren so, was anlag, als sie brüteten sich alle möglichen verrückten Ideen selbst aus. Andernfalls hätte ich den Leutnant für die Dreistigkeit, mich als seinen Kommandanten ins Gebet nehmen zu wollen, jetzt ganz gehörig in die Schranken weisen müssen.

Ganz konnte ich aber einen leicht höhnischen Tonfall nicht unterdrücken, als ich erklärte: »Kapitänleutnant Lindner beherrscht sein Handwerk, und außerdem sollte in der Zwischenzeit wohl auch Kapitänleutnant Possehl mit seinem Boot aufgeschlossen haben.«

Für einen Augenblick verdrängte ich meinen II WO aus meinen Gedanken und rief mir die taktische Skizze in Erinnerung, die von Fähnrich Lehmann zusammengestellt worden war. Nachdem unser Funker die Wiederholungsfunksprüche aufgefangen hatte, wurde alles zumindest ein bißchen klarer. Nur eben nicht völlig. Für einen Augenblick stellte sich wieder die innere Unruhe ein, aber es war unfair, das an Moebius auszulassen. »Wildenow mit U 114 hängt am Geleitzug im Süden. U 687, das Boot von Knobel, steuert ihm entgegen. Er stand sowieso schon sehr weit im Süden, und der BdU hat ihn losgeschickt, um Wildenows Geleit anzugreifen. Lindner und Possehl hängen an einem anderen Geleit, und wahrscheinlich handelt es sich dabei um das von uns erwartete Großgeleit. Gemeldet wurden über fünfzig Schiffe mit Generalkurs West und sieben Knoten; leider gab es keine Angaben über deren Sicherung, aber das werden wir vor Ort schon noch herausfinden. U 684, 685 und 686 werden morgen abend oder im Laufe der Nacht ebenfalls auf das Geleit stoßen. Wir sind dann sechs U-Boote am Konvoi. So viele Bewacher können die Tommies gar nicht haben, um zu verhindern, daß wir uns da den einen oder anderen Braten holen.«

»Also in der kommenden Nacht?«

Ich nickte und spürte die salzige Seeluft auf meiner Haut, als ich nach vorne spähte. Morgen nacht, irgendwo dort vor uns. Und wenn den Tommies nicht etwas ganz Neues eingefallen war, würde es ein Schlachtfest geben. Sechs Boote an einem Geleit. Als der Krieg losging, hatten wir sechs Boote im ganzen Atlantik! »Ja, Herr Moebius, in der kommenden Nacht.«

Er sah mich einen Augenblick schweigend an, bevor er sich wieder auf den Horizont konzentrierte. Mochte der Teufel wissen, was diesen Mann trieb. Mit einem Achselzucken wandte ich mich zum Turmluk. »Ich gehe nach unten, Sie übernehmen, Herr Moebius.«

Zögerlich klappte ich das Luk auf. Irgend etwas hielt mich zurück, aber ich konnte nichts entdecken, was verkehrt gewesen wäre. Laut rief ich in den Schacht: »Wahrschau! Ein Mann von Brücke!« und rutschte an der Leiter hinunter. Vielleicht war ja doch etwas dran, an dem, was Moebius gesagt hatte. Immerhin waren mehr als anderthalb Tage eine lange Zeit, um sechzig Meilen zurückzulegen. Doch was sollten wir am Geleit, wenn die anderen noch nicht da waren und wir deshalb nicht angreifen dürften? Dann lieber Brennstoff sparen! Wer konnte schon sagen, wie oft wir uns noch mit AK vorsetzen mußten, bis wir unsere Torpedos an den Mann gebracht hatten?

Wir hatten fünf in den Rohren und noch acht in Reserve. Das mochte für insgesamt drei Angriffe reichen, und das bedeutete, wir würden uns in der Zeit dazwischen immer wieder mit AK vorsetzen müssen, während wir die Rohre nachluden. Das wiederum würde unseren Dieselverbrauch ganz mächtig in die Höhe treiben, den LI noch mehr Haare verlieren lassen und mich vielleicht zwingen abzubrechen, bevor ich alle Aale verschossen hatte.

Aus dem Lautsprecher dudelte leise Musik, aus der winzigen Kombüse drang der leckere Geruch von Reibekuchen, der kurzzeitig das sonstige Gemisch aus Mief und noch mehr Mief überlagerte. Kartoffeln! Lange würde uns dieser Luxus wohl auch nicht mehr zur Verfügung stehen, und dann gab's wieder Makkaroni. Makkaroni mit dies und Makkaroni mit das und Makkaroni mit Makkaroni, bis uns das Zeug zu den Ohren wieder rauskam. Außerdem gab es Brot aus Büchsen, das, wenn man es auch nur ein paar Stunden liegen ließ, in etwa die gleiche Art von Masern entwickelte wie unsere Unterwäsche. Aber Kartoffelpuffer, die waren mal was! Eigentlich hatte der Smut' recht, wir hatten noch nicht einmal die Versenkung des Truppentransporters richtig gefeiert. Im Augenblick herrschte noch Ruhe, und ab morgen würde das wieder völlig anders aussehen. Vielleicht sollte ich eine halbe Flasche Bier pro Mann zusätzlich bewilligen. Dann hätten wir immer noch eine weitere halbe Flasche pro Nase, um heimzukommen. Wenn an Bord etwas knapper war als unser Diesel, dann das Bier!

Noch während ich trotzdem diesem verlockenden Gedanken nachhing, brüllte eine Stimme von oben: »Alarm! Tauchen!« Dann polterte die Brückenwache auch schon die Leiter runter. Jeder Mann sprang blitzschnell zu Seite, sobald seine Seestiefel das Stahldeck berührt hatten, damit ihm der nächste nicht auf den Kopf knallte.

Ich fuhr herum. »Alarmtauchen, runter auf sechzig Meter.«

Männer hasteten auf ihre Stationen. Zischend entwich die Luft aus den Tauchzellen. Es schien ewig zu dauern, bis der Bug sich senkte. Die Diesel verstummten und machten dem Summen der E-Maschinen Platz. Doch in Wirklichkeit waren nur Sekunden vergangen, denn von oben hörte ich den II WO rufen: »Turmluk ist dicht!« Dann kam auch er die Leiter heruntergerutscht.

Der LI kam durch das Mannloch gejumpt und nahm seine Station ein. Leise sprach er mit dem Tiefenrudergänger. Er wußte auch ohne mich gut, was zu tun war. Steil ging es in die Tiefe. Trotz der Dünung würde oben ein großer Tauchwirbel zu sehen sein. Was auch immer den Alarm ausgelöst hatte, dieser Wirbel würde noch für Minuten unsere Tauchstelle verraten. Die E-Maschinen liefen bereits mit voller Fahrt und drückten das Boot in den schützenden Keller. Nur weg von dem verräterischen Wirbel!

»Backbord zwanzig ...« Ich mußte kurz rechnen. »Wir gehen auf eins-null-null!«

Bernd Störmer kam in die Zentrale. »Was ist los, Herr Kaleu?«

»Ich weiß es noch nicht.«

Leutnant Moebius trat einen Schritt vor und baute Männchen. »Flugzeug, Herr Kaleu! Kam von Westen.«

»Ein Flugzeug?«

Der Leutnant nickte unschlüssig. »So ganz genau habe ich es nicht gesehen, aber ich wollte kein Risiko eingehen, Herr Kaleu.«

Störmer musterte Moebius nachdenklich. »Wo soll hier draußen in Gottes Namen denn ein Flugzeug herkommen? Wir sind über vierhundertzwanzig Meilen vom nächsten Festland entfernt, Herr Moebius.«

Das Durcheinander legte sich etwas, und ich spürte, wie der Bug sich wieder aufrichtete. Der Leitende meldete: »Sechzig Meter, Ruder liegt Backbord zwanzig.«

Ich sah Störmer an. »Übernehmen Sie für einen Augenblick, I WO. Neuer Kurs eins-null-null.« Dann wandte ich mich wieder Moebius zu: »Wer hat das Flugzeug gesehen?«

»Matrose Fischer, Herr Kaleu, und ich selbst auch für einen kurzen Augenblick, Herr Kaleu.«

Ich winkte Fischer zu uns. Der ehemalige HJ-Führer war sicher das unbeliebteste Mitglied der Besatzung. Doch das bedeutete nicht, daß er ein schlechter Ausguck war. Ruhig sah ich ihn an. »Beschreiben Sie mir das Flugzeug, Fischer! Ein Bomber?«

Der Matrose schüttelte den Kopf. »Nein, Herr Kaleu! Was Größeres war das nicht, etwa fünf Meilen ab, ein dunkler Punkt am Himmel.«

»Sind Sie sicher, daß es ein Flugzeug war?«

»Wenn Sie so fragen, Herr Kaleu, es war ein dunkler Punkt am Himmel.« Fischer war verunsichert.

»Leutnant Moebius, was meinen Sie?«

»Ich habe auch nur einen dunklen Punkt gesehen. Die Sonne steht schon sehr niedrig, Herr Kaleu.« Der II WO errötete etwas. »Vielleicht war es doch nur ein Vogel. Wenn ich einen Fehler gemacht haben sollte, wäre mir das sehr peinlich, Herr Kaleu.«

Ich spürte, wie die umstehenden Männer sich langsam entspannten. Wahrscheinlich ein Fehlalarm!

Störmer meldete kurz: »Kurs eins-null-null liegt an!«

»Gut, gehen Sie auf vier Knoten.« Ich wandte mich erneut Leutnant Moebius zu. »Peinlich? Wissen Sie, einen Vogel gegen die tiefstehende Sonne mit einem Flugzeug zu verwechseln, das ist nicht peinlich, Herr Moebius. Ein Flugzeug gegen die Sonne für einen Vogel zu halten, das wäre peinlich. Sie haben richtig gehandelt. Lieber einen falschen Alarm als einen richtigen, der zu spät oder gar nicht kommt.«

Suchend sah ich mich um. »Na ja, da wir schon einmal hier unten sind, können wir auch in Ruhe essen, bevor wir wieder auftauchen.« Ich erinnerte mich an etwas. »Gohlke soll pro Mann eine halbe Flasche Bier ausgeben, wir haben den Transporter noch nicht einmal begossen.«

Meine Anweisung an den Smutje wurde mit Begeisterung aufgenommen und lief in Windeseile durchs Boot. Von irgendwoher, Grobrichtung Heckraum, kamen die ersten Verse der berüchtigten Wirtin an der Lahn, die sich wie eine ansteckende Krankheit im ganzen Boot verbreiteten. Dieses Mal hielt ich die Männer nicht auf, sollten sie ihren Spaß haben! Ich zwinkerte Störmer zu. »Ich gehe in mein Kabuff und erledige vor dem Essen noch den Schriftkram. Leutnant Moebius übernimmt die Wache.«

Wir tauchten nach dem Essen wieder auf und gingen zurück auf unseren alten Kurs nach Süden. Da wir es nicht eilig hatten, konnten wir langsam tun und Treibstoff sparen, zumal unsere Batterien nach dem bisherigen Gegammel ohnehin schon voll bis zum Stehkragen waren.

Außer dem regelmäßigen Wachwechsel gab es wenig zu tun. Alles ging seinen gewohnten Gang. Und soweit es die begrenzten Möglichkeiten eines U-Boots es erlaubten, ruhten wir uns ein wenig aus. Ich nutzte die Gelegenheit, einen Rundgang durchs ganze Boot zu machen. Morgen würde dazu sicher keine Zeit mehr sein.

Im Bugraum lagen Männer auf den oberen Kojen. Ein paar saßen unten und spielten Skat, andere lasen zum x-ten Male die alten Briefe ihrer Frauen, Freundinnen oder Mütter. Nun ja, wenn ich an das Alter der Leute dachte, dann waren wohl die meisten Absender doch die Mütter, egal, wie sehr die Jungs manches Mal trommelten. Als ich eintrat, rief einer der Männer: »Achtung!«

Ruhig winkte ich ab. »Weitermachen!« Im Bugraum herrschte das übliche Durcheinander. Viel Platz hatten die Männer nicht. Die Kojen wurden wechselweise benutzt. Das hieß, wer von Wache kam, kroch in den Mief desjenigen, der ihn gerade abgelöst hatte. Spinde gab's nicht. Am Fußende oder am Kopfende wurde das bißchen Privatgepäck, das die Männer mit an Bord gebracht hatten, gestaut. Dazu der Tauchretter.

Zwischen Decke und Rohrleitungen hatte unser findiger Smut' noch ein paar Dosen untergebracht, und neben den Torpedorohren baumelten Dauerwürste, inzwischen dick mit Schimmel überzogen. Jeder Kubikzentimeter wurde hier genutzt, auch wenn die Situation schon besser war als beim Auslaufen. Das Fehlen der vier Aale, die wir bereits verschossen hatten, machte sich bemerkbar.

Doch trotz der Enge war die Stimmung gut. Aus dem Lautsprecher tönte Musik, die Grauert vom Funkraum aus laufen ließ, und bis ich hereingekommen war, hatte lautes Gelächter den Raum beherrscht. Nun sahen mich die Männer erwartungsvoll an. Schließlich drang ich nicht jeden Tag in ihr Reich ein.

Ich nickte in die Runde. »Männer, ich dachte, ich schaue mal bei euch vorbei, bevor es morgen wieder losgeht. Das meiste wißt ihr schon vom Bordtelegraphen, den Rest erzähle ich euch lieber direkt, statt über Lautsprecher.«

Nun waren sie ganz Aufmerksamkeit, und das war es, weswegen ich persönlich gekommen war. Wenn mein schlechtes Gefühl recht behielt, dann hatten die Tommies irgend etwas ausgeheckt, auch wenn ich nicht dahinterkam, was. Nur würde es nichts Gutes sein, und wenn wir das Geleit angriffen, wollte ich, daß jeder Mann wußte, wie wichtig das alles war, und sein Äußerstes gab. Ich sah in die erwartungsvollen Mienen. »Morgen abend werden wir aller Voraussicht nach auf das Geleit treffen, das U 127 gemeldet hat. Über fünfzig Schiffe und wer weiß wie viele Bewacher.« Ich zwang mich zu einem Grinsen. »Die Sache ist ganz einfach, wir sollen die Schiffe versenken, damit unsere Heereskameraden England stürmen können. Die Engländer wollen aber die Schiffe unbedingt durchbringen, damit die Stoppelhopser das nicht schaffen. So einfach ist das.«

So langsam dämmerte das Begreifen auf den Gesichtern der Männer, daß es um etwas Großes ging, während ich fortfuhr: »Das heißt, wir werden mit allem angreifen, was wir haben, nachladen, wieder vorsetzen und wieder angreifen. Und wenn der Befehl kommt, dann will ich, daß diese Rohre ...«, ich deutete auf die Torpedorohre, die in den Raum ragten, »... so schnell nachgeladen werden wir noch nie. Natürlich werden auch die Tommies alle Register ziehen, ist ja klar. Sollten wir also gejagt werden, dann behaltet die Nerven und kümmert euch um die Ausfälle, so schnell es geht. Ihr habt gesehen, es ist gar nicht so leicht, uns zu kriegen, selbst wenn die sich Mühe geben, aber ich will verhindern, daß sie uns wieder stundenlang im Keller halten.«

Die Männer sahen sich an und grinsten, als hätte ich einen guten Witz gemacht. Wahrscheinlich mutmaßten einige sogar, ich litte unter Halsschmerzen, wie man das bezeichnete, wenn jemand auf das Ritterkreuz scharf war. Seit es diesen neuen Orden gab, redeten so ziemlich alle Offiziere – und nicht nur bei der Marine – häufig davon. Nachdem bereits in den ersten Kriegsmonaten die ersten U-Boot-Kommandanten das EK erhalten hatten, war das die nächste Steigerung, der begehrte Halsbandorden. Aber im Gegensatz zu einigen anderen Kommandanten, die bereit waren, deswegen ziemlich verrückte Dinge anzustellen, hielten sich meine Halsschmerzen in Grenzen. Zunächst einmal mußte ich mein Boot und meine Männer durch diesen Angriff und wieder heil nach Hause bringen.

Noch einmal ließ ich meinen Blick über die Gesichter wandern. »Also, Jungs, verbockt es nicht.«

Als ich ging, hörte ich hinter mir wieder den Geräuschpegel aufbranden. Das mußte jetzt natürlich diskutiert werden.

Nach und nach besuchte ich alle Teile von U 115. Nicht, daß es wirklich notwendig gewesen wäre. Die Leute selbst achteten schon darauf, daß alles in Ordnung war, und wenn nicht sie, dann taten dies die Offiziere und Unteroffiziere.

Meine Tour endete im Maschinenraum. Der Lärm war ohrenbetäubend. Die Männer, die hier Wache gingen, verständigten sich durch Handzeichen oder Lippenlesen. Aber meine Worte im Bugraum würden sich auch ohne eine weitere Wiederholung schnell genug herumsprechen. Also sah ich mich nur kurz um. Die beiden mächtigen Diesel zu beiden Seiten ließen in der Mitte nur einen schmalen Steg frei, auf dem die Stoker ihrer Arbeit nachgingen. Alle halbe Stunde mußten die Auslaßventile freigebrannt werden, um zu verhindern, daß sich Ablagerungen bildeten. Denn bei Unterwasserfahrt würden sonst unter Umständen die Außenbordverschlüsse nicht dichthalten, und dann würde hier Wasser in das Boot eindringen.

Überhaupt lag hier hinten die verwundbarste Stelle des gesamten Bootes, sollten die Tommies wieder mal mit Wasserbomben nach uns werfen. Achtern lagen Öffnungen für Abgas sowie Kühlwasserein- und -auslauf. Alles Verschlüsse, die undicht werden konnten, selbst wenn die Bomben nicht nahe genug lagen, um dem Druckkörper selbst Schaden zuzufügen. Doch wir waren ja für das Überleben auch auf das Innenleben unserer Röhre angewiesen.

Für einen Augenblick lang nahm ich die Eindrücke in mich auf, den betäubenden Lärm, den Dieselgestank, der hier natürlich noch stärker war als weiter vorne im Boot, und vor allem diese elende Verlassenheit. Während eines Alarmes war ich noch nie dort hinten gewesen, kam mir zu Bewußtsein. Ich winkte den beiden Maschinisten kurz zu und drehte mich langsam um. Vor mir lag das Stahlschott, und dann waren es noch gut über dreißig Meter bis zur Zentrale. An sich keine Entfernung, aber trotzdem verdammt weit in einem U-Boot, wenn dort die nächstgelegene Möglichkeit ist, im Falle eines Falles aus dieser Röhre zu entkommen. Und das nur theoretisch, denn wenn wir tief tauchten, war es natürlich Essig mit Aussteigen.

Nein, das Gefühl der Verlassenheit ließ sich nicht in Metern bemessen. Es bestand darin, daß die Männer, die hier Dienst taten, wenn rund herum die Wasserbomben donnerten, überhaupt nicht wußten, was genau vor sich ging. Hier achtern war der einsamste Ort des ganzen Bootes, denn wenn es richtig rundging, dann landeten hier so gut wie keine Nachrichten aus der Zentrale. Die Männer konnten uns dort vorne nur blindes Vertrauen entgegenbringen, in dem sicheren Wissen, es selbst dann nicht mehr zu schaffen, wenn es uns gelingen sollte, das Boot beschädigt noch nach oben zu bringen. Sie würden nicht mehr aus der Röhre rauskommen, bevor sie wieder absackte. Denn dreißig Meter im Dunkeln und bei Panik waren weit, sehr weit.

Mit einem Schaudern kehrte ich in die O-Messe zurück, wo Bernd Störmer in der Ecke saß und in einer alten Zeitung blätterte. Zeitungen waren etwas Kostbares. Seine stammte vom Tag unseres Auslaufens und war natürlich total überholt, aber je länger eine Feindfahrt dauerte, desto gewichtiger schien jedes Wort beim nochmaligen Lesen zu werden. Kreuzworträtsel wurden behutsam und vorsichtig mit Bleistift ausgefüllt. Und später genauso sorgfältig wieder ausradiert. Es gab ja keine neuen. Alles, was den Geist irgendwie beschäftigen konnte, besaß auf den langen Patrouillenfahrten im Atlantik einen ungeheuren Wert. Dieses Mal hatten wir ja noch Glück, alles ging Schlag auf Schlag.

Mein I WO blickte auf. »Na Herr Kaleu, Runde beendet?«

Ich nickte. »Alles soweit in bester Ordnung.« Ich sah mich kurz um. Zwei der Vorhänge waren zugezogen, also schliefen der Leitende und der Fähnrich. Leutnant Moebius war auf Wache. Ich deutete auf die Zeitung. »Gelangweilt, Herr Störmer?«

»Das nicht gerade, Herr Kaleu.« Er sah sich um, »Ich sitze hier und nutze die Ruhe, um etwas nachzudenken.«

»Und zu welchen Ergebnissen sind Sie gekommen?« fragte ich gespannt.

Wieder sah er sich um und senkte dieses Mal sogar die Stimme: »Ich glaube, Sie haben recht, Herr Kaleu, die Sache stinkt!«

»Ach nee! Sie spüren es also auch?«

»Nun ja, spüren ist vielleicht zuviel gesagt. Eigentlich hat mich der Moebius drauf gebracht.«

»Wie bitte?« Ich sah meinen I WO ungläubig an. »Hat er Schiß? Oder hat er sich wieder mal nur was ausgeknobelt?«

Störmer ließ sich mit seiner Antwort einen Augenblick Zeit. »Es ist ja nicht so, Herr Kaleu, daß nicht auch die WOs miteinander sprechen, und manchmal offener als mit Ihnen.« Er sah mir in die Augen. »Ich will ihn nicht in eine peinliche Situation bringen. Er hat ja schon genug Schwierigkeiten.«

Ich erhob mich. »Gehen wir in mein Kabuff, Herr Störmer, da stören wir unsere Freiwächter nicht.«

»Gerne!« Er angelte sich die Kaffeekanne und stand ebenfalls auf.

Bei mir war zwar auch wenig Platz, aber immerhin konnten zwei Männer einigermaßen gemütlich sitzen und die Beine ausstrecken.

»Also, Herr Störmer, nun mal heraus mit der Sprache, ich werde dem Moebius schon nicht gleich den Kopf abreißen.«

Mein I WO überlegte, wie er beginnen sollte. »Zunächst einmal, glaube ich, haben wir uns zumindest teilweise in ihm getäuscht. Er ist als II WO auf U 396 gefahren und wurde verwundet. Na ja, offenbar war er gut im Delegieren, aber wenn es drauf ankam, immer helle im Kopf.« Er zögerte kurz, bevor er weitersprach. »Zugegeben, er ist schon etwas seltsam, Herr Kaleu, aber sicher kein übler Kerl.«

»Worauf wollen Sie hinaus, Herr Störmer?«

»Sein Kommandant hat ihn für das EK-Eins eingereicht, weil er unter Feuer eigenhändig einen Flieger runterholte, nachdem es den Flakschützen erwischt hatte. Sie sind wohl im flachen Wasser gestellt worden. Allerdings hat man dann Moebius nur das EK-Zwo und das Verwundetenabzeichen verliehen. Sie wissen ja selbst, wie es manchmal mit der Ordensvergabe zugeht.«

Spielte er damit darauf an, daß ich mein EK-Eins nach der Geschichte mit der U-Boot-Falle Flying Lady auch nicht sofort bekommen hatte? Na ja, eigentlich egal. »Und wieso ist er nicht wieder zurück auf U 396?«

»Das Boot selbst hatte nicht viel abbekommen und lief daher schon rasch wieder zur nächsten Feindfahrt aus – mit einem Ersatzmann für Moebius an Bord.«

»Und deswegen hat man ihn anschließend zu Kuddel Wildenow kommandiert?«

Störmer grinste, als hätte er sich das Beste bis zum Schluß aufgehoben. Hatte er auch. »Ihr Freund hat ihn angefordert. Sein I WO und Moebius kennen sich von früher.«

»Na toll, und die ganze Geschichte hat er Ihnen so erzählt? Ich muß zugeben, die Zeit war zu knapp, als daß ich seine Personalakte noch in die Finger bekommen hätte.«

»Teilweise, Herr Kaleu. Zum Teil habe ich sie aus ihm herausgeholt. Ich war neugierig.« Er schüttelte belustigt den Kopf. »Auf U 396 scheint es ganz schön zuzugehen. Jedenfalls ist der Moebius heilfroh, daß er da weg ist.« Störmer wurde wieder ernst. »Der Alte dort ...«, er stoppte verlegen, »... also der Kommandant, macht die verrücktesten Dinger. Schießt aus Lage Null auf einen Zerstörer bei weniger als siebenhundert Metern. Wäre fast ins Auge gegangen.«

Ich wußte nicht, was ich dazu sagen sollte. Ganz sicher stand es mir nicht zu, über einen anderen Kommandanten auch nur ein schlechtes Wort zu verlieren. Das wäre auch nicht gut für die Disziplin. Aber siebenhundert Meter? Auf einen Zerstörer in Lage Null? Lage Null besagte, das Kriegsschiff stürmte genau auf das Boot zu. Bei einem Fehlschuß gab es nichts, was den Angriff noch aufhalten konnte. Und siebenhundert Meter bedeuteten, das Boot hatte nur noch eine Minute Zeit, auf Tiefe zu gehen. Unwillkürlich verzog ich das Gesicht. Das war jenseits allen kalkulierbaren Risikos, aber um mir ein endgültiges Urteil zu bilden, hätte ich viel mehr Details wissen müssen. Etwas unschlüssig zuckte ich mit den Schultern. »Nun, wir wissen, wie das ist, und im Krieg muß man eben manchmal gewisse Wagnisse eingehen.«

Mein I WO winkte ab. »Schon gut, Herr Kaleu, ich erwarte ja nicht, daß Sie sich dazu äußern. Dachte nur, Sie sollten das vielleicht wissen.«

Natürlich wußte Störmer haargenau, daß ich den geschilderten Sachverhalt weder kommentieren konnte, geschweige denn wollte. »Also gut, vielleicht hat ja unser Herr Moebius wirklich mehr auf dem Kasten, als er bisher zeigen konnte.« Nachdenklich strich ich mir mit dem Handrücken über die Bartstoppeln, die mittlerweile zu sprießen begonnen hatten. »Was mich mehr interessiert, ist, was er zu glauben meint. Über dieses Geleit.«

»Er war jedenfalls heilfroh, daß Sie ihn nicht abgekanzelt

haben wegen der Flugzeugmeldung. Aber er geht immer noch davon aus, daß es sich wirklich um ein Flugzeug gehandelt hat. Nur hat er keine Erklärung, woher die Maschine gekommen sein soll.«

»Na ja ... eine denkbare Möglichkeit gäbe es da schon, obwohl die Engländer etwas knapp mit Trägern sind.«

Der I WO sah mich zweifelnd an. »Ich habe den Feindlagebericht vor dem Auslaufen ziemlich gründlich studiert. Nachdem den Tommies der Träger abgeht, den die *Scharnhorst* und die *Gneisenau* vor Norwegen erwischt haben, bleiben nur noch die *Ark Royal*, die *Formidable* sowie die *Illustrious*, die angeblich vor Gibraltar sein sollen.«

»Na, mir soll es bloß recht sein, wenn keiner von denen hier rumhängt, Herr Störmer. Sonst könnte es heikel werden, wenn wir uns vorsetzen müssen.« Ich wartete einen Augenblick ab. »Aber Moebius glaubt trotzdem an seine Träger-Theorie?«

»Er glaubt zumindest, ein Flugzeug gesehen zu haben, nur weiß er nicht, wo es hergekommen sein könnte, und kaut deshalb an dem Problem herum. Einen rechten Reim kann er sich bisher nicht machen, ist aber überzeugt, daß die Tommies jeden Trick versuchen werden, um diesen Konvoi durchzubringen. Aber auch wirklich jeden.«

»Dann ist er nicht schlauer, als wir beide es sind, Herr Störmer. Trotzdem sollte ich mich bei Gelegenheit mal mit ihm unterhalten. Und wie kommen Sie ansonsten mit ihm klar?«

»Ich habe keine Probleme. Er lernt so peu à peu seine Pflichten selbst zu erledigen, bläst sich nicht mehr ganz so wichtigtuerisch auf, und wenn der Seegang nicht zu stark ist, dann ist er auch ein zuverlässiger Wachgänger.«

»Und wie sieht's mit den Männern aus?«

»Natürlich amüsieren die sich insgeheim über einen seekranken Offizier, ist ja klar. Aber irgendwie scheint er mit den Leuten trotzdem so einigermaßen klarzukommen.«

»Immerhin was. Ich will auf gar keinen Fall, daß uns irgend etwas anbrennt, wenn es eng wird, nur weil jemand meint, er müsse nicht auf den II WO hören.«

»Das dürfte nicht passieren. Die Männer sind inzwischen gut aufeinander eingespielt. »Sogar unser HJ-Führer tritt inzwischen etwas leiser auf, wozu allerdings die Wasserbomben der Tommies als Argument wohl mehr beigetragen haben als jede Diskussion.«

»Na ja, so ein ordentlicher Bums ist manchmal wirklich stärker als jedes noch so treffliche Argument.« Ich konnte nicht anders und mußte nun auch grinsen. »Und sagen Sie Moebius, wenn Sie ihn ablösen, daß ich mit ihm sprechen will. Deuten Sie ihm ruhig an, daß mich seine Überlegungen interessieren, nicht, daß der arme Mann glaubt, ich wolle ihn schon wieder zusammenfalten!«

Störmer erhob sich. »Alles klar, Herr Kaleu, ich kümmere mich darum. Steht sonst noch etwas an?«

»Ja, vielleicht sollten wir noch eine hübsche Übung mit abgedunkeltem Boot veranstalten. Das kann nicht schaden. Nur scheuchen Sie mir die Männer nicht so weit, daß sie erschöpft sind, wenn es irgendwann richtig losgeht.«

»Ich schlage vor, eine halbe Stunde nachdem ich die Wache übernommen habe, fangen wir damit an.«

»Eine Stunde, das gibt mir ausreichend Zeit, mit Moebius zu sprechen.«

»Ganz wie Sie wünschen, Herr Kaleu.« Störmer rieb sich bereits voller Vorfreude die Hände. »Das wird die ollen Knochen wieder schön gelenkig machen.«

»Na, na, I WO, nur nicht übertreiben.«

Störmer grüßte kurz. »Ich werde daran denken. Aber jetzt löse ich erst mal Moebius ab.«

»Alarm!« Mit lautem Gepolter rutschte die Brückenwache die Leiterholme herunter. Der LI reagierte beinahe sofort, was mich zu der Vermutung brachte, Störmer könnte ihn eventuell vorgewarnt haben. Doch darauf kam es mir ehrlich gesagt heute gar nicht so sehr an.

»Tauchen! Runter auf sechzig Meter, LI!«

Von oben kam Störmers Stimme: »Turmluk ist dicht!« Dann senkte sich auch schon der Bug nach unten. Die Diesel verstummten, und an die Stelle ihres Dröhnens trat das Summen der Elektromotoren. Steil glitt das Boot in die Tiefe.

Die Männer in der Zentrale warteten, was der I WO zu berichten hatte, aber statt dessen murmelte ich nur: »April, April!«

»Übungsalarm, nee wirglich, Her Kaleu.« Der LI strahlte mich vergnügt an.

Ich nickte in die Runde. »Also meine Herren, dann einmal durch das ganze Nachtballett. Vor allem Strom- und Lichtausfall sind gewünscht!«

In die Gestalten kam Bewegung. Störmer stand im Mittelpunkt des Geschehens, und auch der LI mit seinen Stokern hatte soweit alles im Griff. Die Übungen im Dunkeln begannen zunächst mit dem üblichen Durcheinander, doch das war ja genau auch der Grund, weswegen ich sie haben wollte. Nach und nach jedoch nahm die Sache Formen an. Die Männer wußten, wo die Lampen hingen, und kaum hatte der LI das Licht abgeschaltet, flammten in der Dunkelheit auch schon die ersten Lichter wieder auf.

Mit Moebius, der als II WO im Moment relativ wenig gefordert war, hatte ich mich zuvor intensiv unterhalten. Er war vorsichtig geworden, was bei den ganzen Anschissen, die er in der einen oder anderen Form von mir bekommen hatte, nicht weiter verwunderlich war. Eigentlich wäre es Zeit für eine Entschuldigung gewesen, aber na ja, so ganz traute ich ihm noch immer nicht über den Weg.

Immerhin, seine Logik, auch wenn er bisweilen bei seinen Ausführungen wieder in das arrogante Näseln verfiel, das mich so ärgerte, hatte etwas für sich. Wenn er tatsächlich ein Flugzeug gesehen hatte, dann mußte es entweder dazu einen

Träger geben, oder die Maschine war mit so vielen Zusatztanks ausgerüstet worden, daß sie über die Reichweite unseres eigenen Langstreckenaufklärers, der FW-200 Condor, verfügte. Für ein U-Boot jedoch bedeutete das im Endeffekt beides das gleiche. Wir konnten in diesem Fall nicht mehr davon ausgehen, daß wir uns bei Tageslicht an der Oberfläche vorsetzen konnten, denn so ein Vogel konnte uns unter Wasser zwingen, und dann dampften uns die Frachter einfach davon, auch wenn sie mit sieben Knoten, die U 127 gemeldet hatte, alles andere als schnell waren.

Ich blickte nachdenklich zu Moebius hinüber, der seinen Stammplatz auf der Apfelkiste bezogen hatte, um nicht im Weg zu sein. Lautlos bewegten sich seine Lippen, nur war ich mir diesmal völlig sicher, daß er nicht betete. Verdammt, der Kerl rekapitulierte doch nicht etwa die Lektionen aus den WO-Lehrgängen? Das sähe ihm ähnlich und würde zumindest besser zu ihm passen als zu beten. Beinahe hätte ich laut losgelacht. Denn wenn dem so war, dann hatte Moebius doch tatsächlich, während beim letzten Mal der Tommy-Zerstörer hinter uns her war, jeden meiner Befehle mit seinem Schulbuchwissen abgeglichen. Mochte er auch einen enervierenden Hang zur Arroganz haben, Nerven zumindest hatte er.

Wieder dachte ich über das nach, was Moebius sich ausgeknobelt hatte. Denn die Sache mit dem Flugzeug war ja nicht die einzige. Da waren die beiden Passagierschiffe, die wir getroffen hatten. Na ja, wenigstens eines hatten wir getroffen. Und selbst das war eventuell nur Glück zu verdanken, denn noch immer wußten wir nicht genau, wie es um die Verläßlichkeit unserer Torpedos bestellt war, mochte das Arsenal auch sagen, was es wollte. Vielleicht war beim letzten Angriff der vierte Aal danebengegangen, vielleicht war er aber auch nur nicht detoniert. Laut den Schußunterlagen, die ich hinterher gewohnheitsmäßig mit Störmer durchgegangen war, hätte er eigentlich treffen müssen. Aber ob er das auch getan hatte, blieb in Anbetracht des Seegangs, der geherrscht hatte, eine offen Frage.

Moebius war skeptisch, ob es sich bei diesen beiden Schiffen zudem wirklich um Truppentransporter gehandelt hatte. Die Tommies benutzten kleinere Passagierschiffe ja auch als Hilfskreuzer. Bereits im November letzten Jahres hatte sich die *Rawalpindi* brennend und artilleristisch unterlegen, Schuß um Schuß mit den beiden Schlachtschiffen *Scharnhorst* und *Gneisenau* angelegt in der Hoffnung, sie irgendwie aufhalten zu können. Ein sinnloses Opfer, aber es zeugte einmal mehr von der Zähigkeit und Tapferkeit unserer englischen Gegner.

Warum sollten also diese beiden vermeintlichen Truppentransporter nicht doch Hilfskreuzer gewesen sein? Dann jedoch wäre der Verband, den wir angegriffen hatten, Teil einer Fernsicherungsgruppe gewesen, die sich aus verschiedenen Richtungen um den Konvoi zusammenzog. Das gäbe der Sache ein gänzlich anderes Bild.

Sicherheiten gab es nicht, und den Gegner zu überschätzen wäre genauso ein Fehler gewesen, wie ihn umgekehrt zu unterschätzen. Für den Augenblick mußten wir abwarten und uns auf das Unvermeidliche vorbereiten. Bloß wenn Moebius recht hatte, dann erwarteten die Engländer nicht nur U-Boote, sondern auch größere deutsche Überwassereinheiten, denn natürlich war ihnen klar, daß auch wir von der Bedeutung dieses Konvois schon längst Wind bekommen hatten. Daher konnte es gut sein, daß sie mit unseren Dickschiffen rechneten, die ja bereits mehrfach schon in den Atlantik vorgestoßen waren. Dumm nur, daß die Engländer darüber wahrscheinlich genauer Bescheid wußten als wir hier in unserer Röhre. Und wenn wir versehentlich in eine solche Operation hineingerieten, konnte dies für uns prekär werden, wie Moebius befürchtete.

Vier Stunden nach dem Auslösen des Alarms beendeten wir den Rollenschwof und kehrten zur normalen Routine zurück. Störmer hatte seine Sache gut gemacht, obwohl Teile seines Übungsprogramms garantiert in keiner Dienstvorschrift vorkamen. Langsam stieg das Boot nach oben. Der Rundblick durch den Spargel brachte natürlich nichts, denn es war bereits völlig dunkel. Also ganz auftauchen!

Die See begrüßte uns zwar noch immer mit einer bleiernen Dünung, aber der Sturm war vorbei. So, wie es aussah, würden wir zum ersten Mal bei einer unserer Feindfahrten Glück mit dem Wetter haben, aber wir hatten auch lange genug gelitten, und irgendwann mußte es einfach Sommer werden, sogar hier draußen. Bis zum morgigen Abend würde die Dünung nachgelassen haben. Dafür mußten wir damit rechnen, daß die Sonne nicht vor 21.15 Uhr untergehen und der Schutz der Dunkelheit erst gegen 22.30 Uhr für einen Angriff ausreichen würde. Aufgrund der letzten Fühlungshaltermeldungen hatten wir errechnet, daß wir etwa um 20.00 Uhr und noch bei Tageslicht an das Geleit herankommen würden. Dann waren wir nach Lindner und Possehl das dritte Boot am Geleit. In der Nacht stand laut Obersteuermann Wegner eine nicht geschlossen Wolkendecke bei Halbmond zu erwarten. Von der Helligkeit her für unsere Zwecke nicht ideal, aber dagegen konnte man nichts machen.

»Rauchfahne, Herr Kaleu!«

Ich blickte in die von Jensen angedeutete Richtung, und auch Leutnant Störmer richtete sein Glas dorthin. In der Tat zeichneten sich am Westhimmel nicht nur eine, sondern sogar drei Rauchsäulen ab. Ich warf einen Blick auf meine Uhr. »Pünktlich wie die Reichsbahn!«

Mein I WO nickte und senkte das Glas. »Tatsächlich, man sollte es nicht glauben, Herr Kaleu!«

Ohne Zweifel war es der Geleitzug, der auf uns zulief. Bereits vor einer halben Stunde hatte Grauert am GHG Schraubengeräusche gemeldet, aber zu viele, um daraus schlau zu werden.

Noch einmal musterte ich die See. Im Westen sank langsam die Sonne, und alles sah so friedlich aus, aber unter den dünnen Rauchfahnen am Horizont, inzwischen waren es sechs, liefen die großen Frachter, voll beladen mit Kriegsmaterial für England. Und mit ihnen zusammen liefen die Bewacher. Noch war keiner zu sehen, denn die Schiffe selbst standen noch hinter dem Horizont. Aber sie würden da sein, und sie würden wissen, daß wir auch da waren. Es wurde Zeit, den Frieden zu stören. »BÜ an GHG, was erzählen die Fische?«

»An Brücke: Abstand rund zwanzig Meilen, Herr Kaleu. Maat Grauert kann nicht sagen, wie viele Frachter es genau sind. Aber er hat auch Kriegsschiffe auf den Hörern.«

»BÜ an GHG, was für Kriegsschiffe?«

Dieses Mal dauerte es etwas länger, bis die Antwort kam: »Zwei Zerstörer laufen vor dem Geleit, außerdem läuft irgend so ein Topf an Backbord abgesetzt. Kolbenmaschine. Maat Grauert glaubt, daß das auch ein Bewacher ist, aber kein Zerstörer, Herr Kaleu.«

»Sehr gut, sagen Sie Grauert, ich komme gleich runter.« Ich wandte mich zu Störmer um. »Verschaffen wir uns erst einmal einen Überblick. Halten Sie sich inzwischen an der Backbordseite des Geleits, aber gut vor ihm.«

»Überblick ist gut, Herr Kaleu«, meinte der I WO. »Der ganze Konvoi ist ohne seine Außensicherung bestimmt acht Meilen lang, wenn nicht mehr. Und sicherlich sind die Kolonnen auch auf mindestens zwei Meilen auseinandergezogen.«

»Um so besser für uns, Herr Störmer. Wer will so etwas bewachen? Aber jetzt muß ich mir das selber einmal anhören.« Ich beugte mich über das Luk, das wir wegen des schönen Wetters offen fuhren, und rief hinunter: »Wahrschau, ein Mann in die Zentrale!« Dann rutschte ich einfach an den Holmen hinunter.

Funker Pepke wartete schon. »Funkspruch, Herr Kaleu, nicht für uns, aber ich dachte, er würde Sie vielleicht interessieren.«

Etwas verdutzt nahm ich den Zettel, den er mir reichte. Ich mußte den Spruch zweimal lesen, bevor ich ihn begriff. »Das Hauptquartier ruft U 127, und Lindner soll seine Position melden?«

»Sieht so aus, Herr Kaleu.«

»Wann war die letzte Meldung von Lindners Boot?«

»Heute vormittag. Seither keine Fühlungshaltermeldung mehr von U 127. U 121, das Boot von Kapitänleutnant Possehl, hat vor einer Stunde die letzte Fühlungshaltermeldung abgesetzt.«

Was war bloß mit U 127 los? Lindner mußte doch wissen, daß wir alle auf seine Meldungen hin operierten. Freiwillig blieb er bestimmt nicht so lange still. Unsicherheit erfaßte mich. Hatte Lindner einen Fehler gemacht? Vielleicht die Situation unterschätzt? Es konnte alles mögliche passiert sein. Wenn ihn die englischen Zerstörer vor acht oder mehr Stunden unter Wasser gedrückt haben sollten, dann hätten wir das aufgrund der Entfernung auch per Sonar nicht hören können, selbst wenn die Tommies ganze Wasserbombenteppiche geworfen hätten. Schwamm Lindners U 127 überhaupt noch, oder war er schon mit seinen Männern endgültig auf Tiefe gegangen?

Pepke sah mich immer noch abwartend an. Ich nickte ihm zu. »Danke. Vermutlich hat U 127 nur ein Problem mit den Funkgeräten, soll ja auch mal vorkommen. Wie oft funkt Possehl?«

»U 121 meldet sich regelmäßig alle sechzig Minuten mit Kurzsignal, Herr Kaleu.«

»Gut. Sollte sich daran etwas ändern, melden Sie mir das bitte auch.«

»Jawohl, Herr Kaleu!« Pepke grüßte kurz, und ich erwiderte seinen Gruß.

Immer noch in Gedanken mit U 127 beschäftigt, jumpte ich durch das Mannloch und steckte den Kopf in das Horchschapp. Grauert und Manske lauschten beide in die

Kopfhörer. Manske machte sich Notizen, während Grauert das Handrad des GHG drehte.

»Wie sieht es aus?«

Manske blickte auf seinen Schreibblock. »Bisher zwei Dutzend klar voneinander unterscheidbare Frachter. Es sind mehr, aber nicht so nahe, daß man sie schon akustisch trennen könnte. Dann zwei Feger, Zerstörer mit Turbinenantrieb. Beidseitig abgesetzt noch weitere.«

Manske reichte mir seine Kopfhörer. »Hören Sie selbst, Herr Kaleu.« Ich konzentrierte mich auf die Geräusche und sah dann meine beiden Horcher an. »Die Schiffe mit Turbinen mitten im Geleit, sind das die Zerstörer?«

Grauert, der bisher geschwiegen hatte, schüttelte den Kopf. »Nein, Herr Kaleu. Aber ein alter Bekannter ist dabei.«

Verdutzt sah ich ihn an. »Und wer soll das sein? Für mich hören sich die ziemlich gleich an.«

Grauert lächelte flüchtig hinter seinem Stoppelbart. »Wenn mich nicht alles täuscht, dann läuft in der inneren Steuerbordkolonne der zweite Transporter von vor drei Tagen. Schwer zu sagen, aber ich glaube, er ist an Position zwei. Wir waren gerade dabei, das Ganze auszuknobeln, Herr Kaleu.«

»Na, dann lassen Sie mal sehen, Manske!«

»Hier bitte, Herr Kaleu!«

Manskes Skizze zeigte vier Kolonnen mit Handelsschiffen. Aber an der Spitze der beiden inneren stand jeweils ein Fragezeichen. Das Schiff in der zweiten Position der zweiten Kolonne hatte Manske als »TT« gekennzeichnet. Truppentransporter. Ich mußte an das denken, was Moebius vermutete. Nachdenklich blickte ich auf und deutete auf die Fragezeichen. »Was ist mit den beiden hier?«

Grauert runzelte kurz die Stirn. »Ja, wenn es nicht so blöd klänge, Herr Kaleu, würde ich sagen, da läuft ein dickes Kriegsschiff an der Spitze der Kolonne. Drei oder gar vier Schrauben und Dampfturbinen. Jedenfalls ist das kein alter Zossen.«

Das mit dem großen Kriegsschiff klang nicht gut. Schon ein leichter Kreuzer konnte mit seinen Geschützen über zehn Meilen weit feuern, vorausgesetzt natürlich, er sah das Ziel. Uns sah er nicht, aber Gnade uns Gott, wenn der uns an der Oberfläche erwischen würde. Was nichts daran änderte, daß im Regelfall die Zerstörer für uns die größere Gefahr bildeten. Trotzdem … bedeutete ein großes Kriegsschiff im Geleit, daß Moebius recht hatte?

»Und was verbirgt sich hinter dem zweiten Fragezeichen an der Spitze der inneren Backbordkolonne?« wollte ich wissen.

»Auch Turbinenantrieb, aber nur zwei Schrauben. Könnte ein Tanker sein, aber ich weiß es nicht mit Bestimmtheit. Hört sich groß an.« Grauert lauschte wieder in seine Hörer, schüttelte dann aber nur bedauernd den Kopf. »Tut mir leid, Herr Kaleu, aber den kriege ich wirklich nicht besser rein.«

»Gut, ich muß wieder hoch. Bleiben Sie am Ball.«

»Sie können sich auf uns verlassen, Herr Kaleu.«

Ich wandte mich um und jumpte durch das Kugelschott zurück in die Zentrale. Am Kartentisch standen die beiden Steuerleute und unser Fähnrich und arbeiteten an einer Wetterkarte. »Wie sieht es aus?« erkundigte ich mich.

»Gegenüber der letzten Prognose keine Änderung«, erklärte Obersteuermann Wegner. »Wir befinden uns in den Ausläufern eines Hochdruckgebietes, und in der Nacht dürfte der Wind völlig einschlafen.«

»Von den Schußbedingungen her also optimal«, konstatierte ich.

»Das ja, Herr Kaleu«, meldete sich der Fähnrich zu Wort. »Aber nur heute können wir uns auf die Wolkendecke während der Nacht einigermaßen verlassen, denn spätestens gegen Morgen klart es auf, und wir haben schließlich Halbmond.«

Interessant, dieser Herr Fähnrich. Mal sehen, was unser werter WO-Schüler so meinte. »Na, Herr Lehmann, und was folgern Sie daraus?«

Lehmann war nicht auf den Mund gefallen und auf den Kopf schon gar nicht. »Na, bei den Wetteraussichten, Herr Kaleu, heißt das wohl, nichts wie ran an die Buletten, sowie es dunkel wird.« Er rieb sich die spärlichen Barthaare, die mittlerweile sogar bei ihm in unserem feuchtwarmen Bootsmief angefangen hatten zu wachsen. »Es klingt zwar etwas abenteuerlich, Herr Kaleu, aber ich glaube, wir sollten mitten durch das Geleit gehen.«

Ich ließ mir meine Verblüffung über den Vorschlag des jungen Spundes nicht anmerken, denn genau das hatte ich vor. »Haben Sie denn schon eine Vorstellung, wo?«

»Wenn ich einen Wunsch äußern darf, Herr Kaleu, dann zwischen der inneren und äußeren Kolonne an Backbord des Geleits.«

»Nicht schlecht, Herr Specht, Sie gehen ganz schön ran«, murmelte ich anerkennend. »Der Grauert hat mir allerdings gerade verklickert, daß an der Spitze der inneren Backbordkolonne höchstwahrscheinlich ein Kreuzer fährt.«

Erstmalig hatte ich das Vergnügen, unseren Fähnrich völlig verdutzt zu erleben. »Ein Kreuzer im Geleit?«

»Ja, es hat den Anschein, als würden die Tommies mit mehr als nur mit unseren U-Booten rechnen.«

Staunen breitete sich auf seinem Gesicht aus. »Sind etwa wieder Dickschiffe in den Atlantik gelaufen?«

»Nicht daß ich wüßte, Fähnrich, aber so ganz sicher kann man sich da ja nie sein.« Ich sah mich um. »Ich gehe wieder hoch, der II WO und Sie kommen mit. Außerdem Jensen und Fischer, die haben beide gute Augen. Der I WO übernimmt die Zentrale. Auf Gefechtsstation!«

Noch während ich die Leiter emporstieg, hörte ich unten das Rasen der Alarmklingel und trampelnde Füße, als die Männer auf ihre Stationen hasteten.

»Steuerbord zehn!« Ich peilte über den langen Bug hinweg. Langsam bewegte sich der Netzabweiser nach rechts. Viel war nicht nötig. Leise gab ich die nächste Anweisung. »Recht so, aufkommen!«

Für einen Augenblick herrschte Stille, während wir auf dem Turm versuchten, uns ein Bild von der Lage zu machen. Dann kam die geflüsterte Bestätigung von unten. »Kurs ist eins-sieben-acht, Herr Kaleu!«

Leutnant Moebius machte sich an der UZO zu schaffen. Die Bedienung des Torpedozielgerätes hatte ich ihm überlassen, damit ich mich auf die Bewacher konzentrieren konnte. Bloß wo waren die? Sehen konnten wir nicht sonderlich viel. Die Dünung hatte nachgelassen, und die See glänzte im Mondlicht wie geschmolzenes Blei. Tausend Spiegelungen des Mondlichts auf den Wellen täuschten das Auge und machten es schwierig, Details zu erkennen.

Von der Backbordseite her schlichen wir uns an das Geleit heran. Momentan fühlten wir uns ziemlich sicher, denn unser Turm bot kein großes Ziel, und unsere schmale Silhouette zusammen mit dem dunkelgrauen Anstrich war unter diesen Bedingungen fast so gut wie Zwergenkönig Laurins Tarnmantel.

Aber eben nur fast. Denn wegen des Mondscheins, der momentan durch die aufgerissene Wolkendecke drang, war es für unsere Belange doch verdammt hell!

Noch zögerte ich. Wenn Grauert am GHG recht hatte, dann standen Backbord von uns mindestens ein Zerstörer und zwei kleinere Schiffe mit dampfbetriebenen Kolbenmaschinen. Vermutlich waren sie daher nicht wesentlich schneller als wir über Wasser, was sie aber nicht daran hindern würde, hinter uns herzuballern, wenn sie herauskriegten, wo wir steckten. Im Augenblick, nur mit zwei Knoten Geschwindigkeit und rund knapp viertausend Metern Abstand zum Geleit, war das schwierig, aber wir mußten einfach noch näher ran, um sicherzugehen.

Jensen machte mich auf einen kleinen Bewacher vor uns aufmerksam, den er gerade gesichtet hatte.

Ich blickte in die angegebene Richtung. »Na, nach viel sieht der aber nicht aus.« Etwas verblüfft betrachtete ich den etwas helleren Schatten an Backbord voraus. Im Moment war er dabei, wieder vom Geleit wegzuzacken, rollte aber trotz der ruhigen See nicht gerade wenig.

»Es scheint, als habe er genug eigene Probleme, Herr Kaleu«, raunte Jensen mir zu.

»Na ja, bloß wenn er seinen Zickzack weiter beibehält, dann kommt er irgendwann auch bei uns vorbei.« Ich biß mir auf die Unterlippe. Es wurde Zeit, etwas zu unternehmen. »BÜ, halbe Fahrt voraus!«

Neben mir räusperte sich der Fähnrich. »Ist das nicht etwas laut, Herr Kaleu?«

»Die machen selbst so viel Lärm, da fallen wir gar nicht auf, Herr Lehmann.«

Das Boot wurde etwas schneller, und Lehmann hatte recht, unsere Diesel klangen wirklich nicht leise. Aber die schweren Maschinen der Frachter hörten wir bis hierher, und bei diesem gesamten Geräuschpegel war es unwahrscheinlich, daß wir herausgehört wurden.

»An Brücke ...«, die Stimme des BÜ hatte etwas Drängendes, »... von GHG, Torpedos im Wasser!«

Verdammter Mist! Noch während der BÜ die Peilung durchgab, krachte es, und eine grell leuchtende Wasserwolke stieg plötzlich ein Stück entfernt von uns aus der Dunkelheit auf. Der Teufel mochte wissen, welches unserer U-Boote auf wen geschossen hatte, denn der Torpedo war zu früh explodiert. Obwohl wir es selbst nicht sehen konnten, mußte es gerade einmal drei- oder viertausend Meter an unserer Steuerbordseite stehen. Klar war auch, daß der Bewacher bei seiner Jagd auf den Aal-Absender an uns vorbeikommen würde. Abbrechen und untertauchen?

Nee, das konnte Stunden dauern, bis wir wieder hoch konnten. Ich bellte in das Sprachrohr: »BÜ, beide Maschinen AK, klar zum Alarmtauchen. Bugrohre bewässern.«

Beinahe augenblicklich begann der Bug sich zu heben, und das Heck senkte sich tiefer ins Wasser, als die Schrauben wie wild durch das Wasser peitschten.

»U-Boot, Steuerbord querab, dreht nach Backbord!« brüllte der Fähnrich.

Alles, was ich im ersten Moment erkennen konnte, war eine lange weiße Schleppe, wie auch wir sie hinter uns herzogen. Kielwasser, das im silbernen Mondlicht verräterisch unsere Spur anzeigte. Im Geleit donnerte es dumpf auf. Die Zeit schien still zu stehen. Ein hoher Turm mit Artillerieleitstand wurde im gespenstischen Licht der Abschüsse sichtbar, als die langen Feuerzungen die Dunkelheit zerrissen. Dann orgelten auch schon die Granaten heran.

Rundum stiegen plötzlich Wassersäulen auf, als die Granaten des Kreuzers in die See schlugen. Das andere Boot hatte sich durch seine Kursänderung gerade noch aus der Schußlinie gebracht. Aber dafür würde es auch nur knapp hinter unserem Heck vorbeikommen und uns den Tommies auf dem Präsentierteller darbieten.

Alles auf eine Karte! Mit Höchstgeschwindigkeit hatten wir uns auf dreitausend Meter dem Geleit genähert. Und wenn von dort Leuchtgranaten abgefeuert würden, dann würden die Tommies wohl kaum noch vorbeischießen.

Ich brüllte ins Sprachrohr: »Steuerbord zehn, I WO, auf zwei-zwei-null.« Dann deutete ich nach vorne. »II WO, Rohre eins und zwo auf den Tanker dort, Rohr drei und vier auf die beiden, die sich da drüben überlappen. Schnell, ich drehe gleich zurück!«

Dumpfer Donner erneut, als der Kreuzer seine nächste Salve dicht über die Aufbauten der Frachter feuerte. Wieder durchzuckten grelle Lichtblitze die Nacht, und in der blendenden Helligkeit traten die Details plötzlich klar hervor. Jensen, bleich wie der Tod, konzentrierte sich nach wie vor auf die Bewacher, denn auch der vordere Zerstörer feuerte jetzt und drehte auf uns ein.

Wir waren zu nahe! Ich begriff es erst, als die Granaten des Kreuzers über uns hinwegheulten. Er konnte seine Rohre nicht mehr tiefer senken, ohne seine Granaten in die Schiffe zu jagen, die zwischen ihm und uns lagen.

Trotzdem schüttelte es uns durch, als die schweren Ladungen ins Wasser schlugen. Zu unserem Glück traute sich der Zerstörer nicht noch weiter an uns ran, um sich nicht einen Treffer der eigenen Leute aus Versehen einzufangen. Dafür sausten die kleineren Granaten seines Zwölf-Zentimeter-Geschützes unangenehm dicht über unser Vorschiff hinweg. Splitter heulten durch die Luft. Es wurde Zeit für die nächste Kursänderung.

»Backbord fünfzehn, auf eins-acht-null gehen! Torpedos Achtung!« Ich wandte mich um und brüllte zu Moebius: »Jetzt! Raus mit den Aalen!«

Unter meinen Füßen ruckte es, obwohl ich nicht mitbekommen hatte, daß der II WO den Abschußbefehl bereits gegeben hatte. Ich war überrascht. Leutnant Moebius hatte offenbar nur darauf gefiebert, die Aale endlich loszuschikken. Und das aus der Drehung des Bootes heraus. Aber auch dafür war unser Vorhaltrechner entwickelt worden. Aus den Augenwinkeln bekam ich mit, wie der II WO sich aufrichtete, um vermutlich einen Blick auf den Geleitzug zu werfen.

Der Splitter traf ihn wohl von der Seite. Schwer sackte er gegen die UZO und starrte mich über das Zielgerät hinweg verständnislos an. Im Widerschein der Explosionen um uns herum sah sein Blut fast schwarz aus. Dann sackte er zusammen und begann zu schreien.

Für einen Augenblick war ich wie gelähmt. Fähnrich Lehmann rettete die Situation. Schnell griff er sich Fischer. »Hier, runter mit ihm!« Er selbst brüllte ins Luk: »Wahrschau, ein Verwundeter von Brücke!«

Für einen Augenblick glotzte ich die Blutlache, die Moebius hinterlassen hatte, benommen an, doch das Donnern der dritten Kreuzersalve riß mich in die Wirklichkeit zurück.

Der Pulverqualm vor uns war inzwischen so dicht geworden, daß ich nicht genau sehen konnte, ob der Kreuzer seine Position änderte. An Steuerbord feuerte einer der Zerstörer, was das Zeug hielt, und ganz weit an Backbord ballerte einer der kleineren Bewacher.

Wen oder was hatten die eigentlich im Visier? Die langen Feuerzungen der Geschütze zeigten weg von uns. Nur der Kreuzer hielt nach wie vor in unsere Richtung, und der vordere Zerstörer schickte ab und zu halbherzig einen Schuß vorbei.

Jensen rief etwas, aber ich verstand ihn nicht. Wieder knallte etwas nicht weit entfernt im Wasser, und ein paar Splitter sausten durch die Luft. Etwas zupfte an meinem Lederzeug, und als ich nach unten sah, hatte einer der Splitter meinen Ärmel sorgfältig aufgeschlitzt, ohne meine Haut auch nur zu ritzen.

Mit einem Male ertönte ein urweltliches Grollen, untermalt von einem lauten Fauchen. Rot leuchtend stieg eine Flammensäule in die Höhe, zwanzig Meter, fünfzig Meter.

»Tankerfackel!« brüllte Lehmann.

Auf den gegnerischen Kriegsschiffen schwiegen die Geschütze für etliche Augenblicke. Englische wie deutsche Seeleute starrten entsetzt auf das Inferno, das sich vor ihnen abspielte, als der getroffene Tanker in dem Höllenfeuer zerbrach.

Da es sich dabei jedoch nicht um jenen Tanker handelte, zu dem wir unsere Aale losgeschickt hatten, sondern um ein Schiff auf der anderen Seite des Konvois, gab es dafür nur zwei Erklärungen. Entweder hatte das zweite unserer Boote bereits gefeuert gehabt, als unser Angriff entdeckt worden war, und seine Aale waren quer durch das Geleit gelaufen, oder wir waren zu dritt dran.

Aber im Moment war das eigentlich ziemlich egal. Dann schlugen auch die Torpedos von U 115 ein. Zwei unserer Aale hatten den nächsten Tanker getroffen und in Brand gesetzt. Männer sprangen von Bord, um dem Flammentod zu entrinnen, aber das brennende Öl würde schneller sein.

»O Gott, die armen, armen Schweine!« schrie Jensen voller Entsetzen. Auch weiter Steuerbord schlug einer unserer Aale ein, und ich konnte sehen, wie an dem Schiff eine hohe Wassersäule in die Höhe stieg. Noch während ich versuchte, alles zu begreifen, was vor sich ging, legte sich der Frachter über und fing gleichzeitig an, mit dem Heck einzusacken. Im gespenstischen Licht der brennenden Tanker war zu erkennen, wie das Schiff in beinahe voller Fahrt begann, den Bug aus dem Wasser zu heben.

Fasziniert von dem Anblick, hätte ich beinah verpaßt, daß wir noch einen Treffer gelandet hatten. Erst als ein Horn warnend durch das Chaos drang, registrierte ich, daß wir auch einen Frachter der inneren Bordkolonne erwischt hatten. Er schwamm zwar noch und lief auch noch hohe Fahrt, aber er war aus der Formation ausgeschert und dampfte nun unkontrolliert durch die geschlossenen Reihen des Geleitzuges. Genauer, er kam uns entgegen!

Mir sträubten sich die Haare unter der Mütze. Hinter uns ballerten die Engländer wieder herum. Als ich kurz über die Schulter blickte, sah ich achteraus in einiger Entfernung den Tauchwirbel eines U-Bootes, dessen Kommandant es offenbar noch geschafft hatte, unter Wasser zu kommen, bevor die Granaten des Kreuzers ihn zerfetzen konnten. Ob ihm das helfen würde, war eine andere Frage, denn er würde nun gnadenlos mit ASDIC und Wasserbomben gejagt werden.

Beiläufig registrierte ich, daß Jensen und ich alleine hier oben im Turm waren. Wahrscheinlich war man unten immer noch mit dem verwundeten Leutnant beschäftigt. Aber jetzt mußten wir erst einmal wegen des Frachters, der uns in die Quere kam, verschwinden.

»BÜ, Ruder hart Steuerbord! Neuer Kurs zwo-sieben-null!«

Der lange Bug schwang herum, und wir gaben Fersengeld.

Statt jedoch mit Gegenkurs parallel zum Geleit zu laufen, brausten wir mit AK aufgetaucht mitten durch den Konvoi, was es den Tommies unmöglich machte, uns unter Beschuß zu nehmen, um die eigenen Schiffe nicht zu gefährden. Da die geordneten Kolonnen begonnen hatten, sich aufzulösen, wurde unsere Fahrt zum Slalomlauf. Ein dritter Großtanker brach urplötzlich aus dem Geleit aus, um sein Heil in der Flucht zu suchen. Noch lief er nicht eine viel höhere Fahrt als die sieben Knoten, die der Geleitzug machte. Die Situation war dennoch brenzlich genug. »Hart Backbord!« befahl ich und hämmerte in einem Anflug von Verzweiflung auf die Turmbrüstung, während unser Bug mit quälender Langsamkeit herumschwang. Wir schafften es gerade mal eben so. Über uns schwebte der riesige Anker des Kolosses, während wir an seiner Steuerbordseite entlangpreschten. Ich weiß nicht, ob es Einbildung war, aber ich hatte den Eindruck, als würden verdutzte Gesichter von oben auf uns hinunterstarren. Zu spät kam ich darauf, daß eventuell die Möglichkeit bestanden hätte, etwas Sinnvolles mit dem fünften Aal im Heckrohr anzufangen. Doch die Gelegenheit war bereits verpaßt.

Ich beugte mich zum Sprachrohr. »Steuerbord fünfzehn, I WO, selbständig auf zwo-sieben-null zurück!«

Hinter uns feuerte der Kreuzer erneut, aber worauf, wußte der Teufel. Jedenfalls nicht auf uns, denn wir steckten bereits mitten im Geleitzug.

»Vorsicht, Herr Kal…« Sogar dem sonst so abgebrühten Jensen bleib die Warnung im Hals stecken. Direkt aus der Dunkelheit kam ein riesiger Bug auf uns zu. Nicht etwa von vorne, was ich verstanden hätte, weil wir ja gegen die Fahrtrichtung durch das Geleit rauschten, sondern von hinten. Der Bursche, der da mit mindestens 12 000 Tonnen und Turbinenantrieb hinter uns her war, mußte völlig die Nerven verloren haben. Er war bereits zu dicht an uns dran, als daß ich seine Aufbauten hätte erkennen können.

»Steuerbord zehn, aber vorsichtig, und alles, was die Diesel hergeben«, brüllte ich als Befehl ins Sprachrohr. Hartruder durfte auf keinen Fall gelegt werden, denn dann würde dieses Monstrum über uns hinwegmangeln. Freund Hein hatte in dieser Nacht viele Möglichkeiten, uns zu Leibe zu rücken. Uns genauso wie den Engländern.

Zum zweiten Mal in dieser Nacht hing ein riesiger Anker über uns, der ausgereicht hätte, uns übelst zuzurichten. Der Tommy hätte ihn nur fallen lassen müssen! Aber wahrscheinlich hatte er uns ja nicht einmal wahrgenommen.

Es schien eine Ewigkeit zu dauern, bis das Schiff an uns vorbei war. Ich ging etwas mit der Fahrt herunter, damit der Kerl schneller verschwand.

Aus dem Turmluk kletterte unser Fähnrich, und für einen Augenblick lang waren wir abgelenkt. Lehmann grüßte kurz. »Der II WO ist versorgt. Der I WO meint, ich solle mich hier oben nützlich machen, Herr Kaleu.«

»Tun Sie das ...« Weiter kam ich nicht. Mit ohrenbetäubendem Krachen und Kreischen, bohrte sich der Großfrachter, dessen Bekanntschaft wir eben erst gemacht hatten, vierkant in die Seite eines mittelgroßen Schiffes, das offenbar versucht hatte, irgendwo von Steuerbord herkommend, das Geleit wiederzufinden. »Hart Steuerbord«, brüllte ich ins Sprachrohr, »Volle Kraft zurück!«

Mit Hartruder schwang der Bug herum wie eine Sense, als wir backsten. Aber immerhin waren wir über 17 Knoten gelaufen, und somit dauerte die Drehung. Es reichte nicht, es reichte nicht! Die Masse des Bootskörpers von U 115 trieb uns weiter vorwärts. Der große Rumpf, der uns gerade passiert hatte, war wieder neben uns.

»Herr Kaleu!« Der Fähnrich deutete nach vorne, als könnte er das alles nicht fassen. Das Schiff vor uns schien von uns wegzuschwingen wie der Flügel einer Tür.

Als ich begriff, was da vor sich ging, war es zu spät. Erneut knirschte Metall gequält auf, nur stammte diesmal das enervierende Geräusch von unserem eigenen Achterschiff. Schon als ich mich umdrehte, spürte ich die Bewegung des Bootes, das wie von einer gewaltigen Faust zur Seite geschoben wurde.

Der mächtige Engländer neben uns hatte zuvor den Engländer vor uns gerammt und sich in ihm verkeilt. Nun wirkte einer für den anderen wie ein Treibanker, und das größere Schiff drückte das kleinere nach Backbord herum, wodurch sein Heck ebenfalls drehte, und weil wir dieser Masse eben einfach zu wenig entgegenzusetzen vermochten, hat es laut und vernehmlich bei uns angeklopft.

»BÜ, beide Diesel halbe voraus. Steuerbord fünfzehn!« brüllte ich ins Sprachrohr.

Der Bug schor weg von der langen Bordwand, und das Achterschiff des anderen verschwand in der Dunkelheit. Mir wurde klar, daß wir demnächst zusammen mit den getroffenen englischen Schiffen hinter das Geleit sacken würden. Noch waren wir irgendwo dazwischen, aber lange konnte es nicht mehr dauern, bis das Ende des Konvois an uns vorbeizog. Und hinter den Frachtern würde ein Achterfeger kommen, der darauf zu achten hatte, daß sich kein U-Boot von hinten anpirschen konnte, und der den Havaristen Hilfe leisten konnte. Nun ja, havariert waren auch wir, aber von der Art der Hilfe, die er uns leisten würde, hatte ich so meine Vorstellung.

»Lehmann«, ordnete ich an, »erkundigen Sie sich nach den Schäden.«

»Jawohl, Herr Kaleu!«

»Jensen, achten Sie auf den Burschen an Backbord!«

»Jawohl, Herr Kaleu!«

Der Hauptgefreite war ein erfahrener Mann, weitere Anweisungen erübrigten sich. Er wußte über unsere prekäre Lage genausogut Bescheid wie ich, und wahrscheinlich hatten etliche andere unten im Boot sie auch bereits begriffen.

Schlagartig, im wahrsten Sinne des Wortes, waren wir kein

U-Boot mehr. Solange ich nicht wußte, ob bei der Kollision das achtere Tiefenruder beschädigt worden war, konnte ich es nicht riskieren zu tauchen, und damit waren wir im Augenblick nur noch ein ganz normales Überwasserschiff.

Ich griff dem Fähnrich an die Schulter. »Geben Sie durch: Steuerbord zwanzig! Der I WO soll uns auf eins-acht-null bringen. Wir müssen aus dem Geleit raus!«

In einigem Abstand trieb voraus ein brennendes Schiff. Aber interessanter war der dunkle Schatten, der sich vor den Flammen abhob. Ein Geleiter! Kein Zerstörer, eher eine Korvette. Über Wasser war so ein Ding etwa gleich schnell wie wir und ansonsten auch nicht wesentlich schwerer bewaffnet. Allerdings war es unwahrscheinlich, daß uns der Bursche sah. Auf der einen Seite das brennende Schiff, auf der anderen Seite die dunkle Nacht, es wäre ein Wunder, wenn seine Ausgucks überhaupt etwas sehen würden. Vorsichtshalber befahl ich aber dennoch: »BÜ, Halbe Fahrt! Nach ein-sechs-null gehen!«

Mit etwas Verzögerung wurde unser U 115 langsamer. Jensen behielt den Bewacher im Auge, während ich endlich dazu kam, Fähnrich Lehmann zu den Schadensmeldungen zu befragen.

»Tiefenruder Backbord achtern ist schwergängig, Herr Kaleu! Der LI ist noch dabei, sich ein Bild zu machen. Eventuell hat die Stopfbuchse auch etwas abbekommen. Ansonsten Bagatellen. Leutnant Störmer meint, wir könnten im Notfall tauchen!«

»Dann versuchen wir erst mal, uns so davonzuschleichen. Vielleicht klappt es ja.« Wieder plierte ich zu der Korvette hinüber. So langsam gewannen wir Abstand. Der Tommy schien wirklich nichts von unserer Anwesenheit mitzubekommen.

Der Fähnrich stieß mich kurz an und deutete achtern nach Backbord. »Da treibt sich noch einer rum, Herr Kaleu!«

Ein dunkler Schatten schob sich in der angegebenen Richtung an den beiden ineinander verkeilten Schiffen vorbei. Ich wandte mich an Jensen: »Was meinen Sie, täusche ich mich oder ist das ein alter Bekannter?«

»Ich weiß nicht genau, Herr Kaleu. Das könnte der Kerl sein, der uns letztens entkommen ist.«

Erneut spähte ich durchs Glas, aber es war zu dunkel, Details zu erkennen. Scheinbar unbeeindruckt von allem zog der Riesendampfer seines Weges. Ich beugte mich zum Sprachrohr: »Rohr fünnef bewässern!«

Fähnrich Lehmann sah mich von der Seite an. »Sie wollen ihm einen Aal verpassen, Herr Kaleu?«

»Wenn er in unsere Richtung kommt und sich eine Gelegenheit ergibt, dann versuche ich es.«

Wie gebannt starrten wir auf den imposanten Schatten, aber das große Schiff folgte unverändert weiter seinem bisherigen Kurs und machte auch keine Anstalten zu stoppen, um den beiden Havaristen Hilfe zu leisten.

Weit vor uns blinkte eine Signallampe in der Dunkelheit. Ich sah kurz zu der Korvette hinüber, die auf den Anruf antwortete. Ein paar Minuten verstrichen. Wer auch immer da vorne unterwegs war, er schien weiter nach Steuerbord zu laufen. Langsam entspannte ich mich etwas. Sah so aus, als wären wir aus dem Gröbsten raus. Routinemäßig fragte ich beim GHG an.

Es dauerte wieder einen Moment, bis der BÜ sich meldete. »Brücke von GHG: Frachter alle an Backbord und Backbord achteraus. Sinkgeräusche ebenfalls. Ein Zerstörer in null-neun-null, Fahrt zwölf Knoten, Kurs null-null-null!«

»Danke! BÜ, Steuerbord zehn, neuer Kurs wird eins-sieben-null!«

Langsam schwang der Bug herum. Der Achterfeger stand offenbar bereits Backbord hinter uns und war dabei, auf die andere Seite des Geleits zu wechseln. Auch die Korvette und der große Transporter waren in der Dunkelheit verschwunden. Ich sah mich um. Die großen Tankerfackeln waren erloschen, und die Schiffe wohl gesunken, denn zu retten waren sie ohnehin nicht gewesen, nachdem die Aale erst einmal das Öl in Brand gesetzt hatten. An Steuerbord brannte ein Frachter, der sich langsam auf die Seite legte. Trotz der großen Entfernung war das triumphierende Rauschen der See zu hören, die ihren Sieg über das waidwunde Schiff vervollständigte. Ich beugte mich zum Sprachrohr. »BÜ, Eintrag ins Logbuch, Frachter, etwa sechstausend Tonnen sinkt an Steuerbord achteraus.« Ich richtete mich wieder auf und sah zu der Stelle hin, an der das Schiff soeben unter den Wellen verschwunden war.

Mir schmerzte der Kopf, und ich fühlte eine bleierne Müdigkeit in mir aufsteigen, als die mit dem Angriff verbundene Nervenanspannung nachzulassen begann. Vorbei war zwar noch nichts, aber für den Augenblick war uns eine Ruhepause vergönnt. Sie galt es zu nutzen, um herausfinden, wie stark unser Boot beschädigt war. Und erkundigen, wie es um den verletzten Moebius stand, mußte ich mich auch.

»Kurs null-neun-null liegt an, Herr Kaleu! Diesel laufen sechs Knoten!« meldete Leutnant Störmer, der auf die Brücke gekommen war. Wir hingen ungefähr zehn Meilen hinter dem Geleit und folgten ihm in der Hoffnung, in der kommenden Nacht erneut zum Schuß zu kommen.

Im Augenblick war das eine eher schwache Hoffnung. Das Tiefenrudergestänge an Backbord war verbogen, und der LI, Oberleutnant Becker, und seine Stoker versuchten es, soweit dies ging, wieder hinzubekommen. Zum Glück gab es keine äußeren Beschädigungen, denn dann wäre das Boot absolut tauchunklar gewesen, und wir hätten heimhinken dürfen. Wobei unsere Chancen, mit einem unklaren Boot durch die Nordsee zu kommen und dabei der Luftaufklärung der Briten zu entgehen, sicher dürftig gewesen wären.

So waren wir zwar im Moment auch nicht tauchklar und machten deswegen keine Anstalten, uns vorzusetzen, aber dafür konnten wir hier hinten in Ruhe versuchen, unser U 115 wieder einigermaßen auf Vordermann zu kriegen.

Mein anderes Problem war Leutnant Moebius, dem es ziemlich dreckig ging. Wir hatten keinen Arzt an Bord, aber unser Smut' tat im Rahmen des ihm Möglichen, was er konnte. Und das hieß im Augenblick, er hielt ihn unter Spritzen, damit er die Schmerzen nicht so spürte. Doch falls sich sein Zustand noch weiter verschlechterte, dann würden wir den Einsatz ohnehin abbrechen und nach Frankreich fahren müssen, um ihm in Brest eine fachmännische medizinische Versorgung angedeihen lassen zu können. Im Augenblick zögerte ich noch mit der Entscheidung, denn wenn wir in der kommenden Nacht noch ein paar Torpedos verschossen, konnten wir ohnehin den Rückmarsch antreten.

Die Stimme aus dem Sprachrohr klang blechern: »Brücke, Funkspruch, Herr Kaleu! Funker auf Brücke?«

»Pepke soll hochkommen!«

Kurz darauf stand unser Funker vor mir und grüßte. »Funkspruch an uns Herr Kaleu! Außerdem habe ich hier verschiedene andere Sachen aufgefangen.« Er reichte mir die Zettel, die ich der Reihe nach überflog. Die Flottille in Brest forderte uns auf, unseren Standort zu melden, was mit anderen Worten hieß, sie wollten Erfolge hören. Ich blätterte weiter. U 127 wurde nach wie vor dringend aufgefordert, seinen Standort zu melden. Die Notiz reichte ich an Störmer mit der bitteren Bemerkung weiter: »Da wird wohl bald eine Dreisternemeldung fällig sein, befürchte ich.«

Störmer blickte kurz auf den Zettel und nickte ernst. Er sagte nichts, aber was gab es dazu auch schon zu sagen? Dreisternemeldung, das war das Telegramm an die Angehörigen, daß ein Boot vermißt wurde. Was eigentlich nur bedeuten konnte, daß es versenkt worden war. Bisher hatten wir auf deutscher Seite Glück gehabt und nur wenige Boote verloren, aber nach der letzten Nacht wußte auch der letzte Mann an Bord, daß der Krieg noch härter geworden war. Und die

Zahl der Boote, die nicht mehr antworteten, wenn der Löwe rief, würde steigen.

Ich ging die anderen Meldungen durch. Fast alle Boote am Geleit waren aufgefordert worden, ihre Position zu melden oder hatten das bereits getan. Fehlten nur U 115 und U 684.

»Gut«, sagte ich zu Pepke, »lassen Sie sich vom Steuermann die Position geben und setzen Sie den Spruch auf. Dazu am besten gleich unsere sonstigen Meldungen: Ein Tanker, 8000 Tonnen, versenkt, zwei Frachter, 6000 und 5000 Tonnen, torpediert, Sinken nicht beobachtet. Beschädigter Frachter 5000 Tonnen, südwestlich Geleitzug, Sinken beobachtet. Sechs ATos, zwei ETos. U 115. Brauchen wir sonst noch was?«

Der Funker schüttelte den Kopf. »Ich setz den Spruch auf und verschlüssele ihn, Herr Kaleu.«

Der Funker grüßte kurz und wandte sich zum Turmluk um, als mir noch etwas einfiel. »Haben wir eigentlich etwas von U 114 und U 687 gehört? Die beiden müßten ja im Süden vermutlich auch schon zum Schuß gekommen sein.«

»Nein, nichts. Die Flottille hat sie allerdings auch bisher nicht aufgefordert, sich zu melden, oder aber wir haben davon nichts mitgekriegt.«

»Na schön, Pepke, bleiben Sie am Ball. Und Fähnrich Lehmann soll bitte alle Positionsmeldungen ebenfalls in seine Gefechtsskizzen eintragen. Vielleicht bekommen wir eine Übersicht.«

Ich wandte mich wieder um und sah auf die See hinaus. Die zahlreichen Rauchfahnen des Geleits standen vor uns am Himmel. Sechs Knoten waren ein Schneckentempo, selbst für einen Konvoi, bei dem die Tommies so ungefähr alles einsetzten, was einigermaßen schwamm, und das konnte nur eines bedeuten: In dem Geleit waren Schiffe beschädigt und konnten keine höhere Fahrt mehr laufen, der langsamste Zossen bestimmte die Geschwindigkeit aller. Theoretisch waren die Schiffe im Geleit trotzdem sicherer! Aber nach den Ereignissen der letzten Nacht war ich mir da nicht mehr ganz sicher. »Und wie schätzen Sie denn die Lage ein, Herr Störmer?« wollte ich von meinem I WO wissen.

»Na ja, Herr Kaleu, ich gehe mal davon aus, der LI wird unser Tiefenruder schon wieder hinkriegen, jedenfalls wirkte er ganz optimistisch, als ich zur Wache hochkam. Die Torpedos haben letzte Nacht auch funktioniert, und von daher sieht es im großen und ganzen doch ganz gut für uns aus.« Er grinste breit. »Na, und was das verdammte Durcheinander angeht, müssen wir den Tommies zugute halten, daß man nicht jeden Tag im Geleit so aufgemischt wird.«

Ich mußte gleichfalls grinsen, wurde aber gleich wieder ernst. »Und was machen wir mit Leutnant Moebius?«

Mein Stellvertreter überlegte kurz. »Wie es aussieht, wird heute nacht so oder so das eine oder andere unserer Boot verschossen sein. Selbst wenn wir unsere Aale nicht anbringen können, dann bestünde dennoch die Möglichkeit, den Leutnant eventuell auf ein Boot abzugeben, das den Rückmarsch antritt.«

»Gut, dann wäre das die Lösung. Also hängt jetzt alles davon ab, wie Oberleutnant Becker unser Boot wieder hinkriegt.«

»Er spricht zwar das Idiom der Fußkranken der Völkerwanderung, aber als Ingenieur ist er verdammt gut, keine Frage.«

»Das weiß ich selber, Herr Störmer.«

»Dann, mit Verlaub, Herr Kaleu, empfehle ich Ihnen das verspätete Frühstück. Einen verhinderten strammen Max ohne Spiegelei, dafür mit Schinken und Hartbrot, beides beste Dosenware.« Er strahlte mich förmlich an. »Ein Hochgenuß, Herr Kaleu!«

Ich tippte an die Mütze. »Dann will ich mal. Herr Störmer, Sie übernehmen!« Es folgte der übliche Warnruf ins Luk, dann rutsche ich die Leiter hinunter und poltere mit den schweren Seestiefeln auf das Stahldeck der Zentrale. Mir war natürlich klar, daß Störmer soeben seinem Kommandanten durch die Blume zu verstehen gegeben hatte, er möge sich trollen, einen Happen essen und sich dann gefälligst mitsamt seinen Sorgen mal für eine kurze Zeit auf die Koje hauen.

Ich streckte den Kopf in Gohlkes kleine Kombüse. »Wie sieht es aus, Smut'?«

»Was darf es denn sein, Herr Kaleu? Frühstück oder Mittag?«

Eine gute Frage. »Für Frühstück ist es eigentlich schon etwas spät. Was gibt's denn zum Mittag?«

»Die letzten Kartoffeln und dazu Gulasch, Herr Kaleu.« Er sah mich prüfend an und nickte dann. »Also Gulasch! Und dazu ordentlich Kaffee!«

Ich verzog das Gesicht. »Mensch, Gohlke, sieht man mir das so deutlich an?«

»Schauen Sie sich um, Herr Kaleu. Wer funktioniert hier nach der Nacht noch ohne Kaffee?« Er rührte in einem großen Topf herum. »Ich bring Ihnen gleich das Essen rüber in die Messe, Herr Kaleu.«

Ich machte mich auf den Weg zur O-Messe, weit war es ja nicht. Nur Platz war da keiner. Der Leitende Ingenieur und zwei seiner Stoker saßen an unserer geheiligten Back und brüteten über großformatigen Konstruktionszeichnungen. Überrascht holte ich Luft. »Na, was ist den hier los, Herr Becker?«

Der Oberleutnant versuchte, was man in einem U-Boot nie versuchen sollte. Er sprang auf. Jedenfalls, soweit ihn die Kante des Tisches ließ. Wie ein halbes Fragezeichen stand er etwas unglücklich da. »Verzeihung, Herr Kaleu, ich dachte … wir mußten …«

Ich winkte ab. »Langsam LI!«

Die beiden Stoker hatten offensichtlich ihren Spaß. Aus einer der oberen Kojen lugte der Fähnrich mit verschlafenen Augen. An sich hätte der zwar rüber zu den Feldwebeln gehört, aber da es dort noch enger zuging, hatte er sich hier einquartieren dürfen.

Mein Blick fiel auf die andere Oberkoje, in der Leutnant Moebius noch immer steif und regungslos lag. Natürlich existierte so etwas wie ein Krankenrevier in unserer Röhre nicht, weswegen es für den Verletzten nur dessen Koje gab. Einen anderen Platz hatten wir eben nicht. Ich hätte zu gerne gewußt, wie es um den Mann bestellt war, und vor allem, ob und wann er wieder aufwachen würde.

Wenn jemand an Bord mir dazu was sagen konnte, dann unser Smut', der gleichzeitig auch als Hilfssanitäter fungierte. Auch wenn mir die Erinnerung an die ruhige Art, mit der er in Bergen Oberleutnant Bernau, unseren »offiziellen« I WO erstversorgt hatte, immerhin ein leidlich gutes Gefühl gab, dürfte dieser Fall für Gohlke wohl eindeutig zu kompliziert sein. Also mußte Moebius hier liegen, bis er von alleine aufwachte, wir einen Hafen erreichten, uns der Tommy erwischte oder er von alleine das Zeitliche segnete. Was natürlich die O-Messe nicht gerade zu einem gemütlicheren Ort machte.

Ich unterdrückte ein Seufzen und wandte mich an Lehmann, der immer noch verständnislos die Lage an der Back unter sich peilte. »Guten Morgen, Fähnrich, oder was immer man auch jetzt um diese Zeit sagt.«

»Moin, moin, Herr Kaleu.« Er spähte nach unten. »Ich sollte vielleicht besser bleiben, wo ich bin?«

Der LI sah böse nach oben. »Nu gleen Momänd ämmo, mei Lieber!«

Wenn er so sprach, wurde er wütend, und ein wütender LI war das letzte, was ich jetzt brauchen konnte. Ich hob abwehrend die Hand: »Also mal ganz ruhig, Herr Oberleutnant. Sie benötigen also die Back, um mit Ihren Plänen zu arbeiten?«

»Bin ja glei fördsch, Herr Galleu!«

»Nehmen Sie sich ruhig Zeit«, brummte ich, »aber lassen Sie zuerst unser junges Talent da runter. Wir essen dann eben bei mir im Kabuff!«

»Essen?« Der LI horchte auf und sein heimatlich-sächsischer Dialekt verschwand. »Der Smut' sagte doch, es gäbe erst später was.«

Ein leicht spöttisches Lächeln konnte ich mir nun doch nicht verkneifen. »So ist es auch. Aber wer das Frühstück verpaßt hat, darf zuerst zu Mittag essen, wußten Sie das nicht?« Immer noch schmunzelnd deutete ich auf seine Pläne. »Na, wie sieht's aus? Sie meinten zwar, bis Mittag würden Sie es nicht schaffen, aber vielleicht können Sie mir dennoch schon irgendwas sagen, Herr Becker.«

»Nun ja, Herr Kaleu, so ganz genau weiß das keiner. Im Prinzip scheinen wir fertig zu sein, aber wir überlegen noch, wo es eventuell weitere versteckte Schäden geben könnte. So 'ne Tiefenruderanlage ist ja eine kitzlige Sache.«

Während wir uns unterhielten, machten die beiden Stoker etwas Platz, damit der Fähnrich runterturnen konnte. Mit einem kurzen Nicken verschwand er in Richtung Toilette.

Der Leitende nickte seinen Stokern zu. »Also, Jungs, ihr wißt ja, wo ihr nachschauen müßt. Wenn euch was seltsam vorkommt, dann holt mich auf alle Fälle sicherheitshalber. Und die Maschinisten sollen gefälligst endlich sagen, was sie bei ihren Messungen rausgekriegt haben.« Er grinste fast entschuldigend. »Nu gönnd ehm alden Mann ooch ma ä Dässchn heeßn Goffee, nu wohr?«

Die beiden Stoker, das waren der Oberschlesier Peter Neumann, genannt »Schlesien-Ober«, und dessen Kumpel Klaus Wanitzlas, machten sich von dannen. Der Schlesien-Ober mochte zwar ein ausgemachtes Schlitzohr sein, war aber, wenn es um technische Belange ging, enorm findig.

Der LI warf die Konstruktionspläne hinter sich auf seine Koje, und ich quetschte mich zu ihm an die Back. »Und wie geht's nun weiter, Herr Becker?«

Der Oberleutnant kratzte sich im Bart. »Groß knirschen tut nichts mehr, was an sich ein gutes Zeichen ist, aber die Gängigkeiten sind noch etwas unterschiedlich. Und ob die

Stopfbuchsen halten, das weiß der Teufel, Herr Kaleu, ich jedenfalls nicht.«

»Also vorsichtig ausprobieren und erst dann wieder aufschließen?«

»Aber gaaaanz vorsichtig, Herr Kaleu! Und wenn es nach mir geht, dann fangen wir damit überhaupt erst an, wenn wir auch den restlichen Kram durchgeprüft haben.«

»Schön, an mir soll's nicht liegen, vorausgesetzt, der Krieg läßt uns, Herr Becker! Trotzdem noch eine Frage: Wie ist es um unseren Dieselvorrat bestellt?«

Der Leitende machte das übliche sorgenvolle Spritgesicht. »Der Fabian hat vorhin die Zellen gepeilt, noch zwei solche Nächte, und es wird eng.«

Es war die erwartete Auskunft. Diese Boote waren einfach nicht groß genug, um so weit weg von der Heimat zu operieren, und wir waren schließlich aus Norwegen ausgelaufen, hatten also noch ein Stück weiter anmarschieren müssen.

»Es sei denn«, setzte Becker hinzu, »Sie lassen es ruhiger angehen, Herr Kaleu!«

»Wenn es nach mir geht und wenn das Boot mitspielt, dann sehe ich zu, daß ich die Aale bereits heute nacht anbringe. Es wird uns ja hoffentlich nicht gleich schon wieder einer der Kameraden ins Handwerk pfuschen.«

Becker schwieg dazu, den der leckere Gulaschgeruch, der mit Gohlke in die Offiziersmesse gekommen war, hatte seine Aufmerksamkeit beschlagnahmt. »Mahlzeit, Herr Kaleu!«

Ich sah zu, wie der Smut', zufrieden mit sich und seinen Kochkünsten, aufbackte. Natürlich für den LI und den Fähnrich gleich mit. Unser Smut' Gohlke vergaß nie jemanden.

»Mahlzeit, Herr Kaleu!«

»Danke.« Mit dem Daumen deutete ich in Richtung der Koje, in der Moebius reglos mit seinem Turbanverband um den Kopf lag. »Und?«

»Die Rippe ist nicht so schlimm, Herr Kaleu, aber seine Rübe macht mir Sorgen!«

»Das heißt?«

»Zunächst habe ich erst einmal die Spritzen abgesetzt, Herr Kaleu, denn so viel von dem Zeug gibt's auch nicht mehr, und das will ich in Reserve behalten, falls die Tommies uns an den Kragen wollen. Es wäre nicht gut, wenn ein Verletzter dann plötzlich die Panik kriegte, und ich könnte ihn dann nicht mehr ruhigstellen.«

Etwas mißtrauisch sah ich ihn an. »Aber Sie wissen schon, was Sie hier tun?«

Gohlke grinste verschmitzt. »Na, ein bißchen Glück gehört immer dazu, Herr Kaleu.« Er wurde wieder ernst. »Entweder er wacht heute nachmittag auf, oder wir haben da ein ernsteres Problem. In dem Fall würde ich mir gern medizinische Anweisungen per Funk aus der Heimat einholen. Gut gehen wird es ihm aber so oder so kaum, Herr Kaleu.«

»Daß er aus der Koje springt und sich wieder zum Dienst meldet, erwarte ich ja auch gar nicht, Smut'! Solange er überlebt, bin ich nach Lage der Dinge schon ganz zufrieden.« Ich schaue ihm ins bärtige Gesicht. »Und danke, Gohlke, das war gute Arbeit.«

»Wird schon werden, Herr Kaleu. Den kriegen wir schon wieder hin.«

Ich klatschte mir gerade einen Schlag Kartoffeln zum Gulasch auf den Teller, als der Fähnrich von vorne zurückkam. »Das riecht aber lecker«, meinte er gutgelaunt.

Der LI rückte ein Stück, um ihm Platz zu machen. »Genießen Sie den Luxus, Herr Lehmann, denn es handelt sich dabei um unsere letzten Kartoffeln.«

»Das Seemannslos ist hart, Fähnrich«, flachste ich mit, »gewöhnen Sie sich ruhig schon mal dran.«

Lehmann langte ungerührt und kräftig zu. »Macht nichts, ist ja schließlich auch die bisher längste Fahrt, die wir mit unserem Äppeldampfer unternehmen, Herr Kaleu!« Er schaufelte sich eine weit größere Portion Gulasch über seine Kartoffeln, als ihm vielleicht zustand, und holte sich gleich darauf noch einen Nachschlag. Eingedenk des Kohldampfs in meiner eigenen Fähnrichszeit ließ ich ihn milde lächelnd gewähren. Allerdings war mir der Ausdruck Äppeldampfer neu, und deswegen mußte ich einfach nachfragen: »Äppeldampfer? Was soll denn das sein, Herr Lehmann?«

Mit Unschuldsmiene sah der junge Mann auf. »Na, ein Bratkartoffeldampfer sind wir ja nicht mehr, Herr Kaleu!«

»Aua!« Der LI blickte seinen Backsnachbarn mit gespielter Empörung an. »Das hier ist eine der modernsten Kampfeinheiten der Reichsmarine, schreiben Sie sich das gefälligst hinter die Löffel, Sie junger Ignorant!« Und dann kam die Krönung. »Auch wenn es hier stinkt wie auf einem alten Sklavensegler!«

»Na!« brummte ich etwas unwirsch, »das ist aber ein ziemlich starker Vergleich, Herr Oberleutnant Becker!« Ich wartete gemütlich ab, bis er den Mund voll hatte. »Aber nachdem Sie wie Methusalem aussehen, werden Sie das ja kompetent beurteilen können.«

Der Fähnrich brüllte auf vor Begeisterung.

Der LI mußte erst einen kräftigen Happen runterschlukken, bevor er antworten konnte, aber selbst dann wußte er nicht, was: »Ha nu, was soll das denn …«

Doch dann mußte auch er laut lachen, und dieses befreiende Lachen tat uns allen dreien gut, auch wenn das mit dem Gestank natürlich stimmte und wir aussahen wie olle Gespenster: hohlwangig und blaß, total übernächtigt.

Und dann herrschte nur noch gefräßige Stille in der O-Messe, lediglich vom Klappern des Bestecks unterbrochen.

Bis eine zittrige Stimme sich wie aus dem Himmel meldete: »Er hat recht, Herr Kaleu … bei uns stinkt's wirklich!«

Moebius!

Die Nachricht vom Wiedererwachen des Leutnants machte natürlich sofort die Runde, und es gab niemanden, der sich nicht über diese positive Neuigkeit aufrichtig freute.

Doch rasch drangen wieder andere Dinge in den Vordergrund.

Kurz vor zwei, ich hatte inzwischen wenigstens eine Stunde Schlaf gefunden und kletterte noch einmal auf den Turm hoch. Leutnant Störmers Wache da oben würde sowieso bald enden, denn wir waren, jedenfalls laut unseres LI, so klar zum Prüfungstauchen, wie man das nach all den Reparaturen nur sein konnte. Obwohl sich das zunächst sehr schön anhörte, mußten wir dennoch mit allem rechnen. Selbst damit, daß wir unter Umständen das Boot nicht unter Kontrolle halten konnten und kopfüber in den Atlantik absackten. Keine sonderlich erfreulichen Aussichten, aber wahrscheinlich, so hatte zumindest Becker mir gemeldet, würde alles klargehen. Sein Wort in Gottes Ohr!

»Wie sieht es unten aus, Herr Kaleu?« erkundigte sich der I WO bei mir.

»Wird nicht mehr lange dauern, Herr Störmer! Die letzten Reste des Werkzeugs müssen noch verstaut werden, danach können wir. Und was treiben unsere Freunde da vorne?«

»Sie laufen wieder etwas höhere Fahrt, aber sie zacken wieder. Etwas wundern tut mich das Ganze aber schon.«

»Und warum?«

»Na ja, Herr Kaleu, eigentlich ist es ziemlich naheliegend, daß hier hinten einer von uns rumhängt. Warum schickt der Geleitzugchef also nicht einfach einen seiner Windhunde los, um uns abzudrängen? Eigentlich würde es schon ausreichen, wenn dieser verdammte Kreuzer mit seiner schweren Artillerie nur mal ein paar Salven auf Verdacht durch die Gegend ballert.«

Der I WO hatte recht, denn selbst wenn der Kreuzer blind schoß und auch nichts traf, würde er ein U-Boot, wie beispielsweise uns und unseren Kahn, dazu zwingen, auszuweichen oder auf größeren Abstand zu gehen.

»Na, Sie machen mir vielleicht Lust und Laune, Herr Leutnant. Dann wollen wir mal froh sein, daß der Bursche nicht selbst auf die Idee gekommen ist.«

»Es kann natürlich auch sein, daß er jetzt schon auf die Boote lauert, die sich für die Nacht vorsetzen.«

»Das ist auch denkbar, Herr Störmer«, pflichte ich ihm bei. »Bliebe die Frage, warum er dann nicht größere Zacken schlägt.«

»Das würde ihm so viel wohl auch nicht bringen. Wir sind einfach alle schneller als er, und spätestens seit gestern weiß er, daß er bei Nacht uns gegenüber mehr oder weniger hilflos ist.«

»Sie haben recht, Herr Störmer, seine Situation ist ziemlich beschissen. Bloß, was würden wir an seiner Stelle tun?«

»Eine gute Frage, Herr Kaleu«, bekannte der I WO nachdenklich. »Ich nehme an, wir würden es darauf ankommen lassen und kämpfen.«

Ich nickte zustimmend. »Ich glaube, die Tommies sehen das ähnlich.«

Mein I WO blickte nach vorne. »Dann kann das hier aber noch einen ganz schönen Schlamassel geben, Herr Kaleu.«

Ich schüttelte die bedrückte Stimmung ab. Es wurde Zeit, wieder an die Arbeit zu gehen. Aufmunternd schlug ich Störmer auf die Schulter. »Dann wollen wir mal!« Ich beugte mich vor. »BÜ an GHG, was erzählen die Fische?«

Die Antwort von Manske kam prompt. »Abstand zum Geleit zehn Meilen, ein Zerstörer und ein kleiner Geleiter hängen etwas hinterher, Herr Kaleu.«

»Sehr gut! BÜ, der Leitende soll tauchklar machen. – Herr Störmer, einsteigen.«

»Jawohl, Herr Kaleu.« Er wandte sich um. »Ihr habt es gehört? Einsteigen, Männer!«

Nach und nach, mit ungewohnter Gemütlichkeit verschwand einer nach dem anderen im Turmluk. Ich war der letzte. Für einen kurzen Augenblick starrte ich noch zu dem Geleitzug hinüber. Heute nacht ... Erst als der Bug sich schon langsam absenkte, stieg auch ich in den Turmschacht und knallte das Luk hinter mir zu. »Turmluk ist dicht!« Dann rutschte ich hinunter in die Zentrale.

Oberleutnant Becker hatte sich hinter den Rudergängern postiert. Am Hauptruder befand sich der Obergefreite Detlef Meier, am Tiefenruder Erwin Möller, unsere beiden besten und erfahrensten Rudergänger. Der LI war jedenfalls nicht bereit, ein unnötiges Risiko einzugehen.

Der I WO stand neben dem Sehrohr und behielt alles im Auge. Moebius' Platz auf der Apfelkiste war leer, doch alle anderen waren da und warteten wie Statisten auf ihr Stichwort. Aller Augen waren auf den LI gerichtet.

Ich zwang mich zu einem Grinsen. »Na, LI? Sagen wir für den Anfang Sehrohrtiefe?«

Oberleutnant Becker warf mir einen giftigen Blick zu. »Ich weiß, daß das hier sicher nicht mein schnellstes Tauchmanöver werden wird, Herr Kaleu!«

Ich winkte ab. »Nach Lage der Dinge sind wir Ihnen dafür heute auch ausnahmsweise mal sehr dankbar.«

»Also Sehrohrtiefe, Herr Kaleu! Sehr wohl!«

Behutsam brachten Becker und die Rudergänger das Boot auf die befohlene Tiefe. Der Vollständigkeit halber fuhr ich den Spargel aus und drehte mich dann um das Sehrohr wie ein Krebs im Scherengang, bis ich nach hinten blickte. Mit einer Drehung am Handgriff stellte ich den Kopf tiefer, bis ich unser Achterschiff sehen konnte. Auffälligkeiten im Kielwasser vermochte ich keine zu entdecken. »LI, schauen Sie bitte doch auch mal. Ölspuren oder Luftblasen kann ich keine erkennen.«

Der Leitende nahm mein Angebot an und vergewisserte sich selbst noch einmal. Danach wirkte er schon etwas zufriedener. »Nu, das siehd ja schomma ganz guhd aus!«

»Also, bringen Sie uns runter auf sechzig Meter!«

»Jawohl, Herr Kaleu!« Er gab einige Anweisungen, und das Boot senkte sich sachte in die Tiefe. Bei dem Tempo dauerte das sowieso ewig, Zeit genug für mich, bei Horchmaat Grauert vorbeizuschauen, der unbeeindruckt von dem ganzen Drumherum in seine Kopfhörer lauschte.

Grauert winkte mich zu sich. »Das ist vielleicht interessant, Herr Kaleu!« Er reichte mir den zweiten Kopfhörer.

Im ersten Moment vernahm ich nur das dumpfe Grollen der großen Frachterschrauben. Dann schälten sich nach und nach weitere Geräusche aus dem Wirrwarr. Etwa das hellere Singen der Turbinen eines Zerstörers. Zerstörer! Verblüfft sah ich Grauert an. »Klingt, als liefe der hohe Fahrt!«

Grauert setzte zu einer Antwort an, aber da knallte es auch schon an der Oberfläche. Harte, abgehackte Explosionen. Wasserbomben waren das nicht. Erneut suchte mein fragender Blick den Horchmaaten. »Granaten?«

»Irgendwas nehmen die Tommies auf alle Fälle am hinteren Ende des Geleites an Backbord unter Beschuß.«

Unternehmen konnten wir während unseres Tauchtests ohnehin nichts, und uns schien die Attacke eindeutig nicht zu gelten. Folglich hatten die Engländer eines der anderen U-Boote unseres Rudels in die Mangel genommen.«

Feinfühlig drehte der Maat weiter am Handrad des GHG. »Da haben wir unseren Kameraden, Herr Kaleu.« Kreidebleich sah er mich an. »Verdammt, was geht es dem armen Kerl dreckig!«

Die Männer in der Zentrale hatten auch mitbekommen, daß etwas nicht stimmte. Der LI hatte das Boot längst auf sechzig Metern eingependelt gemeldet, ohne daß ich darauf reagiert hatte. Teufel auch! Aber das Gefühl der eigenen Ohnmacht war lähmend. Wir konnten absolut nichts tun, um unseren Kameraden beizustehen. Wir waren mehr als zehn Meilen weg! Bis wir dort sein würden, um irgendwie einzugreifen, war das andere Boot inzwischen längst hopsgegangen oder aber aus eigener Kraft entkommen. Es machte also keinen Sinn, sich selbst als Ziel anzubieten.

Meine Stimme klang etwas tonlos, als ich anordnete: »Steuerbord fünfzehn, Leutnant Störmer, gehen Sie auf eins-drei-fünf, Geschwindigkeit vier Knoten.«

Die Männer starrten mich entgeistert an, aber ich schüttelte den Kopf. »Es nützt nichts. Die Tommies haben zwar eines von unseren Booten am Kanthaken, dennoch müssen wir dem Ärger aus dem Weg gehen. Bis wir dort sind, wären wir nur noch die Nachspeise, Leute.«

Sie begriffen es, ich erkannte es an ihren Gesichtern. Betreten blickten sie auf das Stahldeck. Der Maschinengefreite Neumann, unser Schlesien-Ober, wischte sich gedankenverloren die Hände an einem Stück Putzwolle ab. Rudeltaktik war toll, Rudeltaktik war genial, aber wenn Freund Hein an die Hülle klopfte, kämpfte doch wieder jedes Boot für sich selbst.

Ich verdrängte meine Gefühle und wandte mich an den LI. »Alles auf Dichtigkeit prüfen. Wenn das klargeht, gehen wir langsam tiefer. Stellen Sie fest, ob das Boot kampftauglich ist, Herr Oberleutnant.«

Becker, der mir unverwandt in die Augen gesehen und meinen hilflosen Zorn registriert hatte, zögerte einen Augenblick, dann salutierte er stramm. »Zu Befehl, Herr Kaleu!« Er drehte sich um und nickte allen zu. »Na, Männer, dann wollen wir mal. Ausschwärmen und alles kontrollieren. In drei Minuten will ich alles genauestens wissen. Nu mo nisch so miede!«

Maat Grauert zupfte an meinem Ärmel. »Er schafft es, Herr Kaleu, er schafft es!« In seinen Augen standen Freudentränen. »Der Himmelhund schafft es, die Tauchtanks werden geflutet, und seine Diesel sind aus.«

Mein Herz legte einen Extraschlag ein. Welcher unserer Kommandanten es auch sein mochte, es war ihm gelungen zu tauchen. Mann o Mann! Doch ausgestanden war damit noch nichts. Wasserbomben würden die Musik des nächsten Aktes intonieren. Eingedenk der letzten Nacht würden die Engländer das einzige deutsche U-Boot da draußen, von dem sie wußten, wo es steckte, nicht so mir nichts, dir nichts entkommen lassen. Es mußte jetzt stellvertretend für uns alle herhalten.

»Jetzt, Herr Kaleu! Sie werfen.«

Ich hatte das Aufplatschen akustisch überhaupt nicht wahrgenommen, aber Grauert hatte nun mal auch Ohren wie ein Luchs. Die zeitversetzt erfolgenden Detonationen der Wabos bekam selbst ich mit meinen ›tauben‹ Ohren mit. Das Bombardement schien kein Ende zu nehmen. Immer neue Ladungen krepierten in der Tiefe.

Endlich, nach einer Zeit, die eine Ewigkeit gedauert zu haben schien, verhallten die letzten nachlaufenden Donnerschläge. Stille kehrte ein. Nun würden die Tommies dort oben sich treiben lassen und darauf warten, daß Wrackteile und Öl aufstiegen, als Beweis, daß sie eine der Nazi-Röhren, wie uns die britische Propaganda titulierte, erwischt hatten.

Ich biß die Zähne zusammen und verbannte dieses Szenario aus meinem Kopf.

Oberleutnant Becker meldete, daß alles dicht zu sein schien, und bat um Erlaubnis, schrittweise auf zweihundert Meter zu gehen!

»Gut, tun Sie das.« Ich wendete mich an Störmer, »I WO! Sie halten uns weiter nach Steuerbord ab. Ich will später einen Abfangkurs an die achtere Steuerbordecke des Konvois, Herr Störmer.«

»Jawohl Herr Kaleu!« Der Leutnant tippte kurz an die Mütze und sagte zu dem Obersteuermann am Kartentisch: »Sie haben den Kommandanten gehört.«

Währenddessen lief das dramatische Katz- und Maus-Spiel draußen im Wasser weiter. »Die Burschen suchen immer noch, Herr Kaleu!« ließ Grauert mich wissen.

»Sollen sie mal ruhig tun. Zum einen können sie nicht ewig

hinter dem Boot her sein, weil sie wieder zum Geleit müssen, und zum anderen bedeutet jede Suchminute für unserer Kameraden einen wichtigen Zeitgewinn.«

»So gesehen, wünsche ich den Gentlemen viel Spaß beim Suchen, Herr Kaleu!« meinte der Horchmaat sarkastisch. Doch dann konzentrierte er sich wieder ganz auf seine Kopfhörer. »Da läuft einer an!« Sekunden verstrichen. »Noch einer! … Schweinehunde … Verzeihung, Herr Kaleu!«

»Schon gut, sind ja auch Mistkerle, Grauert.« Ich lauschte in den zweiten Kopfhörer, den ich mir schnell über die Mütze gestülpt hatte.

Unwillkürlich schätzte ich die Zeit, die seit dem Einleiten des Tauchmanövers vergangen war. An sich müßte sie gereicht haben, um das Boot ganz tief in den Keller zu bringen, vorausgesetzt, dessen Zustand ließ das zu. Wenn nicht, dann stand der Kommandant vor einer schweren Entscheidung. Das Glück dennoch in der Tiefe zu suchen war trotz des Risikos, dabei mit Mann und Maus zerquetscht zu werden, vermutlich immer noch besser als alles andere.

Rätselhaft blieb aber dennoch, warum er sich bei Tageslicht so dicht an den Geleitzug gewagt hatte. Ich hätte zu gerne gewußt, um welches von unseren Booten es sich handelte, das von den Tommies derart in die Zange genommen wurde. Sechs Boote sollten am Geleit stehen: wir mit U 115, Kapitänleutnant Possehl mit U 121, U 127, das Boot von Lindner, dessen Positionsmeldungen ausgeblieben waren. Dazu U 684 mit Dittberner, U 685 mit Franke sowie U 686 von Kapitänleutnant Witte. Außerdem operierten weiter im Süden noch Frank Wildenow mit U 114 und U 687 von Kapitänleutnant Knobel an dem kleineren Geleit, auf das mein alter Freund Kuddel ja schon zum Schuß gekommen war.

Lindner war es höchstwahrscheinlich nicht, der da beharkt wurde. Der steckte schon seit zwei Tagen irgendwo in Schwierigkeiten, falls sein Boot überhaupt noch schwamm. Blieben vier Kandidaten übrig. Dittberner und Franke waren zu helle für so einen Unfug, also tippte ich auf Witte und U 686 oder Possehl mit U 121. Doch selbst wenn einer der beiden Kommandanten vielleicht nicht vorsichtig genug agiert hatte, blieb unklar, wie die Tommies ihn entdeckt haben konnten. Da mußte schon viel Pech im Spiel gewesen sein. Pech oder etwas anderes.

In meinem Kopfhörer steigerten sich die Schraubengeräusche zu einem rasenden Crescendo. Verdammt, die Tommies mußten beinahe das gesamte Geleit entblößt haben! Zwei Zerstörer und zwei oder drei Korvetten. Die wollten es wirklich wissen!

Wieder hallten die Detonationen der schweren Wasserbomben durchs Meer. Wahrscheinlich waren die beiden Zerstörer in Dwarslinie angelaufen, um den Bombenteppich möglichst breit zu halten. Das Donnern nahm kein Ende. Nachdem die Zerstörer das U-Boot überlaufen hatten, kamen offenbar die beiden langsameren Korvetten dran. Die Dinger waren zwar eigentlich für den Küstenschutz gebaut worden, aber nichtsdestotrotz waren diese kleinen Geleitboote – mit einem entschlossenen Kommandanten und einer guten Besatzung – hier draußen für ein getauchtes U-Boot nicht weniger gefährlich als deren größere Schwesterschiffe.

Wieder rollten die Hammerschläge durch das Wasser, und die Explosionen würden das gejagte Boot durchschütteln wie ein Dobermann eine gefangene Ratte im Maul.

Mir schwante Schreckliches. Vier Engländer waren zuviel! Zwei, vielleicht drei, ja! Aber nicht vier! Ein einziger lausiger Knoten bei Schleichfahrt, das waren 1825 Meter in der Stunde oder etwa dreißig Meter pro Minute, und länger als eine Minute hatte bestimmt nicht zwischen den Anläufen der Zerstörer und der nachfolgenden Korvetten gelegen. Und trotz der donnernden Schläge und des unheimlichen Gluckerns, wenn das Wasser in das Vakuum zurückströmte, das die Ladungen ins Wasser gerissen hatten, hörte ich immer noch die rasenden Schrauben der Zerstörer. Sie drehten! Bei Gott, die Brüder drehten, so eng es nur ging. Bei dem mittlerweile niedrigen Seegang konnten sie sich in die Kurve werfen wie Windhunde. Das Bild sich vorzustellen, das sie boten, war nicht schwer: Die langen, schlanken Silhouetten, die sich fast bis zum Deck auf die Seite legten, in die Kurve gedrückt von der Kraft ihrer dreißigtausend und mehr Pferdestärken. Trotzdem würde der Wendekreis ziemlich groß ausfallen, aber bei über dreißig Knoten Fahrt würden sie dennoch innerhalb von drei Minuten herum sein und den nächsten Anlauf nehmen. Drei Minuten, von denen das U-Boot zwei durch die Ladungen der beiden Korvetten herumgeworfen und -gewirbelt wurde.

Ich wandte mich kurz um und blickte in die Zentrale. Leutnant Störmer und der LI hatten alles im Griff, aber die Männer schauten immer wieder angestrengt auf die gerundete Bordwand, als sei alles, was da draußen vorging, ihnen nicht geheuer.

Als Becker meinen Blick bemerkte, nickte er mir zu. »Boot auf zweihundert Metern eingependelt, Herr Kaleu! Alles dicht, Stopfbuchsen werden gerade noch einmal kontrolliert. Tiefenruder folgt, Herr Kaleu!«

Die formal korrekte Meldung gab mir wieder etwas von meiner Sicherheit zurück. Das war etwas, an das man sich halten konnte, wenn man seiner eigenen Stimme nicht traute. Ich tippte kurz an die Mütze. »Danke, Herr Becker!« Ich räusperte mich. »Wir bleiben noch für etwa eine Stunde hier unten. Danach sehen wir weiter.«

Erneut konzentrierte ich mich darauf, was es in den Kopfhörern gab: kurze Pausen zwischen den Bombenteppichen, aber offenbar nur, wenn gerade keiner der Verfolger Anlauf nahm. Sie kreisten! Und zwar in Kiellinien! Das war an sich eine völlig ungewöhnliche Taktik, aber ich erinnerte mich daran, daß die beiden Zerstörer, die uns vor Norwegen gejagt hatten, so etwas Ähnliches schon einmal versucht hatten. Nur hatten die es nicht bis zum Ende durchgezogen, weil der Kreuzer, den sie begleitet hatten, ungeduldig geworden war.*

Offenbar praktizierten die Tommies tatsächlich eine neue Taktik, über die wir offiziell aber bisher nicht informiert worden waren. Als die Zahl der Wasserbomben-Explosionen sich nochmals steigerte, sahen Grauert und ich uns mit unverhohlenem Entsetzen an. Vermutlich dachten wir beide dasselbe: Das einsame deutsche Boot in rund zehn bis elf Meilen Entfernung würde wohl keine Chance mehr haben, das Inferno zu überleben.

Und dann schwiegen die Bomben, nur noch zwei oder drei Nachläufer hallten schaurig durch das kalte Wasser. Plötzliche Stille setzte ein, abgesehen vom Schraubengeräusch der Kriegsschiffe, die nur noch ruhig kreisten. Ich spürte die aufsteigende Übelkeit. Die beiden Zerstörer begannen offenkundig bereits abzudrehen, um dem Geleitzug hinterherzuhetzen. Die beiden kleineren Korvetten schienen zu treiben, aber wahrscheinlich sammelten sie nur noch das eine oder andere Wrackteil als Beweis für die erfolgreiche Versenkung ein.

Für einen kurzen Augenblick saß ich reglos im Kugelschott und dachte nach. Der Tod, Freund Hein, wie wir ihn nannten, war ein alltäglicher Begleiter aller U-Boot-Besatzungen. Selbst in Friedenszeiten hatte es an Unfällen nicht gefehlt. Die U-Boot-Fahrer waren schon immer ein kleiner elitärer Zirkel innerhalb der Marine gewesen, und als der Krieg ausbrach, hatten wir gewußt, daß viele von uns draußen auf See bleiben würden, und es war etwas, das jeder von uns mehr oder weniger akzeptiert hatte. Doch hilflos hier zu sitzen und mitzubekommen, wie es ein anderes Boot mit unseren Kameraden erwischte, war trotzdem ein Schock. Ich sah mich um und bemerkte das lähmende Schweigen. Jeder

* Siehe Erik Maasch: U 115: Jagd unter der Polarsonne

bei uns an Bord wußte, was geschehen war, denn schließlich fuhren auf U 115 keine grünen Neulinge mit. Ich mußte etwas unternehmen, um zu vermeiden, daß der Schock sich festsetzte, damit er nicht aus einer guten Besatzung einen Haufen Memmen machte.

Ich richtete mich auf. Es war kaum zu glauben, daß wir in zweihundert Metern Tiefe dahinglitten. Meine Offiziere nahmen Haltung an. »Boot auf zweihundert Meter, Kurs eins-drei-fünnef, Geschwindigkeit vier Knoten, Herr Kaleu!« Leutnant Störmer legte die Hand an die Mütze.

Ich räusperte mich. »Sehr gut, I WO!« Dann wandte ich mich dem LI zu. »Nun, wie sieht es aus?«

»Das Boot ist dicht, die Ruder arbeiten einwandfrei. U 115 ist kampftauglich, Herr Kaleu!«

Damit hatte er uns alle festgelegt. Wenn es ernste technische Schwierigkeiten gegeben hätte, dann wäre es meine Entscheidung gewesen, wie weiter verfahren würde, aber so blieb keine andere Wahl, als anzugreifen. Und das würde ich tun!

In diesem Moment war ich mir sehr wohl bewußt, daß jeder der Männer an meinen Lippen hing, und ich teilte deren Ängste durchaus. Aber ich war der Kommandant und hatte eine Pflicht zu erfüllen, auch wenn mir das schon lange nicht mehr so schwergefallen war. Ich zwang mich zu einem schmalen Lächeln. »Nun gut, die Tommies haben jetzt die Genugtuung, daß sie zur Abwechslung auch einmal jemanden von uns erwischt haben, nachdem sie in der letzten Nacht doch mächtig bluten mußten.« Ich atmete durch. »Fähnrich, Sie übernehmen die Wache als II WO. Der I WO und der LI bitte in mein Kabuff zur Angriffsbesprechung. So lange bleiben wir noch im Keller!«

Wir zogen uns zurück. Ich setzte mich auf die Koje, der LI bekam meinen einzigen Stuhl, und der I WO quetschte sich in die Ecke daneben.

»Es war gut, die Männer sofort wieder aufzurütteln, Herr

Kaleu«, erklärte Störmer, »denn so eine Geschichte geht allen ganz schön an die Nieren.«

»Was meinen Sie, Herr Störmer, wie erst die Kameraden im anderen Boot sich gefühlt haben müssen?« Ich sah, wie er merklich erbleichte, und hob beschwichtigend die Hand. »Nein, nein, Herr Leutnant, das sollte kein Tadel sein. Aber ich will etwas klarmachen. Wenn wir heute nacht angreifen, dann sollten wir die Sache etwas geplanter angehen als gestern.«

Der LI lehnte sich etwas zurück. »Und welche Rolle spiele ich dabei, Herr Kaleu? Ich meine, es ist meine Aufgabe, unser U 115 zusammenzuhalten, aber mit Angriff und so, nee, das is nisch so mei Gebied, o Verzeihung, Herr Kaleu, nicht so mein Gebiet, Herr Kaleu.«

»Ich weiß, Herr Becker, aber mich beschäftigen noch ein paar technische Fragen, und deswegen brauche ich Sie hier.«

»Technische Fragen?« Er sah mich mißtrauisch an. »Nun, das Boot ist so klar, wie es nur sein kann, und ...«

»Das glaube ich Ihnen unbesehen, LI«, unterbrach ich ihn. »Mir geht es um was ganz anderes. Ist es denkbar, daß die Tommies in der Lage sind, unsere Kurzfunksprüche einzupeilen? Die Kontaktmeldungen?«

Der Leitende strich sich nachdenklich mit der Linken über seinen Bart. »Nun ja, ich bin kein Funkexperte. Da sollten wir besser mal Grauert und Pepke fragen. Theoretisch geht das sicher, aber ob die in der Praxis schon soweit sind?«

»Gut, dann machen wir das. Aber vorher noch eine weitere Frage. Kann es sein, daß die Tommies mit einem gigantischen Funkmeßgerät auf einem Passagierschiff experimentieren? Laut unserer Experten soll dies auf deren Kriegsschiffen aus Platzgründen nicht gehen, aber was ist mit so einem großen Zossen?«

Der LI verzog verächtlich die Mundwinkel. »Verdammte Experten! Bereits auf der *Graf Spee* war ein Funkmeßgerät, das ist ein offenes Geheimnis, und wenn ich die verschiedenen Dickschiffe und die komischen Matratzen in den Masten sehe, dann denke ich mir mein Teil. Nein, Herr Kaleu, die Frage stellt sich gar nicht, ob das geht, denn unsere Leute haben das nämlich schon längst erprobt.«

Bernd Störmer beugte sich interessiert vor. »Aber warum erfahren wir davon nichts?«

Der LI blickte ihn etwas mitleidig an. »Dreimal dürfen Sie raten. Schon mal was von Geheimhaltung gehört? Außerdem möchte ich beinahe wetten, daß unsere Dienste nach wie vor darüber rätseln, ob die Tommies das auch können.«

»Na, das ist ja mal wieder hervorragend«, brummte ich mißvergnügt. »Und ich Trottel habe in meinen Bericht über den versenkten Hilfskreuzer vor Norwegen* bereits reingeschrieben, daß es keine Erklärung dafür gibt, wie er uns hat aufspüren können. Natürlich hat da keiner drauf reagiert, wenn die Sache sowieso schon der Geheimhaltung unterliegt.«

»Sie glauben also, daß irgendwo im Geleit ein Schiff mit einem Funkmeßgerät unterwegs ist?« konstatierte Störmer. »Aber wieso haben wir dann nicht in der letzten Nacht alle die Hucke voll bekommen, Herr Kaleu.«

»Ganz einfach, weil jemand ihnen einen Strich durch die Rechnung gemacht hat! Genauer gesagt, wir waren dies. Was, wenn das Schiff, das wir versenkt haben, kein Truppentransporter war? Nehmen wir für einen Augenblick an, meine Herren, es handelte sich um einen Hilfskreuzer, ein Schiff mit einer wirksamen Funkmeßausrüstung.«

»Warum dann aber gleich zwei von der Sorte? Einen als Reserve für alle Fälle, Herr Kaleu?«

Oberleutnant Becker hob den Kopf. »Mein Gott, ein Peilverfahren! Das ist es!«

»Mit hoher Wahrscheinlichkeit! Das Ganze dürfte vermutlich noch nicht richtig ausgereift und allenfalls bedingt front-

* Siehe Erik Maasch: U 115: Jagd unter der Polarsonne

tauglich sein, aber wenn es brenzlig wird, dann versuchen die Tommies eben doch, schon einmal den einen oder anderen Stich damit zu machen. So wie vor Norwegen.« Ich sah Störmer an. »Sie erinnern sich? Er wußte die Richtung, aber sein Abstand war falsch, als er feuerte.« Ich nickte gelassen. »Dadurch, daß wir die Tommies mit heruntergelassenen Hosen erwischt und das eine Peilschiff versenkt haben, vermögen sie nunmehr nur Richtungen, aber kein Abstände mehr festzustellen. Und wahrscheinlich können sie auch nicht die Art der Ziele unterscheiden.«

»Wie sind Sie darauf gekommen, Herr Kaleu?«

»Nachdem Moebius mich erst einmal darauf gebracht hat, daß unser Opfer vielleicht kein Truppentransporter war, begann ich darüber nachzudenken, was es denn gewesen sein könnte. Der zweite große Bursche ist letzte Nacht in dem ganzen Durcheinander ziemlich dicht an uns vorbei. Wenn es stimmt, was ich vermute, dann hat er uns auf seine ganz spezielle Art geortet, aber hat nicht registriert, daß wir keiner von den aus dem Geleit ausgebrochen Frachtern waren. Er erkennt nicht, was er da vor der Flinte hat. Und dadurch, daß er die Abstandsweiten auch nicht kennt, weil ihm sein Partner fehlt, den wir unter Wasser getreten haben, wird die weitere Jagd für ihn schwierig.«

Heinz Becker, unser LI, schüttelte den Kopf. »Das ist ja alles schön und gut, Herr Kaleu. Aber auf der einen Seite ist das alles Vermutung. Das kauft Ihnen im Hauptquartier keiner ab. Auf der anderen Seite, wenn das stimmt, dann haben wir sie letzte Nacht lediglich überrascht, und für heute werden sie sich daher was Neues ausgedacht haben.«

»Davon ist auszugehen. Das Boot, das vorhin zerstört wurde, konnte ihnen gar nicht durch Sicht auffallen. Also muß es der Funkmeßdampfer erwischt haben.«

»Aber Sie sagten doch, die Tommies bekommen den Abstand nicht?«

Ich nickte. »Richtig! Aber genau deswegen muß der Meßdampfer irgendwo außerhalb des Geleits unterwegs sein. Sonst könnte er ja vor lauter Dampfern nicht mehr herausfinden, wo die U-Boote stecken. Er hat also wahrscheinlich einen Kontakt irgendwo hinter dem Ende des Geleits gehabt, und die zwei Zerstörer, die zu ihm gehören, sind dann einfach in die Richtung gefahren und die beiden kleineren Korvetten vom Geleitzug hinterher. Deswegen auch die Ballerei und die insgesamt vier Verfolger«

Der I WO sah mich mit glitzernden Augen an. »Also bedeutet das jetzt, was ich vermute, Herr Kaleu?«

»Das kommt nun sehr darauf an, was Sie vermuten, Herr Störmer.«

»Ich glaube, Sie wollen Jagd auf diesen Dampfer machen. Allerdings habe ich keinen Schimmer, wie Sie ihn finden wollen, Herr Kaleu. Er ist doch irgendwo außerhalb des Geleits unterwegs, richtig? Und da gibt es Platz ohne Ende, wo er sich aufhalten kann, Herr Kaleu!«

»Na, mal halblang, Herr Störmer. Er ist beim Geleit, aber nicht sehr weit weg. Außerdem wissen wir, daß er bereits irgendwo an Backbord des Geleits Position bezogen haben muß. Wenn er nämlich an Steuerbord gewesen wäre, dann hätte er nicht das andere Boot erfaßt, sondern uns. Alles klar, meine Herren?«

»Oh!« Das mußte mein guter I WO erst einmal verdauen. Als er mitbekam, wie ich betrübt meinen leeren Kaffeebecher inspizierte, nutzte er die Gelegenheit. »Ich seh mal zu, daß wir noch 'ne Kanne frischen Kaffee von Gohlke kriegen«, sagte er und verschwand nach draußen.

»Wie ist es LI, wollen Sie mit den Funkern reden? Wir treffen uns dann wieder hier.«

Oberleutnant Becker erhob sich. »Wird ja wo keene Ewischgeid dauorn! Aber was mich bewegt, ist eine ganz einfache Frage, Herr Kaleu.«

»Und die wäre?«

Er zwinkerte nervös mit den Augen. »Wie wollen Sie an den

Vogel rankommen? Aufgetaucht kriegt er uns in sein Funkmeßgerät, abgetaucht erwischen uns die Horchgeräte der Zerstörer. Das sieht so oder so nicht gut aus, Herr Kaleu.«

Ich grinste ihn an. »Na, Herr Becker, Sie werden doch wohl jetzt nicht die Nerven verlieren?«

»Eiserne Nerven sind immer gut, Herr Kaleu, aber ein Plan wäre noch besser.« Er senkte den Blick. »Es liegt mir natürlich fern, Ihre Absichten in Zweifel zu stellen, Herr Kaleu, und Sie sind der Kommandant und ...« Er brach ab, als er begriff, daß er sich auf gefährliches Fahrwasser zubewegte. Das, was er angedeutet hatte, konnte man vielleicht auch als Gehorsamsverweigerung auslegen, jedenfalls wenn man ein so engstirniger Geist wie mein Vorgänger Puttfarken war.

»Ich habe nicht den geringsten Zweifel an Ihrer Einsatzbereitschaft, Herr Oberleutnant, falls Sie das beunruhigt. Und was den Plan angeht, teile ich Ihre Ansicht. Aber um den vernünftig zu machen, brauche ich noch die Auskünfte von Grauert und Pepke. Die beiden verstehen von dem Funkkram am meisten. Sie wissen, welche Fragen mich bewegen, also hurtig, Herr Oberleutnant!«

Er salutierte erleichtert. »Ich mache mich auf die Socken, Herr Kaleu!« Mit langen Schritten verschwand er aus meinem Kabuff.

Für einen kurzen Augenblick ließ ich mich zurückfallen und starrte die Decke an. Der Verlust des anderen Bootes hing mir noch nach, es war ja erst etwas über eine Stunde her. Aber ich versuchte, meinen müden Schädel zu zwingen, das alles aus einem anderen Blickwinkel zu durchdenken. Die Vernichtung des anderen Bootes mit Mann und Maus hatte für mich momentan nur eine taktische Größe zu sein. Daß diese Männer auch Mütter, Frauen und Familien hatten, war im Augenblick noch zweitrangig. Und was ich über all das hier dachte ebenfalls. Mir blieben nur ein paar Minuten, um meine Ruhe wiederzufinden, bevor Becker und Störmer zurückkehrten. Dann galt es, einen verdammt guten Plan zu machen, wenn wir heil aus der Geschichte rauskommen wollten, denn die Tommies würden alles tun, um uns die Hölle heiß zu machen, wenn wir uns ihrer besten Abwehrwaffe näherten.

U 115 war aufgetaucht. Mit quälender Langsamkeit versank die Sonne wie ein rot leuchtender Ball in der See im Westen. Ich blickte nach Süden. Immer noch war der Konvoi gegen den hellen Himmel zu erkennen, aber lange würde es nicht mehr dauern, bis die Konturen im Dunkel versinken würden. Wir befanden uns inzwischen nordöstlich des Geleits und hatten nur noch acht Meilen Abstand, und die Rümpfe der englischen Schiffe begannen bereits, mit der dunkleren See zu verschmelzen. Es wurde Zeit, auf die Pirsch zu gehen.

Ich beugte mich zum Sprachrohr: »BÜ an LI, etwas tiefer bitte.« Einen Augenblick mußte ich warten, bis der Befehl weitergegeben war, dann fuhr ich fort: »An GHG, was erzählen die Fische?«

»Brücke von LI: Bestätigt, Frage, können Sie gegenkontrollieren, Herr Kaleu?«

Ich sah Störmer an, der gespannt über die Turmkante lugte. »Können Sie dem LI Ihre Augen leihen, Herr Störmer?«

Der I WO grinste verschmitzt und peilte kurz über den Seegang. »Haben Sie besondere Tiefenwünsche, Herr Kaleu?«

Auch ich blickte hinunter auf unser langes Vorschiff. Viel Zeit blieb uns nicht mehr. »Bis an die Schmerzgrenze, Herr Störmer. Seegang haben wir ja nun so gut wie keinen mehr.«

»Jawohl, Herr Kaleu, bis an die Schmerzgrenze!« Er übernahm das Sprachrohr. »BÜ an LI, es geht los!«

Während Störmer sich um das zugegebenermaßen nicht unkomplizierte Manöver kümmerte, das Boot eintauchen zu lassen, ohne es wirklich zu tauchen, hatte ich Zeit für einen kurzen Rundumblick. Die Dampferfahnen wurden immer undeutlicher. Aber es würde noch eine Weile dauern, bis es richtig dunkel wurde. Der Geleitzug kam uns mehr oder weniger entgegen. Falls die Burschen nicht ausgerechnet auf die bescheuerte Idee kommen sollten, kräftig nach Backbord zu zacken, dann würden sie uns im Abstand von drei oder vier Meilen im wahrsten Sinne des Wortes links liegenlassen. Etwas knapp für meinen Geschmack.

»Herr Störmer, Steuerbord zehn, gehen Sie auf zwo-acht-fünnef. Wie sieht es ansonsten aus?«

Der I WO gab kurz die notwendigen Befehle, bevor er verkündete: »Der LI schwitzt Blut und Wasser, aber er meint, es ginge.«

»Vermutlich nur, weil wir den wahrscheinlich genialsten Tiefensteuerer der ganzen Kriegsmarine haben, Herr Störmer.« Für die Männer der Wache wurde es bis auf Jensen und Fischer, die sich freiwillig gemeldet hatten, hier oben zu bleiben, Zeit. »Wache, einsteigen. Fischer und Jensen, Sie beide bleiben hier oben.«

Gehorsam verschwanden die Männer einer nach dem anderen im Turmluk.

»Sind Sie sicher, Herr Kaleu, daß ...«

Ich schnitt Störmer mit einer Geste energisch das Wort ab. »Ja, bin ich. Das Angebot ehrt Sie, aber ich brauche Sie unten, um gegebenenfalls das Boot heimzubringen, falls hier oben was schiefgeht. Also helfen Sie dem LI noch, das Boot auszutrimmen, und verschwinden Sie dann.«

»Gut, ich schicke Ihnen dafür den Fähnrich rauf! Lehmann hat sich freiwillig gemeldet, genauso wie Obersteuermann Wegner, Steuermann Sigmund und dazu der Smadding, aber der Fähnrich hatte wirklich gute Argumente zu bieten.«

»Argumente? Was für Argumente?« frage ich verdutzt.

»Er meinte, daß Obersteuermann Wegner deshalb besser unten bleiben sollte, weil seine Frau ein Kind erwartet. Und Steuermann Sigmund ist schließlich erst ganz frisch verheiratet. Natürlich kann in Kriegszeiten nicht generell auf so etwas Rücksicht bei der Marine genommen werden, aber zumindest zählt es in unserer Situation als Argument.«

»Na ja«, brummte ich. »Kann gut sein, daß er sich damit Freund Hein an den Hals argumentiert hat, unser guter Lehmann.«

»Der lauert auf uns alle, aber so ist der Krieg, Herr Kaleu.«

Dem gab es nichts hinzuzusetzen, und wir konzentrierten uns wieder völlig auf unsere Aufgaben. Der schmale Rumpf war bereits unter Wasser verschwunden, und trotz der kleinen Fahrt brandete das Wasser am Fuß der 8,8-Zentimeter-Kanone wie eine neue Bugwelle auf. Nun, den Wasserdruck bei zwei Knoten Fahrt würde sie wohl abkönnen.

Störmer lehnte sich über den Wellenabweiser, den eisernen Kragen unseres Turmes, spähte hinunter und sprach dann ins Rohr: »BÜ, sagen Sie dem Leitenden, ein Meter geht noch gut.«

»Brücke von GHG, Geleitzug wie erwartet an Steuerbord voraus. Zerstörer in drei-zwo-null, fünfzehn Knoten auf null-neun-null in sechs Meilen, Zerstörer in drei-vier-fünnef in Drehung, neuneinhalb Meilen, Herr Kaleu.« Der BÜ stutzte kurz. »Maat Grauert meldet, dazwischen seien zwei Korvetten, aber er könne sie nicht genau erfassen, weil die beiden großen Zerstörer so viel Lärm machen. Drei-drei-null und drei-drei-fünnef!«

»Danke!« Ich blickte in die angegebene Richtung. Der erste Zerstörer war wahrscheinlich einer der Vorausfeger und würde gleich wieder nach Steuerbord abdrehen. Mit unserem dunkelgrau gepönten Turm waren wir für ihn praktisch nicht zu sehen. Wenn er allerdings einen Tip als Resultat des englischen Funkmeßverfahrens bekam, sah es anders aus. Dann würde er kommen.

Ich selbst konnte ihn in dem unsicheren Licht nicht ausmachen. »BÜ an GHG: Wir sehen ihn nicht, was macht der vordere Zerstörer?«

Die Rückmeldung kam unerwartet prompt. »Brücke von GHG: Er dreht nach Steuerbord, Herr Kaleu.«

Ich entspannte mich. Das war die Antwort. Noch wußte keiner, wo wir waren. Unser Turm ragte aus dem Wasser wie ein überspülter Felsen, auf dem wir wie ein paar Seehunde hockten.

Leutnant Störmer wandte sich um und legte die Hand an die Mütze. »Das war es, Herr Kaleu. Boot liegt halb getaucht auf zwölf Metern.«

Sechzehn waren Sehrohrtiefe! Ich plierte wieder über die Turmkante. Zwei Meter und ein bißchen was! Der Turm ragte kaum mehr als Mannshöhe aus dem Wasser. Zufrieden erwiderte ich Störmers Gruß. »Gute Arbeit, I WO. Nun runter mit Ihnen, und schicken Sie mir Lehmann hoch!«

»Jawohl, Herr Kaleu!« Er zögerte kurz, bevor er hinzusetzte: »Und viel Glück!«

»Ihnen auch, Herr Störmer. Ach ja, eins noch: Womit hat Lehmann eigentlich unseren Smadding Hochheim bei der Freiwilligen-Diskussion ausgestochen?«

Störmer steckte schon halb im Luk. »Mit gar nichts, Herr Kaleu. Sie haben einfach nur geknobelt.« Ehe ich etwas sagen konnte, rutscht er bereits nach unten. Geknobelt! Na ja, es gab sicher schlechtere Methoden, so etwas auszuhandeln.

»Brücke von GHG: Zerstörer in drei-vier-zwo. Kurs eins-acht-sieben, Fahrt zwanzig Knoten.«

Wieder versuchte ich mein Glück, und meine Mühe wurde belohnt. Für einen kurzen Augenblick sah ich einen hellgrauen Schatten gegen den dunkleren Hintergrund des Geleits. Eigentlich verriet ihn sein Schnurrbart, die weiße Bugwelle, die er bei dieser Fahrt aufwarf. Zerstörer waren wie Windhunde, schnell, gewandt, tödlich – aber manchmal auch genauso blöde.

Ich suchte die Flanke des Geleitzuges ab, aber der zweite Zerstörer war offenbar immer noch zu weit weg.

Fähnrich zur See Lehmann kam aus dem Luk geklettert und meldete sich zur Stelle.

Ich konnte mir ein Lächeln nicht verkneifen. »Soweit ich gehört habe, verdanken Sie diese Ehre einem Sieg beim Knobeln?«

»Ja, Herr Kaleu, Glück gehört immer irgendwo auch mit dazu.« Er grinste so unverschämt breit, daß mir bewußt wurde, er hatte irgendwie Schmu gemacht.

Für einen Augenblick wurden wir beide ernst und sahen einander an. »Also gut, aber behalten Sie gefälligst den Kopf etwas unten, Fähnrich.« Erstaunt stellte ich fest, daß er die UZO auch schon mit nach oben gebracht hatte.

»Ich dachte mir, die brauchen Sie vielleicht heute noch, Herr Kaleu!«

So ein Frechdachs! Natürlich brauchten wir die noch! Jedenfalls, wenn alles glattging. Für einen Augenblick verschlug es mir die Sprache.

Der Fähnrich grüßte kurz. »Ich montiere sie dann besser gleich mal, Herr Kaleu!«

»Tun Sie das, Fähnrich! Haben Sie sich denn eigentlich überhaupt schon mit der UZO mal näher befaßt?«

»Leutnant Störmer hat sie mir erklärt und mich ein paar Trockenübungen machen lassen. Aber natürlich habe ich noch nie scharfe Aale geschossen, Herr Kaleu, falls Sie das meinen sollten.«

»Aber mit der Theorie kennen Sie sich immerhin ja aus, Herr Lehmann!«

Er wurde etwas käsig um die Nase, als er begriff, was ich mit diesen Worten angedeutet hatte. Daran, daß er eventuell würde schießen müssen, hatte er vermutlich bis dahin noch mit keiner Silbe gedacht.

Ich ließ ihm einen Augenblick Zeit, sich an den Gedanken zu gewöhnen, und beugte mich über das Sprachrohr. »BÜ an GHG, was erzählt unser ganz spezieller Fisch?«

Die Antwort ließ etwas auf sich warten, dann meldete sich

der BÜ: »Brücke von GHG: Achteraus vom Geleitzug sind Turbinen zu hören, Anzahl der Schiffe ist aber noch unklar, Herr Kaleu. Abstand über zwölf Meilen.«

»Danke! Sowie Maat Grauert eine Peilung hat, bitte sofort an uns melden!«

Über zwölf Meilen! Unser Horchmaat mußte wirklich Ohren wie eine Luchs haben, wenn er unter so vielen Geräuschen das große Passagierschiff herausgefunden hatte, und dann noch auf diese Entfernung! Denn hinter dem Geleit, das konnte nur unser spezieller Freund sein, der dort mit seiner Elektronik versuchte, über die Backbordflanke des Konvois zu wachen. Und natürlich würden die beiden Zerstörer, die ihn sicherten, ein sorgsames Auge darauf haben, daß sich keiner von uns mit voller Fahrt von hinten an ihn heranmachte, um ihm ein paar Aale zu verpassen, so, wie wir es mit dem Schwesterschiff gemacht hatten. Wahrscheinlich war es eine heilsame Lektion für die Tommies gewesen, auf ihre abgewandte Seite zu achten.

»BÜ an I WO: Backbord zehn, auf zwo-sieben-null gehen!«

Der BÜ bestätigte sofort. »Ruder Backbord zehn, neuer Kurs wird zwo-sieben-null.«

Wenn das hier klappte, was ich vorhatte, dann würden die Tommies eine neue Lektion lernen.

»Fischer, Jensen, auf Zerstörer vom Geleit her achten!«

»Jawohl, Herr Kaleu!« Die Stimme Fischers, des ehemaligen HJ-Führers, klang aufgeregt. Ich erinnerte mich daran, daß er sich freiwillig zur U-Boot-Waffe gemeldet hatte, nachdem er einige Schmöker über die Heldentaten unserer Boote im letzten Krieg gelesen hatte. Wenn ich gerecht sein wollte, dann hatten viele von uns in ihrer Jugend derartige Bücher gelesen und waren deswegen bei den U-Booten gelandet. Allerdings, abgesehen von seinem Geschwafel über den süßen und ehrenvollen Tod fürs Vaterland, das ihn an Bord unbeliebt machte, mußte ich zugeben, daß Fischer sein

Handwerk als Seemann verstand. Das hier war also durchaus nach seinem Geschmack, befürchtete ich.

Doch es war der falsche Zeitpunkt, um sich darüber Gedanken zu machen. Alles, was jetzt zählte, war, das Geleit an uns vorbeilaufen zu lassen. Denn mit jeder Minute krochen die Handelsschiffe weiter. Addiert mit unserer eigenen Fahrt in entgegengesetzter Richtung waren das immerhin fast zweihundertfünfzig Meter. Allerdings bedeutete dies weitere eineinhalb Stunden, bis der dicke Brocken, auf den wir es abgesehen hatten, überhaupt in unser Schußfeld kommen würde. Eine Ewigkeit.

Ich leistete mir einen Blick zur Seite. Die dunklen Schatten an Backbord überlappten sich zu großen seltsam aussehenden Gebilden. Der Traum eines jeden U-Boot-Kommandanten. Jetzt dort mit anpirschen und zum Endanlauf mit voller Fahrt mitten ins Geleit... Doch für mich hatte das Funkmeßschiff Priorität, und ich mußte alles unterlassen, was die Bekämpfung dieses Zieles hätte gefährden können.

»Zerstörer! Sechs Dez an Steuerbord, Herr Kaleu!« Jensens Stimme war nur ein Raunen, als wäre das große Kriegsschiff so dicht, daß uns die Besatzung würde hören können.

Ich hatte Mühe, ihn ins Glas zu bekommen. »Ich sehe ihn, Jensen!« Die starke Optik ließ die schlanke Form trotz der Dunkelheit heranrücken. Sechs Meilen Entfernung ungefähr, schätzte ich. Das bedeutete, er würde rund zehn Minuten bis zu uns herüber brauchen. Zeit genug, um gegebenenfalls zu tauchen.

Fischer räusperte sich. »Da sind noch zwei Bewacher, Herr Kaleu! Drei Dez an Backbord!«

Mein Glas schwang herum. Auch der Fähnrich, der wieder neben mich getreten war, sah sich die Bescherung an. Eine der beiden Korvetten drehte gerade wieder, um an die Spitze des Geleites zurückzulaufen, die andere schien ungefähr auf halber Höhe des Geleites zu verharren. Alles ohne zu zacken. Normalerweise würde das keinen Sinn ergeben, aber wenn man natürlich vor der Wahl stand, zu zacken, ohne zu wissen, ob es was nützte, oder einem Funkmeßgerät die besten Chancen zu verschaffen, die Angreifer rechtzeitig zu sichten, dann verzichtete man eben auf das Zacken.

Bisher waren alle weit entfernt, aber die erste Korvette würde uns in Bälde in nur drei Meilen Abstand passieren. Eigentlich müßte das reichen, um nicht gesichtet zu werden, aber aufgrund des Mondscheins war nicht auszuschließen, daß wir uns gegen das Glitzern der See abhoben. Innerlich verfluchte ich den stummen Gesellen dort oben am Himmel, der erst nach Mitternacht untergehen würde.

»Brücke von GHG: Turbinen hinter dem Geleit. Der Hilfskreuzer in drei-fünnef-fünnef, Abstand zehn Meilen, Herr Kaleu. Zerstörer an Backbord und Steuerbord von ihm.«

»Danke!«

Also gut, zehn Meilen. Ich blickte auf zum Mond. Es war einfach zu hell, aber wenn ich wartete, bis es dunkler wurde, dann würde vielleicht das eine oder andere Boot früher zum Angriff ansetzten, und dann war hier der Teufel los. Die Bedingungen waren für die Tommies ideal. Für das, was wir vorhatten, natürlich auch, abgesehen von den Lichtverhältnissen. Denn bei höherem Seegang hätten wir unmöglich mit einem derart niedrig getrimmten Boot so ruhig am Geleit entlangfahren können.

»Herr Kaleu, noch ein Zerstörer! Zwei Dez an Backbord!«

Ich spähte mit dem Glas in die Richtung, vermochte aber nichts zu erkennen. »Wo denn, ich sehe ihn nicht!«

»Am Ende der Kolonne, Herr Kaleu!«

Zuerst sah ich nur die dunkle Masse der letzten Schiffe, aber dann war dahinter eine schnellere Bewegung auszumachen. Im Geiste ging ich rasch noch einmal die Lage durch. Entlang der Backbordkolonne des Geleitzuges standen ein Zerstörer, der vor dem Geleit hin und her huschte, zwei Korvetten entlang der Kolonne und am Ende erneut ein Zerstörer. Vermutlich würden später, bei stärkerer Finsternis, auch noch ein oder zwei andere Bewacher auf diese Seite kommen, denn hier war die schwache, weil dunkle Flanke. Außerdem konnten natürlich auch die weiteren beiden Zerstörer den Hilfskreuzer jederzeit kurzfristig und in Windeseile unterstützen.

Das hier war eine gottverdammte Falle für jedes U-Boot! In der vergangenen Nacht war die Dünung noch höher gewesen, und wahrscheinlich hatte das den Hilfskreuzer auch irgendwie gestört. Doch in dieser Nacht? Wenn er jetzt ein paar Leuchtgranaten in die richtige Richtung schoß, dann konnten die Zerstörer uns mir nichts, dir nichts an der Oberfläche fertigmachen. Wie viel schlimmer mußte es also den angreifenden Booten ergehen, die unvorbereitet in diese Falle liefen? Das hier, das war die Nacht der Entscheidung für dieses Geleit. Ich hatte keine andere Wahl, ich mußte mir den Hilfskreuzer holen, bevor er uns holte.

»Herr Lehmann!«

»Ja, Herr Kaleu?« Der Fähnrich sah mich aus funkelnden Augen an.

Ich deutete auf die Steuerbordseite. »Ab und zu mal einen Blick auf die andere Seite, nicht, daß wir hier einem unserer eigenen Kameraden vor die Rohre laufen, Herr Lehmann!«

»Jawoll, Herr Kaleu!«

Ich seufzte kurz und wandte mich zum Sprachrohr. »BÜ an GHG: Was erzählen die Fische?«

Geduldig wartete ich auf die Antwort, denn es war mir wichtig, daß Horchmaat Grauert sich seiner Sache sicher war. »Brücke von GHG: Zerstörer peilt in zwo-fünnef-null, Korvette in zwo-acht-null, Korvette in drei-drei-null, Zerstörer in drei-drei-fünnef, Hilfskreuzer und seine beiden Zerstörer in drei-fünnef-acht, Herr Kaleu.«

»Danke! Maat Grauert soll bitte auch mal nach Steuerbord horchen, nicht, daß da eines von unseren U-Booten herumhängt und uns für ’nen Tommy hält.«

Ich dachte einen Augenblick nach. Der Hilfskreuzer kam mir zu weit nach Steuerbord. »BÜ, Steuerbord fünnef. Langsam auf zwo-acht-fünnef gehen.«

»Brücke, Ruder liegt Steuerbord fünnef, neuer Kurs wird zwo-acht-fünnef.«

»Danke«

Ich kontrollierte im Geist noch einmal die Peilungen. Der Geleitzug lief nicht genau nach Osten, sondern eine Winzigkeit nach Norden entlang des Großkreises, da auf einer Kugel die kürzeste Verbindung zwischen zwei Punkten nun einmal keine gerade Linie ist. Ich wollte mich etwas an Steuerbord des Kurses des Hilfskreuzers halten. Soweit schien mir das alles zusammenzupassen.

»Brücke von GHG: Einer der Zerstörer beim Hilfskreuzer nimmt Fahrt auf. Peilung drei-fünnef-fünnef, Fahrt jetzt fünfzehn Knoten, Kurs eins-sieben-fünnef.«

Für einen Augenblick stand ich wie erstarrt. Hatte uns das Funkmeßgerät entdeckt? Aber warum schickte der Hilfskreuzer dann einen seiner Zerstörer, statt einen Geleiter vom Konvoi zu alarmieren?

»Aufpassen, Männer, sofort melden, wenn einer der Bewacher in Bewegung kommt!« Ich wandte mich zum Sprachrohr, »BÜ an GHG, ist irgendwo zwischen uns und dem Zerstörer irgend etwas unterwegs?«

Der Fähnrich war schneller. »Dort, Herr Kaleu!« Er deutete etwa ein Dez nach Steuerbord.

Gegen die spiegelnde Wasseroberfläche hob sich dunkel eine Art Faß ab. Ich brauchte einen Augenblick, um zu begreifen, daß ich den Turm eines deutschen Unterseebootes vor mir hatte.

Verdammt! Der Bursche war wirklich sehr früh dran. Er mußte mit abgeschalteten Dieseln hier gelauert haben und wollte nun wohl zum Angriff anlaufen.

Das andere Boot stand wesentlich höher aus dem Wasser als wir, obwohl es natürlich nicht ganz aufgetaucht war, bot aber dadurch dem Funkmeßgerät ein viel größeres Ziel, zumal der halb aufgetauchte lange Rumpf auch noch quer zum Hilfskreuzer stand.

»Herr Kaleu…« Die Worte des Fähnrichs rissen mich aus meiner Erstarrung. Das andere Boot war nur tausend, vielleicht tausendzweihundert Meter entfernt. Bei unserer Fahrt bestand zwar kein Kollisionsrisiko, aber wenn ich nicht bald etwas unternahm, dann bekam der Zerstörer bald zwei Boote zum Preis von einem.

Ich fuhr herum zum Sprachrohr. »BÜ, Klappbuchse auf die Brücke, schnell!«

Noch während ich mitbekam, wie jemand aus dem Turmluk kletterte und den Signalscheinwerfer an den Fähnrich übergab, der sich damit neben mir positionierte, sprudelte ich auch schon den nächsten Befehl heraus. »BÜ, Ruder Steuerbord zwanzig, halbe Fahrt. Auf null-null-null gehen.«

»An Brücke, Ruder liegt Steuerbord zwanzig. Neuer Kurs wird null-null-null.«

»Danke!« Ich blickte nach vorne. Natürlich konnte ich unseren Bug nicht sehen, denn der lag unter Wasser. Aber das andere U-Boot begann scheinbar nach Backbord abzuwandern, eine Täuschung, die mir aber zeigte, daß unser Ruder Wirkung zeigte.

Auf dem Turm des anderen Bootes kam Bewegung in die Gestalten, als unsere Diesel plötzlich aufdröhnten.

»Morsen Sie ihn an, Fähnrich, und warnen Sie ihn. Er ist entdeckt worden, ein Zerstörer läuft von Steuerbord auf ihn zu.«

Fähnrich Lehmann mußte sich dabei mit seiner Varta-Lampe immer wieder drehen, da unser Rudermanöver uns ständig weiter herumdrückte.

Ich spähte zu dem anderen U-Boot hinüber. Die hatten dort natürlich keine Morselampe auf der Brücke, aber der Kommandant winkte mit seiner weißen Mütze zum Zeichen, daß sie verstanden hatten. Seine Diesel brüllten auf, als das Boot Fahrt aufnahm. Was hatte er vor?

Ich beugte mich zu unserem Sprachrohr. »BÜ, Maschine stopp!«

»Stopp, Herr Kaleu?« fragte der Mann ungläubig zurück.

Ich holte Luft. »BÜ, stopp sagte ich!«

»Jawohl, Herr Kaleu, Maschinen stopp!«

»Stopp?« Auch der Fähnrich zeigte sich überrascht.

»Totstellen, Herr Lehmann. Die ziehen mit dem Theater alle Aufmerksamkeit auf sich.«

Zwei dunkle Schatten hatten sich vom Geleitzug gelöst und steuerten auf uns zu. Auch auf dem anderen Boot hatte man die Gefahr erkannt, aber noch nicht den Hintergrund begriffen. Mit voller Fahrt steuerte es weg von uns und bog nach Steuerbord, wobei es nichts weiter hinterließ, als eine breite Schleppe schäumenden Kielwassers.

Auf dem Zerstörer donnerte ein Geschütz, und eine erste Leuchtgranate stieg auf. Grelles Licht breitete sich aus, während sie langsam wieder an ihrem Fallschirm abwärts schwebte. Für einen kurzen Augenblick waren wir geblendet.

Dann vermochte ich aber zu erkennen, daß es sich bei dem anderen Boot, das sich plötzlich mitten auf dem Präsentierteller befand, um U 684 handelte. Die Tommies feuerten, was die Rohre hergaben. Wasserfontänen sprangen rund um Dittberners Boot in die Höhe. Unwillkürlich waren wir alle hinter der Turmbrüstung in Deckung gegangen, aber um uns kümmerte sich keiner.

Das Augenmerk der Engländer galt einzig und allein der flüchtenden Beute.

Es war dennoch ein gewagtes Spiel, uns einfach totzustellen, denn wenn wir doch entdeckt worden wären, dann wäre U 115 hilflos ohne Fahrt dagelegen. Dittberner spielte ohne Zweifel höher. Mit immer neuen Haken wich U 684 dem Beschuß aus. Trotzdem würden die Tommies nicht ewig vorbeischießen.

Eine weitere Leuchtgranate stieg auf. In deren kaltem gleißenden Widerschein konnte ich mit meinem Glas erkennen, daß Dittberner, der seine Männer offenbar schon hatte einsteigen lassen, hinter der UZO kauerte. Endlich feuerte er. Ich sah die Blasenbahnen der Torpedos, bevor die Aale auf Tiefe gingen.

Erneut schlugen Granaten rund um U 684 herum ein, und dieses Mal verriet ein greller Blitz, daß die Engländer nicht nur Wasser getroffen hatten. Die Gestalt mit der weißen Mütze stürzte hinter der UZO, aber das Boot begann zu tauchen. Dittberner mußte gespürt haben, wie schwer er getroffen worden war, und hatte seinen letzten Befehl gegeben, den zum sofortigen Tauchen. Für einen Augenblick lang sah ich die einsame Gestalt noch, dann schnitt auch der Turm unter, und sie wurde mit in die Tiefe gerissen.

Ein weiterer Zerstörer jagte mit tief gesenkten Geschützen auf die Tauchstelle für den Fall zu, daß das getroffene Boot dort in der Nähe wieder auftauchen würde. Aber er hatte die Rechnung ohne Kapitänleutnant Dittberner gemacht. Gerade als er wenden wollte, traf ihn einer von dessen Torpedos. Eine haushohe Wassersäule schoß mittschiffs empor, dann krepierten die bereitliegenden Wasserbomben.

Ich beugte mich zum Sprachrohr. »BÜ: E-Maschine, vier Knoten, Kurs zwo-acht-null.« Ich wartete, bis der Befehl weitergegeben worden war, dann fuhr ich fort: »BÜ an GHG: Sind vor uns noch weitere Bewacher?«

Offensichtlich behielt Grauert am Horchgerät trotz der Gefahr die Nerven, denn er nahm sich die Zeit, die Gegend genau abzuhorchen. Unsere E-Maschinen liefen bereits, und das Boot nahm langsam Fahrt auf, als die Stimme aus dem Sprachrohr sich wieder meldete: »An Brücke: Vor uns ist frei. Ein weiterer Zerstörer kommt die Kolonne entlang, Herr Kaleu.«

Die letzte Leuchtgranate verglühte zischend im Meer, und es senkte sich wieder so etwas wie Dunkelheit über das nasse Schlachtfeld. Langsam und leise schoben die summenden E-Maschinen uns weiter nach Westen.

»BÜ: Backbord zehn, neuer Kurs zwo-sieben-null.«

»Ruder liegt Backbord zehn, Herr Kaleu!«

Hinter uns herrschte immer noch wüstes Durcheinander. Der getroffene Zerstörer war in zwei Teile zerbrochen. Das Heck schwamm noch, und die Flammen schlugen hoch aus den Aufbauten, aber der Bug mit Kommandobrücke und Geschützen legte sich bereits auf die Seite. Bis zu uns in beinahe zwei Seemeilen Entfernung war das Kreischen des reißenden Stahls zu hören, als das Vorschiff endgültig wegbrach. Den hatten die eigenen Wasserbomben gründlich zerlegt.

»BÜ an GHG: Laufen die Aale von U 684 noch?«

Noch während ich auf die Antwort des Horchmaaten wartete, erfuhr ich auch so, wo die Torpedos von U 684 geblieben waren. In kurzem Abstand hörten wir hintereinander zwei dumpfe Einschläge, und dann schien in der Mitte des Geleits ein Vulkan auszubrechen!

Das getroffene Schiff mußte wohl ein Munitionsfrachter gewesen sein, denn es explodierte mit höllischer Gewalt. Grelle gelbe Stichflammen brachen aus dem Rumpf und vereinten sich zu einer Feuersäule, die weit über den Konvoi emporstieg. Für einen Augenblick lang war die Mitte des Geleitzuges hell erleuchtet. Dann, so abrupt wie das Inferno begonnen hatte, endete es auch wieder, und nur noch ein glühender Trümmerregen ging auf die benachbarten Schiffe hernieder.

Und irgendwo dort draußen warteten immer noch zwei unserer Boote auf ihre Chance zum Angriff.

Hinter uns wurden erneut Wasserbomben geworfen.

»BÜ an GHG, was erzählen die Fische?«

Die Antwort kam prompt. »Brücke von GHG: Die Tommies haben eindeutig ein beschädigtes Boot am Wickel, dem Schleichfahrt nicht mehr möglich scheint, Herr Kaleu.« Der BÜ stutzte kurz und meldete dann weiter: »Hilfskreuzer in null-null-null, Abstand sieben Meilen. Läuft jetzt zehn Knoten, begleitet von einer Korvette an seiner Backbordseite.«

Es ging nicht anders, ich mußte jedweden Gedanken an die Kameraden verdrängen. Kapitänleutnant Dittberner hatte ich fallen gesehen, und sein Boot würde ihm bald in den Tod folgen, denn wenn U 684 sich nicht mehr davonschleichen konnten, dann würden die Tommies es fertigmachen. Drei Boote hatten wir bereits an diesem Geleitzug verloren, so viele wie sonst in einem ganzen Monat! Für einen kurzen Augenblick lang erwog ich, kehrtzumachen und die Geleitfahrzeuge anzugreifen. Doch vier von ihnen waren zuviel. Ich hätte nicht U 684 gerettet, sondern nur U 115 geopfert.

Natürlich waren auch die Tommies nicht ungerupft davongekommen und hatten mächtig bluten müssen. Der Geleitzug bestand nur noch aus drei Kolonnen. Strategisch betrachtet, mochte das drei U-Boote mit Besatzung wert sein, doch diese Erfolge machten den Schmerz über den Verlust der Kameraden nicht wett.

»BÜ, Steuerbord fünfzehn, umschalten auf Diesel, beide Maschinen halbe Fahrt voraus!«

Ich wartete, bis der Bug herumkam. »Recht so, Ruder kommt auf! Neuer Kurs wird null-null-null!«

Der Fähnrich sah mich fragend an. »Wir drehen ab, Herr Kaleu?«

»Der Hilfskreuzer läuft laut Grauert zehn Knoten, er schließt also zum Geleit auf, solange seine Bewacher anderweitig beschäftigt sind.«

Lehmann dachte einen Augenblick nach, dann nickte er. »Ich glaube, ich verstehe. Er ist etwas nördlich von der Backbordkolonne, und aus Lage Null schießt es sich schlecht, nicht wahr, Herr Kaleu!«

Eine kleine boshafte Spitze konnte ich mir nun dennoch nicht verkneifen. »Richtig, zumal wenn ein Anfänger die UZO bedient, Herr Lehmann.«

Zehn Knoten bedeuteten alle sechs Minuten eine Seemeile. Insgesamt würden noch vierzig Minuten vergehen, bis der Hilfskreuzer uns passierte. In dieser Zeit konnte allerhand passieren. Wir liefen mit neun Knoten nach Norden ab, folglich würden wir etwa fünf Minuten nach der Kursänderung genau den richtigen Abstand haben. Navigation nach der Uhr. Auf dem Papier in der Offiziersausbildung eine einfache Übung, aber in der Praxis setzte sie voraus, daß sich auch jeder an den Fahrplan hielt.

Die Minuten verrannen. Endlich war es soweit. »BÜ: Ruder Backbord fünfzehn, neuer Kurs wird zwo-sieben-null!«

Unter meinen Füßen spürte ich, wie das Boot herumschwang, noch bevor die Bestätigung kam. »An Brücke, Ruder liegt Backbord fünfzehn. Neuer Kurs wird zwo-sieben-null!«

»Danke!«

Hinter uns schwoll das Wummern der Wabos zu einem Furioso an. Zum zweitenmal erlebten wir heute mit, wie die Tommies danach trachteten, eines unserer Boote zur Sau zu machen.

»Brücke von GHG: Hilfskreuzer geht mit der Fahrt herunter. Kurs bleibt null-neun-null. Zerstörer läuft mit zwo-sieben-null in Peilung zwo-null-null, Fahrt fünfzehn Knoten, Herr Kaleu.«

Jensen, der mitgehört hatte, streckte den Arm aus. »Da läuft er, Herr Kaleu!«

Der Zerstörer lief mit aufschäumender Bugwelle dicht am Geleit entlang zurück zu seinem Schützling. Entweder war U 684 erledigt, oder der Kommandant hatte sich so langsam wieder auf seine eigentliche Aufgabe besonnen. Für einen Augenblick kämpfte ich mit dem Impuls, dem Kerl einen Aal zu verpassen, aber sein dicker Kumpel war wichtiger.

»Jensen, behalten Sie den Kerl im Auge!«

»Jawohl, Herr Kaleu!«

»Fischer, Sie achten auf den Konvoi, nicht, daß uns von da was in die Quere kommt, Fähnrich, Sie halten Ausschau, ob unser Ziel so langsam in Sicht kommt.«

Für einen Augenblick überlegte ich, zwei weitere Leute aufziehen zu lassen, um auch noch jemanden zu haben, der auf unsere Steuerbordseite achtete. Aber wenn es eng wurde, würden die Sekunden, die zwei Männer zusätzlich brauchten, um einzusteigen, vielleicht entscheidend sein. Außerdem war alles, was von Steuerbord kam, wohl eher ein Freund denn ein Feind.

»Brücke von GHG: Hilfskreuzer in drei-fünf-null, Abstand neuntausend Meter, Herr Kaleu! Fahrt fünf Knoten. U-Boot in eins-acht-null, Kurs zwo-sieben-null, Abstand sechstausend Meter, Geschwindigkeit vier Knoten!«

Neuntausend Meter? Dann mußten wir ihn ja bald zu Gesicht bekommen, so riesig, wie der Kasten war. Dann begriff ich erst so richtig den zweiten Teil der Meldung. Ein U-Boot folgte uns?

Hatte einer der anderen Kommandanten die gleichen Schlußfolgerungen gezogen wie ich? Und wenn ja, wo kam der Bursche so plötzlich her?

Jensen räusperte sich. »Zerstörer querab, Herr Kaleu. Fährt treu und brav seinen Kurs!«

»Gut, weiter beobachten.«

»Brücke von GHG: Bei dem U-Boot handelt es sich wahrscheinlich um U 684. Maat Grauert glaubt, die hängen sich an uns an, weil sie Hilfe brauchen. Sie hören sich nicht gut an, sagt er, Herr Kaleu.«

Auch das noch! Ich versuchte klar zu denken. Jeden Augenblick konnte der Hilfskreuzer vor uns erscheinen oder der Zerstörer an Backbord Lunte riechen. Und zu allem Überfluß folgte uns nun auch noch ein waidwundes U-Boot und suchte eine starke Schulter, um sich anzulehnen. Erfreulich daran war nur, daß Dittberners Boot überhaupt noch schwamm. Wenigstens was.

Ich fällte eine spontane Entscheidung: »BÜ, Maschinen stopp, und holen Sie mir mal Maat Grauert ans Rohr!«

»Herr Kaleu?«

»Wie schlimm ist es Ihrer Meinung nach um U 684 bestellt?«

»Beschissen, Herr Kaleu. Es läuft an der Oberfläche mit einer E-Maschine. Den Pumpengeräuschen nach, die auch schon asthmatisch klingen, muß es die ganze Zeit lenzen.«

»Ist der LI irgendwo bei Ihnen?«

»Hier, Herr Kaleu!« Die Stimme Beckers klang aufmerksam wie immer.

Die Sekunden verrannen unerbittlich, und viel Zeit blieb nicht mehr. »Was können Sie mit dieser Beschreibung anfangen, Herr Becker?«

»Das Ganze klingt so, als wären die Diesel kaputt und der ganze Schlitten leck. Das dürfte bedeuten, sie saufen ab, sobald die Batterien leer sind.«

»Na wunderbar«, merkte ich sarkastisch an. »Und nun?«

Becker nahm sich mit der Antwort einen Augenblick Zeit. »Tut mir leid, aber der Zossen ist mehr oder weniger im Eimer. Wenn die Jungs wenigstens einen der Diesel repariert kriegen, dann sieht es einen Tick besser aus.«

»Fähnrich, schnappen Sie sich die Klappbuchse und erklären sie den Kameraden, wenn sie sich noch vier Stunden halten können, dann sollen sie von hier verschwinden. Drei Meilen weit nach Norden. Wir kommen dann dorthin. Kurze Bestätigung reicht.«

Lehmann griff zur Varta-Lampe. »Und wenn nicht, was machen wir dann, Herr Kaleu?«

»Eine gute Frage.« Ich kratzte mich am Bart. »Eine wirklich sehr gute Frage. Stellen Sie die am besten doch noch einmal, wenn wir mehr wissen. Und los jetzt.«

Der Fähnrich zuckte mit den Schultern und begann, die Botschaft an U 684 zu signalisieren.

»Auf Zerstörer achten!« ordnete ich an. »Wenn jemandem unser gemütlicher Plausch ins Auge fällt, dann ist's aus mit unserem schönen Plan.«

Aus der Dunkelheit hinter uns blitzte ein ziemlich schwaches Licht auf. Offenbar hatte dort irgendwer trotz der prekären Situation über so viel Geistesgegenwart verfügt, um mit einer Blauscheibe vor dem Scheinwerfer zurückzumorsen, auch wenn die Rückmeldung deutlich mehr als nur ein kurzes Signal war. Ich konnte nur hoffen, daß nicht ausgerechnet ein Ausguck auf dem Hilfskreuzer unsere Lichtspiele mitbekam.

»Botschaft lautet, eine E-Maschine und beide Diesel sind unklar, Herr Kaleu. Sie hoffen aber, einen Diesel notdürftig wieder hinzukriegen, falls die Batterien nicht vorher schlappmachen. Sie drehen jetzt nach Norden, um auf uns zu warten.«

»Danke.« Nachdenklich starrte ich dem undeutlichen Schatten hinterher, der jetzt langsam nach Norden abdrehte. Hoffentlich konnten die Kameraden ihren Schlitten wieder in Gang bringen oder sich wenigstens so lange halten, bis wir unser Wild erlegt hatten. Und hoffentlich waren wir dann überhaupt noch in der Lage, zurückzukommen!

Ich räusperte mich. »Aufpassen Männer! Jensen, was macht der Zerstörer?«

»Ich sehe ihn nicht mehr, Herr Kaleu!« Der frühere Fischer klang wie ein ertappter Schuljunge, und dabei konnten wir froh sein, daß der Zerstörer in der Dunkelheit verschwunden und dort niemand unsere Lichtsignale bemerkt hatte.

»BÜ an GHG, was erzählen die Fische?«

»An Brücke von GHG: Hilfskreuzer in drei-zwo-fünnef, Abstand etwa viertausend Meter, Fahrt fünf Knoten, Zerstörer in drei-vier-zwo, Abstand fünftausend Meter, Fahrt fünfzehn. Korvette in drei-vier-acht, Abstand viertausend Meter, sieben Knoten.«

Mein überreiztes Hirn wandelte die Peilungen, die durchgegeben wurden, ohne mein Zutun in ein Bild um. Der große Zerstörer, der uns überholt hatte, hing Steuerbord hinter dem Hilfskreuzer. Außerdem stand eine Korvette an der Backbordseite des Hilfskreuzers, die ihn offenbar überholte. Viertausend Meter! Zeit, Anlauf zu nehmen.

»BÜ, Kurs zwo-sieben-null, beide Dieselmaschinen kleine Fahrt.«

Der Matrose Fischer versteifte sich. »Herr Kaleu!« Aufgeregt deutete er an Backbord voraus. Auch ich nahm den dunkleren Schatten wahr, der sich aus der Finsternis schälte. Bei Nacht wirkte das Schiff noch größer, als es in Wirklichkeit war.

»Sieht jemand bereits die Korvette?« fragte ich, denn der kleine Geleiter mußte irgendwo vor dem großen sein.

»Ja, Herr Kaleu, zwei Dez an Backbord!« Es war Fähnrich Lehmann, der antwortete.

Ich richtete mein Glas in die angegebene Richtung. Ein kleinerer dunkler Schatten hinter der gewaltigen Form des Hilfskreuzers kam in mein Sichtfeld. Das Schiffchen bemühte sich, Schritt mit seinem größeren Schützling zu halten. In meinem Kopf summierten sich Kurse und Geschwindigkeiten. Die Korvette würde innerhalb der nächsten Minuten den Hilfskreuzer passieren, und danach konnten wir auf unser Ziel eindrehen und angreifen. Wir mußten nur erst an diesem verdammten kleinen Wachhund vorbei sein.

»BÜ, Bugrohre bewässern, auf Schußunterlagen von UZO warten.«

»An Brücke, Rohre werden bewässert.«

»Danke.« Nachdenklich wandte ich mich zu unserem Fähnrich um. »Dann mal los, Herr Lehmann!«

Er sah mich erstaunt an. »Aus diesem Winkel?«

»Sicher nicht, Fähnrich. Warten Sie, bis ich auf das Ziel eindrehe. Aber seien Sie bereit, sofort zu schießen, falls wir vor der Zeit entdeckt werden.«

»Jawohl, Herr Kaleu!« Hugo Lehmann postierte sich hinter der UZO und nahm den großen Schatten des Hilfskreuzers ins Visier. Wieder einmal dachte ich mit Unbehagen an die vielen Torpedoversager der letzten Monate. Wenigstens hatten wir jetzt wieder die guten altmodischen Aale mit Aufschlagzünder, mit denen wir bisher ja Glück gehabt hatten.

Stille senkte sich über die Brücke. Die Diesel klangen verdammt laut. Vorsichtshalber kommandierte ich: »BÜ, beide Maschinen kleine Fahrt.«

Während ich auf die Antwort wartete und das Brummen auf ein leises Blubbern zurückging, richtete ich mein Glas auf die Korvette. Den Zerstörer konnte man nur ahnen, denn für uns wurde er durch den Hilfskreuzer verdeckt. Verdammt, viel Zeit blieb nicht mehr. Der dicke Brocken war schon erheblich näher, als ich gedacht hatte, und das verdammte Geleitboot kam und kam nicht aus unserer Schußlinie.

Ein lauter Knall ließ uns aufschrecken. Auf dem Vordeck des Hilfskreuzers flammte eine lange Feuerzunge auf und riß dessen Aufbauten aus der Finsternis. Unwillkürlich zogen wir den Kopf ein. Aber der Schuß galt eindeutig nicht uns. Nicht auszuschließen, daß U 684 erfaßt worden war, das versuchte, sich langsam und leise nach Norden abzusetzen.

Die Bugwelle der Korvette schäumte auf, als das Schiff Fahrt aufnahm.

»Hat jemand gesehen, wohin der Schuß ging?«

»Nein, Herr Kaleu!« Jensen und Fischer verneinten beide gleichzeitig.

Unschlüssig starrte ich auf die Korvette, aber die Tommies nahmen mir die Entscheidung ab. Das kleine Kriegsschiff begann sich etwas nach Backbord überzulegen. Ich brüllte ins Sprachrohr: »Beide Maschinen dreimal Wahnsinnige voraus!«

Die Diesel brüllten auf, als U 115 mit einem plötzlichen Ruck Fahrt aufnahm. So tief, wie wir getrimmt lagen, würden wir wahrscheinlich nicht ganz unsere Maximalfahrt erreichen, aber dafür boten wir auch nur ein kleines Ziel. Ungeduldig trommelte ich auf das Schanzkleid ein, aber es dauerte eben, den schweren Bootskörper anzuschieben, obwohl die Schrauben wie wild schlugen.

Die Korvette wurde überrascht. So, wie es aussah, hatte man nicht uns entdeckt, sondern eines der anderen Boote, und das Kriegsschiff hatte höhere Fahrt aufgenommen, um der Sache nachzugehen. Ich spähte nach vorne und berechnete instinktiv den nächsten Schritt: »Fähnrich, Gegner Backbord, zehn Knoten, Abstand dreitausend. Lauftiefe sieben Meter!«

Der Fähnrich bestätigte meine Schußanweisungen und bemühte sich, die UZO auf das große Schiff gerichtet zu halten.

Ich plierte nach Steuerbord. An der Korvette waren wir vorbei. Das Schiff bemühte sich immer noch, uns in einer engen Drehung zu folgen. Schießen konnte es nicht, denn sein einziges Geschütz stand auf dem Vordeck und konnte nicht weit genug achteraus gerichtet werden.

Ein Signalscheinwerfer blinkte hektisch auf. Sofort blitzte auf der hohen Brücke des Passagierschiffes eine Bestätigung auf.

»BÜ, Backbord zwanzig, bereithalten zum Feuern!«

Das Boot legte sich auf die Seite, als der Bug abrupt unter Wasser herumschwang. Ich peilte über die Turmbrüstung. Der große Hilfskreuzer schien rückwärts in unser Blickfeld zu fahren, aber das war eine optische Täuschung, die durch unsere enge Drehung hervorgerufen wurde.

Hinter uns auf der Korvette feuerte eine Maschinenkanone los, aber die Geschoßbahnen passierten unser Heck.

Ich verzichtete darauf, das Feuer zu erwidern. Der größere Wendekreis, den die Korvette brauchte, brachte sie ohnehin außer Sicht, und ich wollte nicht durch Mündungsfeuer anzeigen, wo genau wir waren. Ich spähte wieder zu dem Hilfskreuzer hinüber und beugte mich zum Sprachrohr. »BÜ, Ruder recht so ... aufkommen.« Ich wartete den Augenblick ab, bis der Rumpf unseres Bootes sich wieder aus der engen Wendung aufrichtete. »Neuer Kurs wird eins-neun-null!«

»An Brücke, Ruder mittschiffs ... Eins-neun-null liegt an!«

Flammenzungen stießen in die Dunkelheit, als der Hilfskreuzer feuerte. Wassersäulen stiegen hinter uns empor. Ich brauchte einen Augenblick, um zu begreifen, daß der dicke Pott seine Kanonen nicht tief genug senken konnte. Zweitausend Meter noch.

»Fähnrich, auf seinen vorderen Schornstein halten! Zeit nehmen beim Zielen! Alle vier!«

Wieder krachte ein Schuß, dieses Mal ein kleineres Kaliber. Offenbar war die Korvette weit genug herumgekommen, um erneut auf uns feuern zu können. An unserer Backbordseite stieg eine Wassersäule auf und durchnäßte uns.

»Herr Kaleu, er dreht!« rief der Matrose Fischer mir zu und deutete nach vorne.

Die gewaltige Bordwand des Passagierschiffes schien näher zu kommen. Der Verrückte drehte tatsächlich auf uns zu! Schulbuchmäßig sollte man zwar in die Torpedolaufbahnen drehen, um ein schmales Ziel zu bieten, aber ob das auch galt, wenn der Gegner, in diesem Fall wir, schon auf fünfzehnhundert Meter heran war?

Bis der Bursche mit seiner gewaltigen Masse genug Ruderwirkung hatte, würden unsere Torpedos längst bei ihm angeklopft haben. Ich wandte mich zum Fähnrich. Der junge Mann mußte Nerven wie Drahtseile haben. »Feuerklar? Dann los!«

»Rohr eins los! Zwei los! Drei los!« Zu Nummer vier kam er nicht mehr, denn wieder schlug eine Granate in der Nähe ein. Ein metallisches Klirren hinter mir verriet mir, daß dieses Mal nicht nur Wasser getroffen worden war. Ich drehte mich um. Jensen rappelte sich gerade wieder auf und schüttelte sich wie ein Hund. Auch der Fähnrich machte bereits Anstalten, wieder auf die Beine zu kommen.

Verwundert blinzelte ich. Da, wo eben noch unsere Zwozentimeter gestanden hatte, sah ich nur noch verdrehtes Metall. Das Geschütz selber war durch den Treffer über Bord gerissen worden. Die verdammte Korvette war dichter hinter uns, als ich erwartet hatte. Wieder rummste es, und dieses Mal stieg eine Wassersäule Steuerbord achtern auf. Es wurde höchste Zeit zu verschwinden. Ich stürzte zur UZO. »Rohr fünf klar! Gegner Lage Null, zwölf Knoten, Lauftiefe zwei Meter!« Noch während ich die Zieloptik herumschwang kommandierte ich: »Einsteigen, klar zum Alarmtauchen!«

Die Männer polterten in das Luk. Ich faßte die Handgriffe der UZO fester. Die Korvette lief tatsächlich brav hinter uns her. Eine ungünstige Schußposition zwar, aber der Aal würde den Tommy beschäftigen, während wir tauchten. »Rohr fünnef los!« Deutlich spürte ich den Ruck, als der Aal das Heckrohr verließ. Ich packte den Lukdeckel und wollte einsteigen, als erneut eine Granate explodierte. Splitter sausten durch die Luft, und mich durchfuhr ein Schmerz, als hätte ich einen Hammerschlag auf den Kopf erhalten. Mir wurde kurz schwindlig, und etwas Warmes lief über mein Gesicht. Mit letzter Kraft plumpste ich ins Luk und zog den Deckel hinter mir zu. Das Handrad rastete ein, und ich ließ mich hinuntersausen.

Ich schlug hart auf das Stahldeck, aber der Schmerz interessierte mich jetzt nicht. »Fluuuten! Runter auf sechzig Meter. Beide AK!« Mein Schädel dröhnte, aber alles, was mein Denken beherrschte, war, möglichst schnell wegzukommen von dem verräterischen Tauchwirbel.

Blut lief mir in die Augen, und Gohlke, unser Smut' und Sani, kam auf mich zugestürzt. »Sie bluten, Herr Kaleu!«

»Erzählen Sie mir was Neues, Gohlke. Helfen Sie mir lieber, die Sauerei aus den Augen zu kriegen. I WO, übernehmen Sie. Mit AK unter dem Dicken durch!«

»Jawohl, Herr Kaleu!«

Während Gohlke an mir rumdokterte, hörte ich Störmer Befehle geben. »Also, ab geht's AK! GHG, wo ist der Hilfskreuzer? Zentralemaat, Schadensmeldungen zu mir!«

Grauerts Stimme klang angespannt. »Der dreht immer noch nach Backbord.«

»Was sagt die Stoppuhr?«

»Noch ein paar Sekunden, Herr Kaleu!« erklärte der I WO.

»Kein Schaden am oder im Druckkörper!« Das war die Stimme unseres Bootsmanns Hochheim.

»Fähnrich, überprüfen Sie die Sehrohre!« Störmer schien überall zugleich zu sein. »Tiefe?«

»Vierzig Meter gehen durch, Herr Leutnant!«

Gohlke sah mir besorgt in die Augen. »Da haben Sie aber ganz schön eins auf den Dez gekriegt, Herr Kaleu.«

Ich unterdrückte ein Stöhnen. »Wie schlimm ist es?«

»Na ja, eine ziemliche Platzwunde. Die muß genäht werden. Und außerdem dürften Sie eine Gehirnerschütterung haben, Herr Kaleu!«

»Na, wenigstens bescheinigen Sie mir, daß da was zu erschüttern war, Smut'«, merkte ich sarkastisch an. Zwei gewaltige Detonationen hallten durchs Wasser. Verdutzt registrierte ich, daß unser Boot davon nicht durchgeschüttelt wurde. Erst mit Verspätung begriff ich, daß der Doppelschlag nicht von Wasserbomben herrührte, sondern von unseren Aalen stammte, die gezündet hatten. Zwei von dreien! Vermutlich war doch wieder ein Versager dabeigewesen, denn ich glaubte nicht, daß der Fähnrich danebengezielt hatte.

Störmer sah mich grinsend an. »Gratulation, Herr Kaleu!«

»Gratulieren Sie nicht mir, sondern Lehmann, denn er war derjenige, welcher ...«

Noch bevor ich den Satz zu Ende bringen konnte, explodierte ein weiterer Torpedo. »Grauert, welcher war das?« fragte ich sofort den Horchmaat.

»Der letzte Aal aus dem Heckrohr. Die Korvette hat gestoppt, ich höre ihre Schotten brechen, Herr Kaleu!«

Störmer strahlte. »Noch einer auf unserem Konto, der keinen Ärger mehr macht, Herr Kaleu!«

»Schön, I WO«, sagte ich und versuchte mir die Situation vorzustellen. »Drehen Sie jetzt unter dem Hilfskreuzer durch.«

»Backbord zehn!« ordnete er an. »GHG, was macht der Dicke?«

»Er verliert Fahrt, aber Schraube dreht noch.«

Ich wandte mich an den Smut': »Was machen wir denn jetzt eigentlich mit meinem Kopf? Ne Ziernaht setzen?«

»Nicht, wenn gleich Wasserbomben fliegen.« Er runzelte die Stirn. »Ein fester Verband muß fürs erste reichen, Herr Kaleu.« Er sah mich besorgt an. »Es kann allerdings sein, daß Sie mir umkippen, Herr Kaleu. An sich sollten Sie sich erst einmal in die Koje hauen.«

Ich winkte ab. »Machen Sie schon, Gohlke. Es kann nicht ewig dauern, bis der Zirkus hier losgeht.«

»Zerstörer in null-neun-null, er setzt sein ASDIC ein.« Grauerts Stimme bestätigte meine Befürchtungen. Sekunden später traf uns auch schon der erste Impuls, ein schneidend helles Ping. Für einen Augenblick schien der Suchstrahl abzugleiten, aber dann kehrte er zurück.

»Runter auf zweihundert, LI!« Ich versuchte, den Kopf nicht zu bewegen, weil Gohlke dabei war, mir einen Verband anzulegen. »Grauert, was macht der Hilfskreuzer?«

»Er wird langsamer, Herr Kaleu. Hört sich so an, als liefe nur noch eine seiner Schrauben. Er dreht jetzt nach Backbord. Entfernung fünfhundert Meter, Geschwindigkeit drei Knoten.«

»Runter auf vier Knoten«, befahl ich. Nachdem Gohlke nun endlich mit seinem Verband fertig war, erhob ich mich langsam und stützte mich am Sehrohr ab.

Immer noch verfolgte uns das ASDIC.

»Hundertzehn Meter gehen durch«, meldete der Zentralemaat.

Die verbliebene Schraube des Hilfskreuzers dröhnte beinahe schon über uns, und wir schoben uns immer mehr unter ihn. So dicht bei dem Havaristen würde der Zerstörer kaum seine Wasserbomben auf uns abwerfen.

»Grauert, was macht der Zerstörer?«

Der Horchmaat lauschte mit halbgeschlossenen Augen in seine Kopfhörer: »Er ist hinter uns, eins-acht-null. Fünfzehn Knoten, Herr Kaleu. Abstand sechstausend Meter.« Bei dem Lärm, den der Hilfskreuzer über uns erzeugte, war es fast schon ein Wunder, daß Grauert den Zerstörer überhaupt mit dem Horchgerät ausmachen konnte, denn achtern störten zusätzlich noch die Geräusche unserer eigenen Schraube.

Fünfzehn Knoten? Der Zerstörer würde bald mit der Fahrt heruntergehen müssen, oder er rauschte dem Dikken ins Heck. Für den Augenblick waren wir sicher, aber ewig konnten wir auch nicht hier herumhängen. Alles, was wir tun konnten, war, uns langsam tiefer sacken zu lassen, bis wir Wasserschichten mit höherem Salzgehalt erreichten. Dort würden Reflexionen und Streuechos das ASDIC des Tommy-Zerstörers narren und uns die Möglichkeit geben, uns nach der einen oder anderen Seite davonzuschleichen.

»Einhundertfünfzig Meter gehen durch, Herr Kaleu!«

Das Boot knirschte vernehmlich, als der Druck weiter zunahm. Hoffentlich war der Druckkörper wirklich nicht beschädigt. In dieser Tiefe konnte jeder noch so kleine Riß verheerende Folgen haben.

Langsam sackte das Boot immer tiefer, unablässig verfolgt von den ASDIC-Strahlen des Zerstörers. Mit dem schützenden Salzgehalt war wohl nichts?

»Einhundertsiebzig Meter gehen durch.«

»Der Zerstörer geht mit der Fahrt runter, Herr Kaleu«, meldete Grauert, »ich kann ihn nicht mehr hören.«

Leutnant Störmer sah mich fragend an. »Was hat das zu bedeuten, Herr Kaleu?«

Ich hatte zwar keine Ahnung, wollte aber keinesfalls die Männer meine Unsicherheit spüren lassen und sagte daher: »Wenn es uns interessiert, werden wir es herausfinden. Im Augenblick ist Ruhe.«

»Einhundertneunzig Meter gehen durch!«

Der LI gab leise ein paar Befehle. Der Bug richtete sich wieder auf, und das Boot kam auf ebenen Kiel. »Boot durchgependelt auf zweihundert Meter, Herr Kaleu.«

»Danke, Herr Becker!«

Mein Kopf brummte zwar immer noch, aber trotzdem entspannte ich mich etwas. Für den Augenblick war das eine Pattsituation. Normalerweise waren die Chancen eines einzelnen Zerstörers gegen ein U-Boot eher schlecht, aber der Bursche schien mir gewitzt zu sein. Irgend etwas brütete er aus.

»Herr Kaleu!« Grauert flüsterte nur noch; auch jeder andere an Bord war bemüht, jedes laute Geräusch zu vermeiden, denn im Augenblick waren wir die Gejagten. »Torpedoexplosionen im Geleitzug. Keine Wasserbomben bisher.«

»Wie weit ist das Geleit weg?«

Grauert verzog das Gesicht. »Bei der Geräuschkulisse schwer zu schätzen. Vielleicht sieben oder acht Meilen, würde ich sagen, Herr Kaleu.«

»Paßt ja wunderbar. Dann kann unser Sportsfreund da oben sich den Gedanken an Verstärkung nämlich erst einmal abschminken.«

Wieder traf ein Ping unsere Hülle. Auf dem Zerstörer wußten sie genau, wo wir waren, aber wahrscheinlich nicht, wie tief. Ein paar verrückte Ideen nahmen in meinem Kopf Gestalt an. Irgend etwas mußten wir unternehmen. Der Hilfskreuzer über uns lief trotz unserer zwei Torpedotreffer immer noch langsam weiter. Die Besatzung war seitdem ja wohl auch nicht untätig geblieben.

»Grauert, wie geht's dem Burschen über uns?«

Wie üblich nahm der Horchmaat sich Zeit. »Die Laute klingen, als würden die da oben Brände bekämpfen. Aber keine Geräusche von brechenden Schotten.«

Der Hilfskreuzer konnte sich demnach unter Umständen noch tagelang halten und vielleicht sogar aus eigener Kraft einen Hafen erreichen. Ich suchte den Fähnrich. »Herr Lehmann!«

»Ja, Herr Kaleu!«

»Sie dürfen jetzt mal etwas Krach veranstalten, Fähnrich.«

»Wie bitte?«

»Schnappen Sie sich die Torpedomixer und laden Sie die Rohre neu.«

»Auf dem Zerstörer werden sie das aber mitbekommen, Herr Kaleu.«

Trotz der Kopfschmerzen mußte ich grinsen. »Sollen sie, Herr Lehmann, sollen sie. Sorgen Sie dafür, daß er dies auch wirklich tut.«

Für einen Augenblick starrte mich der Fähnrich ratlos an, dann tat er, was die militärische Pflicht von ihm forderte. Er salutierte. »Jawohl, Herr Kaleu.« Dann verschwand er nach vorne.

Ich blickte auf meine Uhr. »Wir haben kurz nach Mitternacht, Herr Störmer. Wenn wir uns beeilen, dann sind die Rohre in zwei Stunden wieder klar.«

»Sie wollen ihn zu einer Entscheidung zwingen, Herr Kaleu?«

»Vor der steht er jetzt schon. Soll er den Hilfskreuzer aufgeben und sich dem Geleit anschließen, oder soll er hier weiterhin auf uns lauern.«

»Und was, meinen Sie, Herr Kaleu, wird er tun?«

Ich kaute auf meiner Unterlippe. »Das bleibt abzuwarten. Was Besseres können wir jedenfalls im Moment nicht machen.«

Immer wieder polterte es laut, zuerst im Bugraum, dann im Heckraum. Ziemlich genau zwei Stunden nachdem ich den Befehl gegeben hatte, kehrte der Fähnrich schweißgebadet in die Zentrale zurück. Offenbar hatte er sich nicht damit begnügt, das Manöver zu überwachen. Grinsend salutierte er. »Alle Rohre nachgeladen, Herr Kaleu. Rohr eins und zwei: Atos mit Aufschlagzündern, drei und vier Atos mit Magnetzündern, Rohr fünf ein Eto mit Magnetzünder.«

»Danke, Fähnrich.« Ich erwiderte den Gruß, wobei mir zum ersten Mal auffiel, daß ich meine Mütze gar nicht aufhatte. Doch auf den Turban, den mir Gohlke verpaßt hatte, hätte sie sowieso nicht gepaßt.

Ich nahm mir Zeit, die Lage noch einmal zu durchdenken. Lange konnten wir nicht so weitermachen, schließlich waren unsere Batterien auch nicht unerschöpflich. Anzeichen dafür, daß sich an der Oberfläche groß etwas geändert hatte, gab es keine. Jedenfalls nicht bei uns. Im Geleit schienen die Kameraden mächtig aufzuräumen. Mehrfach hatte Grauert entfernte Torpedoexplosionen gemeldet. Und der Zerstörerkommandant hatte offenbar beschlossen, bei seinem Schützling zu bleiben und darauf zu lauern, daß wir ausbrachen.

Immer wieder traf uns das grelle Ping des ASDIC. Die große Tiefe nützte uns also auch nicht viel, denn offenbar schien der Ablenkungseffekt der Signale durch stärker salzhaltige Wasserschichten hier nicht so richtig zu funktionieren. Folglich war das mit dem Ausbrechen so eine Sache.

Weg aber mußten wir! »Ruhe im Boot«, ordnete ich an. »LI, ich möchte, daß Sie ganz langsam steigen. Spätestens bei sechzig Metern einpendeln, damit wir am Ende nicht gegen den Heini über uns knallen.«

»Jawohl, langsam steigen, Herr Kaleu.«

Der Zentralemaat gab leise die Tiefen an. »Einhundertachtzig gehen durch.«

Ich wandte mich zu Grauert um. »Was erzählen die Fische?«

»Der Zerstörer ist weniger als zweitausend Meter hinter uns. Ich kann es ungefähr abschätzen, wenn er uns pingt.« Grauert lauschte einen Augenblick lang weiter konzentriert. »Der Winkel verändert sich. Ich glaube, er zackt leicht hin und her, Herr Kaleu.«

»Sehr schön. Was ist mit dem Burschen über uns?«

»Läuft weiterhin drei Knoten und stur Kurs Ost. Ich nehme

an, die Brände sind gelöscht, da ich jedenfalls kein Zischen mehr höre, dafür aber Reparaturgeräusche.«

Mein Plan nahm so langsam Gestalt an. »Auf Schleichfahrt gehen. Dann gehen wir auf Sehrohrtiefe.« Ich sah meine Offiziere an. »Ich will direkt hinter dem Hilfskreuzer hochkommen und versuchen, den Zerstörer mit dem Heckrohr zu erledigen.«

Der LI sog überrascht die Luft durch die Zähne ein. »Ein gewagtes Manöver, Herr Kaleu.«

»Ich weiß, aber ich glaube, wir können ihn kriegen. Er lauert darauf, daß wir nach einer Seite ausbrechen.«

»Könnte eventuell funktionieren, Herr Kaleu«, meinte der I WO, klang dabei aber nicht sonderlich überzeugt.

Doch hinter dem scheinbar irrwitzigen Plan stand eine einfache Überlegung. Entweder er achtete tatsächlich so sehr auf die Seiten, daß wir ihn überraschen konnten, oder er mußte sich für eine Seite entscheiden, auf die er auswich, wenn der Torpedo lief. Dann war die andere Seite frei. Zugegeben, ein riskantes Unternehmen, aber ich wollte nicht abwarten, bis die Luft in unserer Röhre immer schlechter wurde und unsere Batterien uns zum Auftauchen zwangen.

Der Zentralemaat schaltete auf Rotlicht um. Die düstere Beleuchtung ließ die Männer um mich herum wie Wesen aus einer anderen Welt erscheinen, aber in erster Linie erleichterte sie mir die Anpassung der Augen an die Dunkelheit, die oben herrschte. Ich sah mich um. Jeder war auf seinem Platz. Die Schiffsschraube über unseren Köpfen übertönte inzwischen selbst das Ping des ASDIC. Unsere Turmoberkante war zwar immer noch gute vierzig Meter unter der Schraube, aber deren Geräusch hörte sich an, als würde sie uns jeden Moment die Druckhülle aufreißen. Keine sehr gemütliche Vorstellung.

Ich strapazierte meine Stimmbänder, um mich überhaupt verständlich machen zu können. »Grauert, wie weit noch?«

Der Maat Grauert hob hilflos die Hände. »Viel zu laut, Herr Kaleu«, brüllte er zurück.

Das fing ja gut an mit meinem schönen Plan. »Genauer geht's nicht?«

»Erst wenn wir fünfzig oder hundert Meter Abstand haben, Herr Kaleu.«

»Sofort Bescheid geben Grauert, sobald unser Bug sicher drunter durch ist!«

Wieder warteten wir. Sekunden zogen sich zu Ewigkeiten. Aber es bedurfte nicht des Horchgeräts, damit wir mitbekamen, daß der Hilfskreuzer uns passierte, da unser Boot leicht ins Schaukeln geriet. »Aha, der Schraubenstrom«, lautete dazu Beckers Kommentar.

Ich feixte. »Das wird dem Mann am ASDIC der Tommies seine Aufgabe auch nicht einfacher machen.«

»Mein Mitleid hält sich in Grenzen, Herr Kaleu!« sagte der LI trocken.

»Herr Kaleu, Bug ist frei!« meldete Grauert.

»Also, LI, dann hoch auf Sehrohrtiefe! Rohr fünnef bewässern.«

Ich holte noch einmal tief Luft. Viel Zeit würde mir nicht bleiben. Der Zentralemaat sagte die Tiefen durch: »Dreißig … zwanzig … Sehrohrtiefe!«

Ich fuhr den Spargel aus und hielt den Atem an. Trotz des Rotlichts brauchten meine Augen einen Moment, um sich an die Dunkelheit zu gewöhnen. Dennoch sah ich danach nichts, absolut nichts! Irritiert fragte ich nach. »Grauert, wo soll der Zerstörer sein?«

»Zweitausend Meter hinter uns, Herr Kaleu. Ich höre sein ASDIC.«

Erneut ein Blick durchs Periskop. Fehlanzeige wiederum.

So langsam wurde mir mulmig. Mit jeder Sekunde entfernte sich unsere Deckung weiter, und ich konnte den verdammten Zerstörer nicht ausmachen! So was gab es doch gar nicht! Eine schöne Scheiße.

Ich winkte Bernd Störmer zu mir. »Schauen Sie mal, aber da ist nichts.«

Der I WO plierte ebenfalls durch das Okular. Das Ping des ASDIC wurde mit jedem Atemzug lauter. Da die Tommies nicht über unsichtbare Zerstörer verfügten, ging irgendwas nicht mit rechten Dingen zu.

»Da ist ...« Was immer Störmer auch sagen wollte, er kam nicht mehr dazu. Mit einer ruckartigen Drehung entwand das Sehrohr sich seinen Händen, begleitet von entsetzlichen Quietschgeräuschen von oben.

Peter Neumann, unser Schlesien-Ober, reagierte als erster. Griffe hochklappen und der Versuch, den Spargel sofort einzufahren, waren eins. Nur ließ sich der nicht einfahren!

Verdattert schüttelte der I WO den Kopf. »Da ... da war eine ... irgendwie eine dicke Trosse, Herr Kaleu«, stammelte er. »Ich glaube, das Sehrohr hängt daran fest.«

Verdammt und zugenäht! Die Tommies hatten uns reingelegt. Was jetzt nur zählte, war, wegzukommen, denn das hier war eine üble Falle! »Backbord fünfzehn, beide Maschinen AK!« befahl ich. »LI, wir hängen fest, wahrscheinlich an einer Art Netz, das der Hilfskreuzer ausgebracht hat. Versuchen Sie, uns loszuzappeln.«

Der erste Haken, den wir schlugen, brachte nichts. Statt dessen polterte etwas Schweres gegen den Turm. Klang, als hätte uns ein leeres Ölfaß überrollt. Bei dem Geräusch sträubten sich mir die Haare unter meinem Turban.

»Steuerbord fünfzehn, wir versuchen es nach der anderen Seite.«

Wie ein zappelnder Fisch an der Fangleine legte sich U 115 in die Wende. Auf dem Hilfskreuzer mußte das doch irgend jemand mitbekommen, und dann konnte es nicht mehr lange dauern, bis der Zerstörer kam und nachsah, was seinem Schützling da ins Netz gegangen war.

Der zweiten Drehung war wenigstens etwas Erfolg beschieden. Stahl schrie gequält auf, und U 115 legte sich plötzlich auf die Backbordseite. Dann tat es einen Schlag, und das Boot richtete sich ein kleines Stückchen wieder auf. Das Poltern am Turm verstummte.

Dafür meldete Grauert: »Zerstörerschrauben in Lage Null, Abstand fünftausend Meter, Herr Kaleu.«

»Wieso Lage Null, da ist doch der Hilfskreuzer?«

»Steuerbord vor dem Hilfskreuzer. Aber er erhöht Fahrt!«

Verdammt, jetzt ging es uns an den Kragen! »LI, noch einen Versuch, dann muß ich hoch, und wir müssen versuchen, uns loszuschneiden. Ein Vorschlag?«

»Runter, Herr Kaleu, runter und nach vorne. Mit dem Gegenteil haben wir uns diese Malaise eingehandelt.«

»Gut, Ihr Boot, LI!«

»Vorne oben zwanzig, hinten oben zehn, alle Mann voraus!« brüllte der LI seine Befehle.

Männer hasteten durch die Zentrale und jumpten einer nach dem anderen durch das Mannloch wieder hinaus. Der Bug senkte sich steil nach unten.

»Ruder Backbord zehn.«

Das Boot begann, sich weiter aus der Schlagseite aufzurichten. Aber überall knackte und knirschte es.

»Dreißig Meter ...«

»Torpedos im Wasser, Herr Kaleu!« Grauert überbrüllte die Meldung des Zentralemaaten einfach.

»Wo, Menschenskind, wo?«

Grauert horchte, aber sein sonst so ruhiger Gesichtsausdruck verriet Panik. »U-Boot in zwo-neun-null an der Oberfläche, hat zwei Torpedos abgeschossen.«

U 684! Wir hatten nahezu die Position erreicht, an der Dittberners angeschlagenes Boot auf uns warten sollte. Was waren die Jungs ausgebufft! Und das tödliche Risiko dabei eingegangen, daß der verfluchte Zerstörer dafür kurzen Prozeß mit ihnen machen würde!

»Vierzig Meter gehen durch«

Wieder ging ein knallharter Ruck durch das Boot. Dann,

als ob Kardeel für Kardeel brechen würde, kam U 115 frei. Wasserfontänen spritzten am Sehrohr entlang in die Zentrale.

»Hoch mit uns, LI, wir sind freigekommen!«

Der LI starrte immer noch verblüfft auf das Sehrohr. Ich gab ihm einen Schubs. »Los, oberste Etage! Nicht erst auf Sehrohrtiefe, den Spargel können wir abschreiben.«

Der Oberleutnant rasselte die entsprechenden Befehle nur so herunter. Die Hauptlenzpumpe lief an, und das Boot richtete sich wieder auf.

Ich sah Störmer an. »Alle Rohre bewässern.«

Bootsmann Hochheim steckte den Kopf in die Zentrale. »Frage: Geschütz?«

Wissend blickten wir einander in die Augen, denn wir hatten schließlich schon eine Menge zusammen erlebt. Uns beiden war klar, was folgen würde. Sowie wir hochkamen, würden sich die Tommies gnadenlos auf uns einschießen. Der überlegenen geballten Feuerkraft des Hilfskreuzers und des Zerstörers hatten wir nichts wirklich entgegenzusetzen. Ich schüttelte daher den Kopf. »Wenn es eine Chance gibt, versuche ich es, ansonsten alle Mann klar bei Tauchrettern!«

Funker Pepke rannte mit einem großen, schweren Sack zu meinem Kabuff. Alles, was sonst noch nach Geheimsache aussah, würde er da reinstopfen, um das Ding dann hinterher zu versenken. Die anderen Männer legten die Tauchretter an. Viel mehr als bessere Schwimmwesten waren das ja sowieso nicht. Damit aus mehr als vierzig Metern Tiefe auszusteigen klappte eh nicht, aber vielleicht mochten die heute noch dem einen oder anderen Mann das Leben retten.

Der Fähnrich reichte dem I WO, dem Leitenden und mir unsere Tauchretter, die er aus der O-Messe und meinem Kabuff geholt hatte.

»Turm ist frei!« kam die Meldung.

Mit fliegenden Fingern legte ich die Weste an und begann, die Leiter emporzuklettern.

So schnell es ging, öffnete ich das Luk, aber ich war noch nicht einmal ganz draußen, als eine Explosion über das Wasser rollte. Ich richtete mich auf, während schon der Fähnrich sowie Jensen und Fischer nachdrängten.

U 684 hatte den Zerstörer erwischt. Wahrscheinlich waren alle Tommies an Bord nur darauf konzentriert gewesen, das Boot zu stellen, das sich in dem ominösen Schleppgeschirr des Hilfskreuzers verfangen hatte – uns. Für Sekunden sah es so aus, als hätte der Torpedoeinschlag bei dem Kriegsschiff, das da auf Gegenkurs mit erhöhten Geschützen auf uns zustürmte, keine sonderliche Wirkung erzielt. Doch noch während die Wassersäule, die den Treffer markierte, in sich zusammenfiel, sackte das ganze Vorschiff des Zerstörer mit Geschützen, Männern, Ankern und allem einfach weg. Dann hob sich das Achterschiff, und die immer noch rasenden Schrauben drückten den Zerstörer unter Wasser, als wäre er ein U-Boot. Noch ehe ich ganz begriff, was geschehen war, schlossen sich die Wellen bereits wieder über dessen nassem Grab. Da war keiner mehr rausgekommen!

Der Hilfskreuzer ballerte hinter U 684 her. Unsere UZO war zum Glück noch da, denn mit der Kanone gegen den Kerl anzutreten, hätte dem Versuch geglichen, einen Elefanten mit Pfeil und Bogen zu erlegen.

Ich plierte durch die Zieloptik. Die einzuhaltende Sicherheitsstrecke lag bei dreihundert Metern, und wir waren kaum weiter weg. Besser, ich ging die Sache etwas vorsichtig an. »Rohr eins, Gegner Lage hundertachtzig, ablaufend drei Knoten, Entfernung vierhundert!«

Von unten wurden die Schußunterlagen bestätigt. »Rohr eins los!«

Unter meinen Füßen ruckte das Boot, als der Aal das Rohr verließ. Vorsichtshalber nahmen wir auf dem Turm alle die Köpfe etwas runter.

Wieder stieg eine Wassersäule in die Höhe und riß das

Achterschiff des zuvor schon havarierten Hilfskreuzers auf. Das Artilleriefeuer verstummte abrupt.

Die plötzliche Stille war betäubend. Als würde die Welt den Atem anhalten. Dann erscholl ein urweltliches Gebrüll, aber es waren nur die Schiffsingenieure, die Dampf abließen, bevor es die Kessel zerriß. Dieses Mal war das Schiff wirklich tödlich getroffen.

Ich fragte ins Sprachrohr: »BÜ an GHG, was erzählen die Fische?«

Während ich auf die Antwort wartete, beobachtete ich U 684, das sich uns langsam und in einem weiten Bogen näherte. Teile der Verkleidung standen grotesk zerfetzt ab. Die 8/8 war nur noch verdrehter Schrott, und die Turmverkleidung sah aus wie ein Pfefferstreuer. Auch ohne daß ich mich genauer umsah, wußte ich, daß unser U 115 nicht besser aussah. Aber wir hatten unsere Entscheidung getroffen, und wir hatten sie überlebt, wieder einmal. In sicherer Entfernung warteten wir ab, bis sich der Koloß auf die Seite legte. Es dauerte eine Weile, denn Schiffe wie dieses starben dramatisch.

Die Sonne stieg wie ein Feuerball aus der See empor. Ich sah mich um. Die Wache wurde von Fähnrich Lehmann geführt, der die Aufgaben des immer noch verletzten Leutnant Moebius übernehmen mußte. Aber nach drei Feindfahrten auf U 115 war er reif für diese Aufgabe. Ich ignorierte das Gedränge, denn etwas eng war es jetzt wirklich. Der Wintergarten war nur noch eine schiefe Ebene, auf der man nicht mehr sicher stehen konnte. Die Flak fehlte.

Der Sehrohrblock sah aus, als wäre er mit ein paar Drehbänken zusammengestoßen. Tiefe Rillen hatten sich in das Metall eingeschnitten. Der Kopf war sauber abgeschoren. Noch immer rätselte der LI unten daran herum, was wir uns eigentlich da eingefangen hatten. Der Hilfskreuzer hatte etwas Schweres hinter sich hergeschleppt. Aber die einzigen Spuren, die wir davon am Morgen noch fanden, waren grellgelbe Schmierspuren und ein paar Beulen am Turm. Auch von der Trosse fanden wir ein Stück, das sich in den Resten unseres Wintergartens verfangen hatte, statt einer Stahlseele enthielt sie Dutzende verschiedenfarbiger Kabel. Nun, mochten die Experten daraus schlau werden.

Ich blickte nach achtern. U 684 dackelte mit nur noch einer Maschine hinter uns her. Es konnte nicht mehr funken, nicht mehr tauchen, und es hatte so viel Brennstoff aus geborstenen Treibstoffzellen verloren, daß wir es die meiste Zeit schleppten. Aber dem Dieselöl jammerte keiner nach. Als das Boot, Dittberner hatte wirklich noch den Befehl zum Tauchen erteilt, von den Bewachern gejagt worden war, hatten die Druckwellen ein paar Brennstoffzellen aufgerissen. Die Tommies hatten den Ölfleck entdeckt und wohl geglaubt, sie hätten das Boot erwischt. Vielleicht hatten sie auch den toten Kommandanten gefunden. Wer wollte das schon wissen?

Nun, unsere Boote sahen aus, als wären sie durch die Mangel gedreht worden, aber eine gute Werft würde das schon wieder richten. Im Augenblick ging es jedenfalls zurück in die Heimat, und die Werftliegezeit würde uns allen einen schönen ausgedehnten Urlaub bescheren.

Mit einem Achselzucken wandte ich mich an den Fähnrich. »Na, Herr Lehmann? Und wie sehen Sie das jetzt alles?«

Für einen Augenblick starrte er mich an. Sein Gesicht wirkte grau unter dem Bart. Achtzehn Jahre alt war er? Heute morgen sah er aus wie hundert und ich wahrscheinlich wie Methusalem persönlich. Dann zuckte auch er mit den Schultern. »Es ist anders als in Büchern, anders als die Wochenschauberichte, Herr Kaleu.« Er brach ab und sah mich hilflos an.

Ich legte ihm die Hand auf die Schulter. »Nehmen Sie sich Zeit, sich eine Meinung zu bilden, Herr Lehmann.« Ich blickte zum Horizont. »Ich glaube, das hier wird noch eine ganze Weile dauern.«

Glossar:

Aal	Torpedo
AK	Äußerste (Maschinen-)Kraft
ASDIC	Ortungsgerät (Sonar) *deutsche Version*: USG, S-Gerät
ATo (A-Torpedo)	Kurzbezeichnung für atmosphärisch angetriebener Torpedo
Bach	Meer
Back	1. vorderer Teil des Oberdecks 2. Tisch an Bord, davon abgeleitet: Backskiste = Sitztruhe am Tisch Backen und Banken = Aufruf zum Essen Backschafter = Essenholer aufbacken = auftischen
backsen	beide Schrauben laufen gegeneinander, um auf Gegenkurs zu kommen
B. d. W.	Bootsmaat der Wache
belegen	1. Leine festmachen 2. Befehl oder Meldung widerrufen
Besanschot an!	Schnaps- oder Bierausgabe
Besteck	Schiffsortbestimmung
Bilge	unterster Teil des Schiffsinneren
B. d. U.	Befehlshaber der U-Boote
Bold	Hilfsmittel, um ASDIC-Ortung irrezuführen = Kalziumhydrit wird ausgestoßen, erzeugt sich schnell ausbreitende Gasblasen, die den Ortungsstrahl reflektieren und ein U-Boot vortäuschen, wo keins mehr ist.

Brücke	*hier*: Turmplattform des U-Bootes.
BÜ	Befehlsübermittlung(-sgerät), auch Befehlsübermittler (Posten)
Bucht	Schlaufe im Tau, Seilschlinge
Charly	Spottname für brit. Aufklärer
Crew	1. Mannschaft (engl.) 2. Offiziersjahrgang
Deckoffiziere	Feldwebel, Oberfeldwebel, Fähnriche
Dez	a) 1 Dez = 10 Grad b) saloppe Bezeichnung für Kopf
Dickschiff	Kreuzer, Schlachtschiff
dwars	querab
Einbaum	Spottname für kleine U-Boote
E. S.	Erkennungs-Signal
Etmal	in 24 Std. zurückgelegte Strecke, von Mittag zu Mittag gemessen
ETo (E-Torpedo)	Kurzbezeichnung für elektrisch angetriebener Torpedo
F. d. U.	Führer der U-Boote (z. B. West = im Westen)
Feudel	Scheuerlappen
Feuerlee	dem Beschuß abgekehrte Seite
Freund Hein	der Tod
FuMB	Funkmeßbeobachtungsgerät, erkennt RADAR-Ortung
Fußkranke der Völkerwanderung	Spottname für die Sachsen wegen ihres Dialektes
FuMO	Funkmeßortungsgerät = deutsches RADAR
Gatt, Gatjen, Gattchen	Öse, kleines Loch, *hier*: After
Geisterecho	entsteht durch unterschiedlich dichte Salzwasserschichten, die den Ortungsstrahl (ASDIC) vom Objekt ablenken
GHG	Gruppen-Horch-Gerät
GKdos	Geheime Kommandosache = hohe Geheimhaltungsstufe
Gestapo	Geheime Staatspolizei, jagte sogenannte Verräter, Staatsfeinde etc.

HJ	Hitler-Jugend
Hundewache	Wache von 0^{00} Uhr bis 4^{00} Uhr
Halber Schlag	a) eine Knotenart, z. B. beim Belegen eines Taues b) die Hosenbeine werden zweimal umgeschlagen, damit die Seestiefel bis zum halben Schaft darunter hervorschauen. (Nässeschutz, auch bei Paraden üblich)
Hundemarke	scherzhaft für Erkennungsmarke
I WO [II WO/III WO]	1.(2./3.) Wachoffizier
K an K!	Anruf: Kommandant an Kommandant
Kardeel	Strang einer Trosse
KdF-Schiff	**K**raft-**d**urch-**F**reude-Schiff = Schiff der sogenannten Deutschen Arbeitsfront (NS-Organisation) für Urlaubsfahrten ihrer Mitglieder
Killen	die Segel (oder hier: die Hosen) flattern
Kimm	Horizont
Kinken	Seilschlinge, auch: gefährliche Lage
Klappbuchse	Signal-/Morselampe, auch Varta-Lampe
Klempnerladen	Spottname für Orden und Ehrenzeichen
Knoten	*hier*: Schiffsgeschwindigkeit in Seemeilen
Kolbenringe	goldene Ärmelstreifen = Offiziersrangabzeichen
krängen	Schiff legt sich auf die Seite
Kriegswache	Bereitschaftswache auf den Gefechtsstationen
Läufer	Bote
Legerwall	Land auf der Leeseite eines Seglers, schränkt Manövrierfähigkeit ein
lenzen	1. auspumpen (Lenzpumpe) 2. vor dem Wind lenzen = kreuzen 3. einen Lenz schieben = faulenzen
LI	**L**eitender **I**ngenieur, techn. Offizier
L. M.	**L**eitender **M**aschinist, Feldwebelrang
Löwe	Spitzname für den Befehlshaber der U-Boote Dönitz

Männchen bauen	militärische Haltung annehmen
Mahalla	großer Schiffsverband
Maling	Anstrich
Marketenderware	Sonderzuteilung von Genuß-/Lebensmitteln bei oder nach Fronteinsatz
M-Bock/M-Boot	Minensucher
Meridian	Mittagslinie = Längenkreis vom Nord- zum Südpol, über dem die Sonne um 12 Uhr MOZ ihren höchsten Punkt erreicht (kulminiert), wichtig für die astronomische Standortbestimmung am Tage (=Mittags- oder Meridianbreite), die sich aus dem Höhenwinkel der Sonne (Kulminationspunkt) über dem Horizont und der Uhrzeit (12 Uhr MOZ) errechnen läßt
MGZ (GMT)	Mittlere Greenwich-Zeit = auf den 0° Meridian bezogene Zeit (Greenwich Mean Time), für *alle astronomischen Standortbestimmungen* maßgebend, da sich die nautischen Tafeln etc. darauf beziehen
MOZ	Mittlere Orts Zeit = auf den jeweiligen Meridian (= Ort) bezogene Zeit
Menage	Bordverpflegung allgemein
Miefrolle	Hängematte
Mittelwächter	Imbiß/Getränk für die Wache ab 0^{00} Uhr
Morgenmusterung	Antreten der Besatzung zum Befehlsempfang etc.
Muck	hohe Kaffeetasse aus Keramik, ›Kaffeepott‹
Nummer Eins	*Kriegsmarine* = Seemännische Nr. 1 = Oberbootsmann, der für den gesamten seemännischen Bereich an Bord verantwortlich ist = Smadding. *Royal Navy* = Erster Offizier (First Lieutenant – Number One)
Mixer	Mechaniker, z. B. Torpedomixer
Nock	äußerster Teil der Brücke, einer Rah etc.

O-Messe	Offiziersmesse
OF-Raum	(Ober-)Feldwebelraum
Päckchen	1. Bordkleidung, z. B. Lederpäckchen
Päckchen	2. Boote liegen Bord an Bord
Papenberg	Anzeige für Sehrohrtiefensteuerung
peilen	sichten, messen
Peilung	*Kompaßpeilung:* Winkel zwischen 0° (Nord) und dem Objekt, z. B. Boje, Landmarke etc. *Schiffspeilung:* Winkel zwischen Schiffslängsachse (Bug = 0°) und Objekt
Pfeifen und Lunten aus!	»Zapfenstreich« bei der Marine, oft *Zusatz*: Geister auf Station!
pönen	anstreichen, bemalen
purren	wecken
Rapport	zur (härteren) Bestrafung dem Kommandanten vorführen
Sani	Sanitäter
Sanka	(Sanitäts-) Krankenwagen
Schapp	kleiner Raum, auch Fach, Schrank
Schlunz	Krankenrevier, Lazarett, Krankenhaus
Spargel	Periskop, Sehrohr
Schott	Tür, Tor
Schotten	wasserdichte Abteilungen im Schiff (s. u. Verschlußzustand)
Schwell	Welle ohne Brecher
Spring	vordere/achtere leichte Trosse zum Kai
Stahlseele	Verstärkung in stark belastetem Tauwerk
Stelling	auch Gangway, Steg vom Schiff zum Kai
Stoker	Heizer, allgemein: Maschinenpersonal
Stoppelhopser	Spottname für Angehörige der Landstreitkräfte
Stuka	*hier:* stützende Armschiene bei Oberarmbrüchen
Tampen	Leine, Seil, Tau
Tanks peilen	Verbrauch feststellen
torfen	schlafen
trimmen	*hier:* die Gewichtsverteilung im getauchten

	U-Boot entsprechend ausgleichen, damit es auf ebenen Kiel kommt.
ULD	U-Boot-Lehrdivision (= U-Boot-Schule)
USG (S-Gerät)	Unterwassersuchgerät, Sonar = deutsches ASDIC
V-Boot	Verkehrsboot (Motorboot, Barkasse)
verholen	1. Schiff an einen anderen Platz verlegen 2. sich verdrücken
VP-Boot	Vorpostenboot
Verschlußzustand	Schließen der wasserdichten Türen (= Schotten) im Schiff bei Gefahr
Wabos	Wasserbomben
Wache	Besatzung ist in Steuer- und Backbordwache eingeteilt, wechseln alle vier Stunden. *Ausnahme*: von 12 bis 16 Uhr Wechsel im Zwei-Stunden-Rhythmus
wahrer Standort	astronomisch oder durch Peilung bestimmter, tatsächlicher Standort.
gegißter Standort	gekoppelter, nicht genauer Standort.
Wahrschau	Warnruf, bedeutet: Achtung, aufgepaßt!
wahrschauen	warnen, *aber auch:* wecken, melden, herbeirufen
Werftgrandie(s)	Werftarbeiter
Wintergarten	hinterer (offener) Teil des U-Boot-Turms, dient als Geschützplattform für die Flak
Wooling (Wuling)	Durcheinander (insbes. von Tauwerk)
z. b. V.	zur besonderen Verwendung
Zentrale	Kommandoraum des U-Bootes, geschützt durch Kugelschott, letzte Zuflucht bei Havarien etc.
Zossen	abfällige Bezeichnung für ein Schiff
zwo (zwozehn)	zwei (zwölf), um Verwechselungen mit drei (oder elf) auszuschließen.

»Der Autor kennt die gnadenlose Hetzjagd auf Leben und Tod unter Wasser aus eigenem Erleben.«
Eberhard Bergmann, Berliner Morgenpost

Die U-Boot-Romane von Erik Maasch

Auf Sehrohrtiefe vor Rockall Island
ISBN-13: 978-3-548-24741-0
ISBN-10: 3-548-24741-5

Duell mit dem nassen Tod
ISBN-13: 978-3-548-26279-6
ISBN-10: 3-548-26279-1

Im Fadenkreuz von U 112
ISBN-13: 978-3-548-26462-2
ISBN-10: 3-548-26462-X
(August 2006)

Letzte Chance: U 112
ISBN-13: 978-3-548-25731-0
ISBN-10: 3-548-25731-3

Tauchklar im Atlantik
ISBN-13: 978-3-548-26134-8
ISBN-10: 3-548-26134-5

U-Boote vor Tobruk
ISBN-13: 978-3-548-25333-6
ISBN-10: 3-548-25333-4

Die U-Boot-Falle
ISBN-13: 978-3-548-25773-0
ISBN-10: 3-548-25773-9

U 112 auf der Feindfahrt mit geheimer Order
ISBN-13: 978-3-548-25087-8
ISBN-10: 3-548-25087-4

U 115: Jagd unter der Polarsonne
ISBN-13: 978-3-548-25446-3
ISBN-10: 3-548-25446-2

U 115: Die Nacht der Entscheidung
ISBN-13: 978-3-548-25912-3
ISBN-10: 3-548-25912-X
(März 2006)

U 115: Operation Eisbär
ISBN-13: 978-3-548-25651-1
ISBN-10: 3-548-25651-1

ULLSTEIN